Rien qu'une nuit

JAYNE ANN KRENTZ

Rien qu'une nuit

*Traduit de l'américain
par Daphné Bernard*

ÉDITIONS FRANCE LOISIRS

Titre original :
ALL NIGHT LONG
publié par G.P. Putnam's Sons, New York

Ce livre est une œuvre de fiction. Les noms, les personnages, les lieux et les événements sont le fruit de l'imagination de l'auteur ou utilisés fictivement, et toute ressemblance avec des personnes réelles, vivantes ou mortes, des établissements d'affaires, des événements ou des lieux serait pure coïncidence.

Édition du Club France Loisirs,
avec l'autorisation des Éditions Belfond.

Éditions France Loisirs,
123, boulevard de Grenelle, Paris.
www.franceloisirs.com

ISBN : 978-2-298-00229-4
© Jayne Ann Krentz, 2005. Tous droits réservés.
Et pour la traduction française
© Belfond, un département de Place des éditeurs, 2007.

Pour Cathie Linz,
grand écrivain, et grande amie

Prologue

Dix-sept ans plus tôt...

La maison au bout du chemin était plongée dans l'obscurité.

— Quelque chose cloche, dit Irene. Mes parents laissent toujours la lumière allumée.

— Allez, Irene, ne sois pas furieuse ! fit Pamela. Celle-ci arrêta la décapotable flambant neuve dans l'allée. Les phares illuminèrcnt l'épaisse rangée de pins qui bordait la maison.

— Ce n'était qu'une plaisanterie, reprit Pamela. Regarde, tout est éteint à l'intérieur. Ils sont sûrement couchés. Ils ne sauront pas que tu as désobéi.

Irene ouvrit la portière et sortit en trombe.

— Mon père et ma mère l'apprendront ! Tu as tout gâché !

— Dis-leur que c'est ma faute, que j'ai oublié quelle heure il était.

— Non, c'est ma faute à moi. J'ai cru à tort que tu étais mon amie. Je t'ai fait confiance. Mes parents m'ont fixé deux règles : pas de drogue et pas le droit d'aller de l'autre côté du lac.

— Oh ! Lâche-moi un peu ! Tu n'as désobéi qu'une fois ce soir, fit Pamela dont le sourire était éclairé par les cadrans du tableau de bord. Je n'avais même pas de drogue dans la voiture.

— On ne devait pas sortir de la ville et tu le savais très bien. Tu viens de dégotter ton permis. Papa pense que tu manques d'expérience.

— Je t'ai ramenée saine et sauve, non ?

— C'est pas le problème. J'avais fait une promesse à mes parents.

— Oh ! là là ! Quelle petite fille modèle ! s'énerva Pamela. T'en as pas marre d'obéir toujours aux ordres ?

— C'est donc ça le problème, ce soir ! Tu voulais me tester ? Eh bien tu peux être fière de toi, tu as réussi ! C'est la dernière fois qu'on fait un truc ensemble. Mais c'est ce que tu voulais, n'est-ce pas ? Allez, salut !

Irene se dirigea vers la maison plongée dans l'obscurité tout en cherchant sa clé dans son sac.

— Irene, attends…

Irene fit la sourde oreille et pressa le pas. Ses parents seraient furieux. Elle serait privée de sortie pour la vie ou, tout au moins, pour tout l'été.

— Bon, comme tu veux ! cria Pamela. Retourne à ta petite existence bien parfaite, bien ordonnée, bien sage en compagnie de ta famille si barbante. Ma prochaine amie saura s'amuser, elle !

Pamela démarra en trombe. Quand les phares eurent disparu, Irene se retrouva dans le noir, seule, soudain consciente de la fraîcheur de l'air. Bizarre, songea-t-elle, en plein été. La lune brillait sur le lac. Les deux filles avaient pourtant roulé capote baissée. Elle n'aurait pas dû avoir froid.

Mais c'était peut-être une réaction à la trahison de son amie.

Elle jeta un œil morose vers la maison, pour voir si ses parents avaient allumé dans leur chambre. Ils avaient sûrement entendu la voiture de Pamela, son père, surtout, qui avait le sommeil léger.

Mais la maison restait plongée dans l'obscurité. Irene soupira de soulagement. S'ils ne se réveillaient pas maintenant, la grande explication n'aurait lieu que le lendemain au petit-déjeuner. Quelques heures de gagnées avant d'apprendre sa punition.

Elle avança à tâtons vers les marches du perron. Son père avait oublié d'allumer la lampe au-dessus de la porte. Étrange ! Cette lampe et celle de la porte de service brillaient toujours la nuit : c'était une autre habitude de la maison.

Clé en main, elle fit une pause. La chambre de ses parents était juste à droite de l'entrée. Ils l'entendraient dès qu'elle aurait franchi le seuil. Mais s'ils étaient endormis et si elle passait par la cuisine, elle aurait une chance de ne pas les réveiller.

Elle se dépêcha d'exécuter son plan. Il faisait terriblement sombre. Dommage que je n'aie pas de torche, se dit-elle. Malgré la lune argentée qui brillait, Irene eut du mal à distinguer l'étroite jetée et le petit bateau que son père utilisait pour la pêche.

Pas de lumière non plus sur le perron de la cuisine ! Elle faillit se casser la figure en trébuchant sur la première marche. Tout était vraiment bizarre. Les deux ampoules auraient-elles sauté en même temps ?

Elle réussit à trouver la serrure et à ouvrir sans faire de bruit.

Mais la porte était coincée, comme si quelque chose la bloquait de l'intérieur. Elle poussa plus fort.

Une odeur nauséabonde s'échappa par l'étroite ouverture. Un animal piégé dans la cuisine ? Sa mère en serait malade.

En réalité, dans son for intérieur, Irene savait qu'une chose atroce avait eu lieu. Elle se mit à trembler de tous ses membres mais réussit néanmoins à glisser sa main pour accéder à l'interrupteur.

La lumière l'éblouit un instant. Puis elle vit le sang répandu sur le sol.

Elle entendit des hurlements. Une partie de son cerveau comprit que la personne qui avait poussé ces cris de désespoir, d'horreur absolue, de refus, c'était elle. Pourtant ils lui avaient semblé venir de loin, de très loin.

Elle avait atterri sur une autre planète, dans un monde où tout était anormal et monstrueux. Un autre ailleurs.

Quand elle revint de ce voyage, elle découvrit que sa définition de la normalité avait été modifiée pour toujours.

E-MAIL
DATE 7 mars
DE : P. Webb
À : I. Stenson
SUJET : le passé

Chère Irene,

Ce mail va certainement te surprendre. J'espère d'ailleurs que tu ne l'as pas supprimé en voyant son expéditeur. Mais j'ai appris que tu étais journaliste et j'en déduis que tu seras intriguée. Donc, avec un peu de chance, tu vas lire ce qui suit.

Difficile de croire que ça fait dix-sept ans que nous ne nous sommes pas vues ! J'imagine qu'étant donné ce qui s'est passé tu aurais été ravie de ne pas entendre parler de moi pendant encore un siècle. Mais je dois discuter avec toi de toute urgence.

Ça concerne le passé. Et ça ne peut pas se faire par mail ni au téléphone. Crois-moi, c'est aussi important pour toi que pour moi.

J'ai encore des trucs à terminer avant qu'on se voie. Viens au lac, jeudi après-midi. Tout devrait être prêt. Appelle-moi dès que tu seras arrivée en ville.

Au fait, je me souviens encore que tu aimais manger du sorbet à l'orange avec de la glace à la vanille. Où la mémoire va-t-elle se nicher, je te le demande ?

Ton ex-meilleure amie

Pamela

1

— Je vais vous raccompagner jusqu'à votre bungalow, déclara Luke Danner.

Irene ressentit un léger frisson d'appréhension. Elle s'arrêta le temps de boucler son trench-coat noir. J'aurais dû rentrer plus tôt, quand il faisait encore jour, se dit-elle.

Il faut dire qu'elle se shootait à l'information. Une accro du journal télévisé, voilà ce qu'elle était. Il lui avait fallu sa dose du soir et la seule télé disponible – bien que vieille – se trouvait dans le minuscule bureau du Sunrise Lodge. C'est en compagnie du propriétaire du motel qu'elle venait de regarder les nouvelles, une succession de catastrophes transmises par des envoyés spéciaux autour du monde. Un peu plus tôt, il avait allumé le panneau COMPLET, ce qui avait inquiété Irene, étant donné qu'elle était la seule cliente !

Elle aurait aimé refuser l'offre de Luke Danner, mais comment ? Il s'était déjà levé et avait traversé le bureau miteux en quelques longues enjambées.

— Il fait nuit noire et deux des lampadaires du sentier sont cassés.

Irene frissonna de nouveau. Elle se battait avec la peur du noir depuis qu'elle avait quinze ans. Sa réaction épidermique n'était cependant pas seulement due au passage du jour à la nuit. La présence de cet inconnu l'inquiétait également.

Au premier abord, cet homme avait l'air inoffensif. C'est, tout au moins, l'impression qu'il donnait à la plupart des gens. À l'exception d'Irene. Luke Danner est le genre d'homme à ne pas se sous-estimer, devina-t-elle. Avec une personnalité compliquée. Un type qui, dans certaines circonstances, pourrait devenir dangereux.

Il était de taille moyenne, trapu, costaud, avec de larges épaules. Et des traits taillés à la serpe. Ses yeux vert et noisette avaient des reflets de feu et d'or : une couleur qu'un alchimiste n'aurait pas reniée.

Quelques mèches argentées éclairaient ses cheveux drus coupés en brosse. Il devait approcher de la quarantaine. S'il ne porte pas d'alliance, c'est qu'il doit être divorcé, trancha-t-elle. Les hommes intéressants de cet âge avaient été mariés au moins une fois. Et Luke Danner semblait du plus haut intérêt. Fascinant même !

Pendant l'heure et demie où ils avaient regardé la télévision côte à côte, il lui avait à peine parlé. Affalé dans un vieux fauteuil, les jambes allongées sur un tapis usé, il n'avait pas quitté des yeux les reporters à l'enjouement forcé annonçant des événements sinistres sans en paraître le moins du monde affecté. Comme s'il avait vu bien pire !

— Ne vous dérangez pas, objecta Irene, j'ai une lampe électrique.

Elle la sortit de son manteau.

— Moi aussi.

15

Luke disparut un instant derrière le comptoir. En se relevant, il exhiba une puissante lampe torche. Dans sa main, elle avait l'air d'une arme redoutable. Il jeta un regard indulgent sur la lampe d'Irene.

— La mienne est plus grosse !

Ne fais pas attention à lui, s'obligea à penser Irene en se précipitant pour ouvrir la porte.

L'air froid la fit frissonner. Elle savait qu'il neigeait rarement à cette altitude, car, bien que situé dans les montagnes du nord de la Californie, le lac Ventana était proche des collines vinicoles. Néanmoins, en ce début de printemps, les nuits pouvaient être très fraîches.

Luke décrocha une vieille veste en peau lainée d'un portemanteau fait de bois de cerf et suivit Irene dehors. Il ne se donna pas la peine de fermer à clé. Il est vrai que Dunsley n'était pas le genre d'endroit où le crime prospérait. Comme Irene le savait pertinemment, seuls deux meurtres avaient été commis au cours des vingt dernières années. Ils avaient eu lieu au cours d'une nuit d'été, tout juste dix-sept ans plus tôt.

Elle s'arrêta sur la terrasse pavée de pierres et de rondins. Il n'était que sept heures et demie mais il faisait aussi sombre qu'à minuit. La nuit tombait vite dans cette région boisée.

Relevant le col de son trench-coat, elle alluma sa torche. Luke l'imita.

Il a raison, songea-t-elle, sa lampe est dix fois plus puissante que la mienne.

Elle perçait l'obscurité avec une force incroyable.

— Bravo ! fit-elle, intriguée. Quelle marque est-ce ?

Elle avait une passion pour les torches et se considérait comme une experte en la matière.

— Surplus militaire. Je l'ai achetée sur eBay.

— Très bien.

Elle se promit d'aller sur ce site le jour où elle aurait besoin d'une nouvelle lampe. Ce qui ne saurait tarder car elle cherchait toujours des modèles plus perfectionnés.

Luke dégringola les trois marches avec assurance. Sortir dans l'obscurité n'avait pas l'air de l'inquiéter. À vrai dire, rien ne devait lui faire peur.

Elle scruta le sentier :

— Il n'y a pas que deux lampadaires éteints. Aucun ne marche !

— J'en ai commandé des neufs qui m'attendent chez le quincaillier, fit-il, très décontracté.

— Ce serait épatant s'ils fonctionnaient cet été, vous ne croyez pas ?

— Vous essayez d'être drôle, mademoiselle Stenson ?

— Je ne me le permettrais pas !

— Je voulais juste me renseigner. Vous, les gens chics des villes, vous vous moquez facilement des péquenots.

Ne joue pas au cul-terreux avec moi, Luke Danner ! Je ne suis pas tombée de la dernière pluie, moi non plus !

Elle ne savait pas grand-chose de lui – et, au fait, voulait-elle en apprendre davantage ? – mais elle pouvait voir ses yeux briller d'intelligence.

17

— Mon petit doigt me dit que vous n'êtes pas plus de Dunsley que moi.

— Tiens donc ! Et qu'est-ce qui vous fait dire ça ?

— Appelons ça l'intuition féminine !

— Ça vous arrive souvent ?

— De quoi ?

— De suivre votre intuition.

— Parfois, avoua-t-elle après une seconde de réflexion.

— Personnellement, je ne m'y fie pas. Je préfère les faits établis.

— Sans vouloir vous vexer, cette manie ne serait-elle pas un peu obsessionnelle ?

— Ouais, peut-être bien.

Avec ses bottes en cuir noir à hauts talons, Irene avait du mal à avancer sur le chemin couvert de gravier qui reliait les douze bungalows. Luke, en baskets, semblait glisser silencieusement.

À travers les arbres, elle aperçut la surface argentée du lac. Mais les rayons de lune ne pénétraient pas les massifs de pins qui surplombaient le Sunrise Lodge. Au-dessus de sa tête, elle entendit le murmure des fantômes. Elle serra sa torche désespérément.

Pas question de le lui avouer, mais avoir Luke à son côté la rassurait. Elle n'aimait pas la nuit. Se trouver dans la ville qui peuplait ses cauchemars allait encore aggraver son angoisse. Elle ne s'endormirait sans doute pas avant l'aube.

Le crissement du gravier, le souffle lugubre du vent dans les arbres lui portaient sur les nerfs. Elle avait besoin d'une présence humaine, envie de parler de tout et n'importe quoi. Mais, vu le mutisme de Luke pendant le journal télévisé, elle devina que les bavardages futiles n'étaient pas son fort. Pour ce type, un dîner en tête à tête avec une fille était certainement une épreuve.

Elle jeta un coup d'œil au premier bungalow, que Luke utilisait visiblement pour son usage personnel. Une lampe éclairait la porte d'entrée mais l'intérieur était sombre. Les autres bungalows étaient plongés dans l'obscurité, sauf le numéro 5, qu'il lui avait attribué. Là, les lumières brillaient à toutes les fenêtres et les lampes de la porte d'entrée et de la porte de la cuisine étaient allumées. Avant de sortir pour regarder la télé, Irene n'avait rien éteint.

— On dirait que je suis la seule cliente ce soir.

— On est hors saison.

Irene se rappela que, pour les lieux de villégiature qui bordaient le lac Ventana, l'année était divisée en deux : la haute saison et la morte saison. Ce qui n'expliquait quand même pas cette absence totale de clients.

— Pourquoi donc avoir allumé le panneau COMPLET ?

— Je déteste être dérangé le soir. Pendant la journée, c'est déjà assez enquiquinant de s'occuper des gens qui demandent des chambres.

— Je vois, commenta Irene dans un raclement de gorge. Monsieur est sans doute novice dans le business de l'hospitalité.

— Pour moi, il ne s'agit pas de vendre de l'hospitalité. Plutôt de pourvoir à un besoin. Quelqu'un veut une chambre pour la nuit ?

19

Positif. Je lui en loue une. Mais si un client n'arrive pas à l'heure, il a intérêt à aller crécher à Kirbyville, de l'autre côté du lac.

— Une façon originale de faire ce métier, même si ce n'est pas la plus rentable. Quand avez-vous repris l'affaire ?

— Y a cinq mois.

— Qu'est-il arrivé à votre prédécesseur ?

La question éveilla la curiosité de Luke :

— Vous connaissiez Charlie Gibbs ?

Irene regretta d'avoir détourné la conversation sur ce sujet. Bien sûr, elle avait envie de bavarder, mais pas d'aborder son passé. Tant pis, le mal était fait.

— Oui, mais je ne l'ai pas vu depuis des années. Au fait, comment va-t-il ?

— L'agent immobilier qui m'a vendu le Lodge m'a dit qu'il était décédé l'année dernière.

— Oh, désolée !

Et elle l'était vraiment. Charlie était déjà âgé quand elle habitait ici. Qu'il soit mort ne l'étonnait pas. Mais depuis son arrivée, quelques heures auparavant, Irene constatait que son passé s'effritait peu à peu.

Elle n'avait pas été une intime de Charlie Gibbs. Mais tout comme l'immense bibliothèque plantée au milieu du parc, son Lodge délabré avait fait partie du paysage de sa jeunesse.

— On m'a dit que les affaires reprenaient après Memorial Day, dit-il sans beaucoup d'enthousiasme, et battaient leur plein jusqu'au Labor Day.

— C'est le cas de la plupart des stations estivales. Mais ça n'a pas l'air de vous enchanter.

— J'aime ma tranquillité, fit-il en haussant les épaules. C'est pour ça que j'ai acheté cet endroit. De plus, j'ai pensé que, vu sa situation au bord de l'eau, c'était un bon placement.

— Vous n'avez pas de mal à gagner votre vie avec cette façon de faire ?

— Je m'en tire. Quand l'été viendra, j'augmenterai mes tarifs pour rattraper le temps perdu.

Irene songea au 4 × 4 devant le bungalow de Luke : grand, cher, et flambant neuf. Charlie Gibbs n'avait jamais pu s'offrir un tel luxe, ni une montre comme celle que Luke arborait au poignet. Les chronomètres au titane avec lesquels on pouvait plonger à cent mètres et qui affichaient l'heure de plusieurs continents n'étaient pas donnés.

Malgré son désir d'en savoir plus sur les finances de Luke, elle préféra changer de sujet :

— Vous faisiez quoi avant de venir ici ?

— J'ai quitté les marines il y a six mois. Ensuite j'ai tâté du monde des affaires, mais ça n'a rien donné.

Ainsi donc il avait été militaire. La nouvelle ne surprit pas Irene. Pas seulement à cause de son maintien ou de sa manière de porter un jean et une chemise de sport comme un uniforme, mais aussi en raison de sa confiance en lui, de l'autorité et de la maîtrise qu'il affichait. Viril jusqu'au bout des ongles. Irene connaissait bien ce genre : son père avait été dans les marines avant d'entrer dans la police.

Luke était homme à vous sortir des flammes et à vous sauver la vie en pleine panique. Les individus

21

de ce style étaient certes utiles mais pas vraiment faciles à vivre. C'est ce que sa mère lui avait expliqué souvent, avec de l'exaspération dans la voix.

— Le Lodge devait être en mauvais état quand vous l'avez acheté. La dernière fois que je l'ai vu, et ça fait un bail, il tombait déjà en ruine.

— J'ai un peu bricolé les fondations, expliqua-t-il en regardant le bungalow d'Irene, perché au bord du lac et entouré de grands arbres. Vous n'avez peut-être pas remarqué la notice incitant la clientèle à éteindre les lumières en sortant afin d'aider la direction, soucieuse de sauvegarder l'environnement.

Elle suivit son regard : le bungalow numéro 5 brillait comme un sapin de Noël.

— Si, si, j'ai bien lu la notice, mais j'ai également remarqué que la direction avait une voiture qui consommait un max d'essence. Alors j'en ai déduit qu'il s'agissait d'une démarche mesquine visant à culpabiliser ladite clientèle dans le seul but d'économiser quelques dollars sur la note d'électricité de l'hôtel.

— Et merde ! J'avais prévenu Maxine que cette notice serait inefficace. Il faut appeler un chat un chat et ne pas se perdre en finasseries. Pour être obéi, on doit être direct et précis. Y a pas à discuter.

— Maxine, c'est qui ?

— Maxine Boxell. Mon assistante. Divorcée. Brady, son fils, s'occupera du bateau du Lodge pendant l'été. Il y a toute une clientèle qui aime pêcher. D'après Maxine on peut demander des fortunes pour une partie de pêche de trois heures. Elle me casse aussi les pieds pour que j'achète un bateau plus rapide pour le ski nautique. Mais je ne me suis pas encore décidé. Ça risque d'attirer trop de monde.

Elle se souvenait vaguement d'une Maxine. Elle avait passé son bac l'année où le monde d'Irene avait volé en éclats. À cette époque elle s'appelait Maxine Spangler.

— Dites-moi une chose : qu'est-ce qui vous amène à Dunsley ?

— Une affaire personnelle.

— Vraiment ?

— Oui.

Elle aussi pouvait faire la mystérieuse si elle le voulait.

— Et vous vous adonnez à quel genre de travail ? insista-t-il quand il se rendit compte qu'elle n'allait pas se laisser manipuler facilement.

Pourquoi ce changement d'attitude ? se demanda Irene. Alors qu'au début il s'était montré muet comme une carpe, voilà qu'il lui faisait subir un interrogatoire.

— Je suis reporter.

— Tiens ! s'exclama-t-il, mi-amusé, mi-surpris. Je ne m'en serais jamais douté. Je vous voyais mal bosser dans les médias.

— Vous n'êtes pas le premier à me dire ça.

— Vous êtes très classe avec vos bottes à talons hauts et votre trench-coat. Simplement, vous ne ressemblez pas à ces beautés maigrichonnes qui lisent les informations à la télé.

— C'est que je travaille dans un journal, précisa-t-elle sèchement.

— Ah, vous appartenez à la presse écrite. Une autre espèce humaine. Quel journal ?

— Le *Glaston Cove Beacon*.

Le commentaire habituel ne se fit pas attendre.

— Jamais entendu parler, fit-il.

— C'est généralement ce qu'on me rétorque. Glaston Cove est une petite ville sur la côte. Le *Beacon* est un modeste quotidien, mais le propriétaire, qui en est aussi le rédacteur en chef et l'éditeur, vient de créer un site internet. Maintenant on peut lire le journal en ligne.

— Qu'est-ce qui peut bien attirer ici une journaliste de Glaston Cove ?

Question poliment inquisitrice, remarqua Irene.

— Je vous le répète, il s'agit d'une affaire personnelle. Je ne fais pas une enquête.

— Oui, désolé, j'avais oublié cette histoire personnelle.

Tu parles, Charles ! Il avait essayé de lui mettre la pression, mais ça ne marcherait pas. Elle n'allait pas tout déballer à un inconnu, surtout un habitant de Dunsley. Après avoir vu Pamela, elle oublierait cet endroit, et pour de bon.

En arrivant devant son bungalow, elle fut surprise de se sentir à la fois soulagée et un peu frustrée. Elle sortit la clé de son sac et monta les marches du perron.

— Merci de m'avoir raccompagnée.

— Pas de quoi !

Il la suivit en haut des marches, lui prit la clé des mains et l'enfonça dans la serrure.

— Quand vous êtes arrivée cet après-midi, j'ai oublié de vous dire qu'il y avait du café et des doughnuts à votre disposition entre sept et dix heures dans le bureau.

— Incroyable ! Vous aviez pourtant bien précisé que la direction ne proposait aucun extra.

— Vous m'aviez demandé si vous pouviez avoir votre petit-déjeuner au lit !

Il ouvrit et inspecta la chambre.

— On n'offre rien de tel. Mais on propose du café et des doughnuts. Quand on a des clients. Ce qui, grâce à vous, est le cas ce soir.

— Désolée de vous causer tant de dérangement.

— Dans l'hôtellerie, ça arrive d'avoir des clients, commenta Luke d'un ton sévère.

— C'est bien de prendre ça avec philosophie.

— Il faut que le métier rentre. De toute façon, les doughnuts, c'est encore une idée de Maxine.

— Ah oui ?

— J'ai été d'accord pour qu'on essaye pendant un mois. Mais, à vrai dire, je ne vous les recommande pas. Ils ont un goût de sciure de bois au sucre. J'imagine, sans en être certain, qu'ils sont légèrement périmés quand Maxine les achète. Le Dunsley Market ne se donne pas la peine d'indiquer les dates de péremption sur les paquets.

— J'aurais dû apporter de quoi me faire un petit-déj'.

— Vous pouvez toujours aller en ville. Le Ventana View Café ouvre à six heures du matin.

— J'y penserai.

Elle fut obligée de se faufiler pour passer le

seuil, obligée de frôler son imposante carcasse. Elle sentit la chaleur qui émanait de lui et prit aussi conscience de son odeur attirante, virile et saine.

Quand elle se retourna pour lui dire bonsoir, elle constata avec surprise qu'il l'étudiait avec beaucoup d'intérêt.

— Qu'est-ce qu'il y a encore ?

— Le petit-déjeuner, vous prenez ça au sérieux ?

— Absolument.

— Vous êtes différente des autres femmes !

Elle n'avait nullement l'intention de lui expliquer que le petit-déjeuner était un rituel capital, une règle de vie qui lui permettait de mettre un peu d'ordre dans son univers personnel. Il symbolisait la fin de la nuit. C'était donc un repas essentiel. Mais comment le lui faire comprendre ?

Elle avait consulté une demi-douzaine d'analystes, mais seul le dernier de la liste avait admis l'importance du petit-déj'. Le docteur Labarre avait fait de son mieux pour sevrer sa patiente de certaines de ses habitudes obsessionnelles. Il lui avait néanmoins laissé le petit-déjeuner, sans doute à cause de ses vertus nutritionnelles.

— N'importe quel diététicien vous dira que ce premier repas est le plus important de la journée.

En disant cela, Irene eut l'impression d'être ridicule, comme chaque fois qu'elle devait expliquer ou dissimuler un de ses comportements.

Bizarrement, il ne se moqua pas d'elle, mais prit un air solennel en inclinant la tête de côté :

— J'en suis intimement persuadé.

Se moquait-il d'elle ? Comment le savoir ?

— Excusez-moi, mais je dois passer un coup de fil, dit-elle.

— Bien sûr, fit-il en reculant. À demain matin ! Elle ne ferma la porte qu'à moitié, puis hésita :

— J'allais oublier. Je partirai sans doute demain.

Il fronça les sourcils.

— Mais vous aviez réservé pour deux nuits.

— La seconde nuit, c'était par sécurité, au cas où je devrais prolonger mon séjour.

— Ça ne marche pas ici. Nous avons une règle très stricte pour les annulations. Il faut en avertir la direction au minimum vingt-quatre heures à l'avance. Et c'est trop tard, ajouta-t-il en jetant un coup d'œil à sa montre.

— Nous en reparlerons demain quand je serai fixée. Bonsoir !

— Bonne chance pour votre affaire personnelle.

— Merci, mais plus vite j'en serai débarrassée, mieux je me porterai.

Un sourire moqueur éclaira le visage de Luke.

— On dirait que le cadre enchanteur qui est le nôtre ne vous impressionne guère.

— Quelle perspicacité !

— Bonne nuit…

— N'ajoutez rien ! Je l'ai déjà entendu !

— Impossible de résister. Bonne nuit, Irene.

Elle lui ferma la porte au nez et fut particulièrement rassurée par le lourd bruit de l'huisserie et le claquement du verrou. Un bruit ferme et définitif. Même si Luke Danner ne s'était installé que

27

récemment à Dunsley, il faisait partie de cette ville qu'elle haïssait. Pas question donc de commencer quoi que ce soit avec lui.

Elle alla à la fenêtre et vérifia qu'il s'était éloigné. Il lui fit un petit signe de la main pour lui montrer qu'il avait repéré son manège.

Certaine d'être bien seule, elle sortit son portable de son sac et appuya sur « bis ». Combien de fois avait-elle appelé le numéro de Pamela depuis le début de l'après-midi ? Elle ne s'en souvenait plus.

Personne ne répondit.

Elle raccrocha avant d'entendre le bip de la boîte vocale. Un message de plus ne servirait à rien.

2

Des yeux marron clair magnifiques, profonds, pétillants d'intelligence et pourtant mystérieux. Des cheveux bruns, coupés parfaitement, qui encadraient son visage. Une silhouette mince, énergique, merveilleusement sculptée. Des bottes sexy à talons hauts et un trench-coat noir ultra-chic. Et par-dessus tout, la damoiselle prenait un solide petit-déjeuner.

Qu'est-ce qui clochait ?

N'étant pas un expert en mode, il s'en remettait à son instinct. Et son instinct lui disait qu'Irene Stenson portait ses bottes et son trench-coat à la manière dont un homme revêt un gilet pare-balles, comme une armure.

De qui, de quoi avait-elle peur ?

Et tout ce cirque au sujet des lampes ? Il venait de vérifier il y avait cinq minutes : le bungalow numéro 5 ressemblait à une usine électrique en folie. D'ailleurs, en la raccompagnant, il avait remarqué qu'elle avait ajouté deux veilleuses dans le salon ! Et quelle idée de se promener avec une lampe torche !

Visiblement, la belle enfant avait peur du noir.

Il abandonna l'idée de terminer le chapitre auquel il avait travaillé toute la semaine et éteignit son ordinateur. Impossible de réfléchir à son Projet. Son esprit était trop occupé par Irene Stenson. D'autres parties de son corps étaient également captivées par le sujet. Voilà trois heures qu'il avait laissé Irene dans son bungalow et il se sentait toujours tendu et excité.

Il avait un besoin fou de se balader. Pendant ce genre de nuits, il avait l'habitude de se promener pour se relaxer. Puis il avalait une bonne dose d'un cognac français qu'il gardait dans un placard. Cela l'aidait souvent.

Mais ce soir, c'était différent. Son remède ne marcherait pas.

Et si toute sa famille avait raison de croire qu'il était bon pour l'asile ? Il commençait à le penser sérieusement car rien n'allait en s'améliorant. Au contraire.

En tout cas, il avait gardé la manie de trouver une logique aux choses, de suivre les petits cailloux blancs pour voir où ils l'amenaient.

Irene avait composé cinq fois le même numéro de téléphone pendant qu'ils regardaient les nouvelles à la télé. La personne qu'elle était venue voir n'avait jamais répondu. Elle allait certainement réagir. Ne lui avait-elle pas laissé entendre que se trouver à Dunsley lui déplaisait et qu'elle s'en irait dès qu'elle en aurait fini avec ses affaires personnelles ?

Le bruit d'un pot d'échappement se fit entendre dans l'étroit sentier qui longeait les bungalows. La lumière des phares éclaira le rideau d'arbres pendant un bref instant, avant de se diriger vers la route principale.

Sa seule et unique cliente s'en allait. Avait-on enfin répondu à ses appels ? Ou filait-elle en douce sans payer sa note ?

Automatiquement, il nota l'heure : dix heures vingt-cinq.

Il ne se passait pas grand-chose, un soir de semaine, à Dunsley, en ce début de printemps, et en tout cas rien qui puisse attirer une cliente aussi sophistiquée qu'Irene. Le Ventana View Café fermait à neuf heures pile. Le Bistro d'Harry restait ouvert jusqu'à minuit, s'il y avait suffisamment de consommateurs. Mais son charme suranné n'offrait pas de quoi se relever la nuit.

Les phares de la petite voiture tournèrent vers la gauche, en direction de la ville.

Elle ne prenait donc pas la poudre d'escampette. Il devenait évident qu'elle avait un rendez-vous. Mais une femme aussi peureuse la nuit ne s'aventurait pas ainsi, toute seule, sauf si elle y était forcée. Par qui, par quoi ?

30

Luke habitait Dunsley depuis plusieurs mois. C'était une toute petite communauté, dans laquelle il ne se passait jamais rien d'extraordinaire. Bon sang ! C'était même la raison de sa venue ici. À première vue il n'imaginait pas qui, en ville, pouvait l'effrayer à ce point. En tout cas, elle avait la trouille !

Mais ce n'était pas ses oignons !

Incroyable, ce mélange de volonté et d'angoisse qui émanait d'Irene. Il savait reconnaître le courage pur et le cran. Il savait également ce que c'était que de sortir la nuit au risque de faire de mauvaises rencontres.

On ne le faisait que l'épée dans les reins.

Et si elle avait besoin d'un coup de main ?

Il sortit ses clés de sa poche, enfila son blouson et se dirigea vers son 4 × 4.

3

Pour atteindre la maison des Webb, Irene dut traverser le microscopique centre-ville, ce qui la fit frissonner. Les lieux lui étaient trop familiers.

C'était injuste. L'endroit aurait dû évoluer au cours des ans. Au lieu de quoi, la ville s'était figée, comme si le temps s'était arrêté. Elle marqua le stop au carrefour principal.

Certes, les façades des magasins avaient été rénovées et repeintes. Certaines boutiques avaient changé de nom. Mais tout ça était bien superficiel.

Irene se sentit mal à l'aise, déphasée. Oui, le temps s'était vraiment arrêté.

À cette heure, le trafic était inexistant. Elle écrasa l'accélérateur, pressée d'arriver.

Le parking du Bistro d'Harry était encore éclairé. Le H de l'enseigne au néon tremblotait, comme dix-sept ans auparavant. Les camionnettes délabrées et les 4 × 4 garés là ressemblaient à ceux de sa jeunesse. Plus d'une fois, son père avait été tiré de son lit au milieu de la nuit pour mettre fin à une bagarre parmi les clients d'Harry.

Irene continua sa route. Elle prit le Woodcrest Trail à gauche et s'engagea dans la partie prétendument élégante de la ville.

Les maisons, construites au milieu des bois, descendaient jusqu'au lac. Seules quelques-unes d'entre elles appartenaient à des gens de Dunsley. La majorité étaient des chalets de vacances, inoccupés à cette époque de l'année.

Elle ralentit et s'engagea dans le chemin étroit qui menait à la maison des Webb. Les fenêtres du premier étage étaient éteintes mais la lampe du perron était allumée. Aucune voiture dans l'allée. Ce qui veut dire qu'il n'y a personne, en conclut Irene. Pourtant, dans son mail, Pamela avait bien précisé la date.

Elle s'arrêta, coupa le moteur et posa ses coudes sur le volant. Et maintenant ? Elle était venue sur un coup de tête, frustrée et angoissée de ne pas avoir eu son amie au bout du fil.

Mais elle avait la certitude que c'était bien ce soir que Pamela l'attendait. Elle aurait dû être là. Il y avait un truc qui clochait.

Irene ouvrit sa portière et descendit sans hâte. Le froid de la nuit la saisit brutalement. Elle se donna quelques secondes pour contrôler la peur que l'obscurité provoquait chez elle. Puis elle se dirigea d'un pas ferme vers la porte d'entrée et appuya sur la sonnette.

Pas de réponse.

Elle considéra les alentours : le garage était fermé. Elle empoigna le crayon lumineux qui était dans sa poche. Mais ce n'était pas suffisant.

Elle retourna à sa voiture, ouvrit le coffre et choisit une des lampes de chantier qu'elle gardait toujours avec elle. Sa puissance la rassura.

S'armant de courage, elle fit le tour du garage et jeta un œil dans la remise : dans la pénombre, elle aperçut une BMW.

Elle frissonna de nouveau. Pamela était donc là, sinon qui d'autre ? Alors, pourquoi ne répondait-on pas à ses appels téléphoniques et à ses coups de sonnette ?

Une lueur attira son attention. Elle provenait de l'arrière de la maison.

Elle se laissa guider, consciente d'être comme un papillon attiré par la flamme d'une bougie.

Elle longea l'entrée de la buanderie avec un pincement au cœur. Cette entrée lui était familière. Pamela avait l'habitude de cacher une clé sous les marches pour pouvoir sortir la nuit en cachette. Une précaution inutile car ni son père ni ses gouvernantes ne la surveillaient de près.

À quinze ans, Irene, comme toutes les filles du voisinage, avait envié la liberté dont jouissait Pamela Webb. Pourtant, avec le recul, Irene s'était rendu compte que cette autonomie était en fait due à l'indifférence paternelle. Pamela avait cinq ans lorsqu'elle avait perdu sa mère dans un accident de canotage sur le lac. Au fil des années, Ryland Webb s'était de plus en plus absorbé dans sa carrière politique. La gamine avait donc été livrée à une succession de nurses et de gouvernantes.

Irene ouvrit la grille au bout de l'allée et s'engagea dans le jardin, que la lune illuminait. Les rideaux des fenêtres coulissantes du salon étaient tirés. La lampe qui l'avait guidée jusque-là n'éclairait que faiblement le salon.

À sa grande surprise elle reconnut le mobilier que sa torche tira de l'obscurité. C'était comme être transportée dans le passé, lorsqu'un décorateur de San Francisco avait été chargé de recréer l'ambiance d'une luxueuse résidence de montagne. « On dirait un chalet d'aisances de luxe », avait raillé Pamela !

Irene entreprit d'étudier la pièce en détail. Elle commença par le mur de gauche qu'occupait une immense cheminée en pierre. Au milieu du tapis, près d'un divan de cuir marron, elle remarqua une pantoufle. Un bout de pied nu dépassait des coussins.

Irene se figea. L'estomac noué, elle s'obligea à longer les fenêtres afin de braquer sa torche directement sur le divan.

Une femme était couchée sur les coussins. Elle portait un pantalon couleur poil de chameau et une blouse de soie bleue. Son visage était tourné vers le dossier. Ses cheveux bruns tombaient en

34

cascade sur le cuir du divan. Un de ses bras pendait dans le vide.

Un mixer et un verre à cocktail vide reposaient sur une table basse.

— Pamela ! Pamela ! réveille-toi ! cria Irene à travers la vitre.

La femme ne bougea pas.

De toutes ses forces, Irene tira sur la poignée de la fenêtre coulissante. Sans résultat.

Pivotant sur ses talons, elle sortit du jardin en courant et fonça vers la porte de la buanderie.

Courbée en deux, elle fouilla sous la première marche. Ses doigts se refermèrent sur une enveloppe.

Détacher l'enveloppe oubliée là depuis longtemps ne fut pas facile. Une clé se trouvait à l'intérieur. Se redressant, Irene déchira l'enveloppe, saisit la clé et l'enfonça dans la serrure.

La porte ouverte, elle chercha l'interrupteur à tâtons. La lumière d'une petite ampoule lui révéla tout un équipement de canotage, de pêche et de ski accumulé là depuis des années.

Elle fonça à travers le vestibule et déboucha dans le salon.

— Pamela ! C'est moi, Irene ! Réveille-toi !

Elle se pencha pour secouer l'épaule de Pamela.

À travers la soie de la blouse, Irene perçut le corps glacé de son ancienne amie. Pas de doute sur l'identité de la femme. Dix-sept ans avaient à peine altéré l'extraordinaire beauté de Pamela. Même morte, elle conservait ses traits aristocratiques.

— Mon Dieu ! Non !

Irene se recula, tout juste capable de réprimer son envie de vomir. Sans regarder dans son sac, elle en tira son portable.

Une silhouette bougea dans le vestibule qui menait à la buanderie.

Irene se retourna d'un bloc, agrippant fermement sa torche. Le puissant faisceau illumina Luke. Elle ne put s'empêcher de hurler.

— Morte ? demanda Luke en avançant vers le divan.

— Que fichez-vous ici ?

Les questions pouvaient attendre. D'une main tremblante, elle composa le 911, le numéro de la police.

— Elle est froide, trop froide.

Se penchant, il entoura le cou de la femme d'une main experte. Il cherche à tâter son pouls, songea Irene. Et ce n'est sûrement pas la première fois qu'il se livre à ce genre d'examen.

— Tout ce qu'il y a de plus mort, confirma-t-il tranquillement. Et depuis un bout de temps.

Ils regardèrent en même temps la carafe vide ainsi qu'un flacon de médicament, vide lui aussi.

Irene tenta de réprimer le sentiment de culpabilité qui l'avait envahie.

— J'aurais dû venir plus tôt.

— Pourquoi ? Comment pouviez-vous prévoir ?

Il s'accroupit pour lire l'étiquette du flacon.

— Je sais. Mais j'aurais pu me douter que quelque chose n'allait pas quand elle n'a pas répondu au téléphone.

Luke observa le corps d'un œil pensif.

— Quand vous êtes arrivée au Lodge, cet après-midi, elle était déjà morte.

Les cadavres n'ont pas de secret pour lui, se dit Irene.

Le policier qui répondit à Irene la bombarda de questions.

Respirant à fond, elle se ressaisit et décrivit la situation avec rapidité et précision. Ce qui lui évita de réfléchir.

À la fin de la conversation, une sorte de torpeur l'envahit. D'une main hésitante, elle laissa tomber son portable dans son sac. Sans jamais regarder le corps de Pamela.

— Inutile d'attendre ici, dit Luke en prenant le bras d'Irene. Sortons.

Elle se laissa faire. Ils gagnèrent le perron.

— Comment êtes-vous arrivé ici ? demanda-t-elle en scrutant l'allée. Où est votre voiture ?

— Je l'ai laissée près de la route.

Soudain, elle comprit.

— Vous m'avez donc suivie !

— Ouais !

Il n'y avait pas une once d'excuse ou de gêne dans la voix de Luke. C'était la simple affirmation d'un fait avéré.

Elle en fut tellement scandalisée qu'elle sortit de sa torpeur.

— Vous avez osé ! Qui vous a donné le droit…

— La femme couchée sur le canapé, fit-il en l'interrompant d'un ton sans réplique, c'est la personne que vous avez essayé de contacter plus tôt ?

Elle serra les poings et replia ses bras sous sa poitrine d'un air furieux.

— Si vous ne répondez pas à mes questions, je ne vous dirai rien !

— Comme vous voulez, répondit-il en se tournant vers les voitures de police qui approchaient, sirènes hurlantes. Mais il est évident que vous connaissiez la victime.

— Il y a très longtemps, nous étions des amies proches. Pourtant, pendant dix-sept ans, je ne lui ai pas parlé et je n'ai pas eu de ses nouvelles.

— Je suis désolé, dit-il d'une voix particulièrement douce, un suicide est toujours très pénible pour l'entourage.

— Je ne suis pas sûre qu'il s'agisse d'un suicide, fit-elle sans réfléchir.

Il pencha la tête, soudain songeur.

— Elle a pu se tromper dans les doses.

Irene n'y crut pas un seul instant, mais elle ne dit rien.

— Pour quelle raison lui avez-vous rendu visite ce soir ?

— Ce n'est pas vos affaires ! Alors, pourquoi m'avez-vous suivie ?

Une voiture de police s'engagea dans l'allée, ce qui évita à Luke de répondre. M'aurait-il répondu de toute façon ? se demanda Irene. Les sirènes étaient si violentes qu'elle fut obligée de se boucher les oreilles.

Soudain, ce fut le silence. Un policier en uniforme sortit de la voiture. Il jeta un coup d'œil à Irene puis se tourna immédiatement vers Luke.

— On nous a signalé un mort.

— Dans le salon.

Le policier regarda par la fenêtre, peu pressé d'entrer. Il était jeune. Durant sa courte carrière à Dunsley, songea Irene, il n'avait pas dû voir beaucoup de cadavres.

— Un suicide ? demanda-t-il, mal à l'aise.

— Ou bien une overdose, intervint Luke en regardant Irene. C'est pas impossible.

Le policier hocha la tête mais sans bouger.

D'autres sirènes résonnèrent au loin. Une ambulance et une autre voiture de patrouille apparurent.

— Mon chef, expliqua le jeune flic, soudain soulagé.

Deux infirmiers sortirent de l'ambulance et enfilèrent des gants en caoutchouc. Ils interrogèrent Luke du regard.

— Au salon ! répéta-t-il.

Irene soupira. Mâle dominant, se rappela-t-elle. Le genre de type vers qui on se tourne en cas de crise.

Les infirmiers disparurent dans la maison, suivis du jeune policier, qui semblait ravi de ne plus avoir d'initiative à prendre.

De la voiture de patrouille émergea un de ses collègues, solide, âgé d'une quarantaine d'années. Son crâne était quelque peu dégarni et son visage anguleux n'avait rien de souriant.

Contrairement à Pamela, les années avaient marqué Sam McPherson, remarqua Irene.

Il lui jeta un bref coup d'œil sans faire mine de la reconnaître. Puis il se tourna vers Luke, comme les autres avant lui.

— Danner, que fichez-vous ici ?

— Bonsoir, chef ! J'ai accompagné Mlle Stenson. Elle habite au Lodge.

— Stenson ?

Sam sursauta et regarda Irene de plus près.

— Irene Stenson ?

— Bonsoir, Sam ! fit-elle en s'armant de courage.

— Je ne vous avais pas reconnue, tellement vous avez changé. Que fabriquez-vous en ville ?

— J'étais venue voir Pamela. Vous êtes devenu le chef de la police ?

— J'ai pris la suite de Bob Thornhill après sa mort, fit-il machinalement. Vous êtes sûre que c'est Pamela ?

Et il pointa le menton vers la maison.

— Tout à fait.

— C'est ce que je craignais, fit-il en soupirant profondément. J'avais entendu dire qu'elle était revenue pour une semaine. Quand j'ai appris qu'il y avait un mort ici, j'ai espéré que c'était une erreur. Qu'elle avait prêté sa maison à des amis.

— Non, c'est bien Pamela, insista Irene.

— C'est vous qui l'avez trouvée ?

— Oui.

Il lança un coup d'œil à Luke avant de revenir à Irene.

— Comment ça s'est passé ?

— Je suis arrivée à Dunsley tard dans l'après-midi. J'ai essayé d'appeler Pamela toute la soirée, mais sans obtenir de réponse. Finalement, comme j'étais inquiète, je suis venue voir si elle était chez elle.

— Cathy Thomas, la préposée qui a reçu votre appel, m'a dit que vous aviez parlé d'alcool et de médicaments.

— Oui, mais…

Elle allait exprimer ses doutes quant à un suicide, quand Luke la regarda droit dans les yeux, ce qui la désarçonna. Le temps de retrouver le fil de sa pensée et Sam avait reprit la parole :

— Je croyais qu'elle était remise. Elle a séjourné à plusieurs reprises dans des centres de désintoxication après ses études à l'université. Pourtant, ces dernières années, elle s'était tenue tranquille.

— D'après l'étiquette du flacon, le médicament trouvé près de son corps a été prescrit par un médecin, intervint Luke.

— Elle se faisait donc à nouveau soigner, conclut Sam en s'arrêtant sur le seuil du salon.

Puis, se tournant vers Irene :

— Vous restez longtemps en ville ?

— Je pensais repartir demain, dit-elle, sans savoir vraiment ce qu'elle allait faire.

— Je voudrais vous poser quelques questions demain matin. La routine. À vous aussi, Danner.

— Pas de problème !

Irene hocha la tête sans répondre.

— Je vous verrai donc demain vers neuf heures et demie au commissariat.

Luke dévisagea la jeune femme.

— Vous connaissez donc ce bled !

— J'ai grandi et vécu ici jusqu'à l'âge de quinze ans.

— Vous y revenez pour la première fois ?

41

— Oui.

Il scruta attentivement son visage.

— J'imagine que vous en avez gardé des souvenirs plutôt pénibles.

— Vous pouvez même appeler ça des cauchemars.

Irene traversa l'allée et se glissa derrière le volant de sa voiture.

Elle allait passer une nuit interminable, une nuit presque éternelle que rien n'apaiserait.

4

De retour dans son bungalow brillamment éclairé, Irene se prépara une tasse de thé.

Les bungalows du Sunrise Lodge n'étaient pas des plus confortables, mais ils avaient été conçus pour des locataires qui séjournaient généralement entre quinze jours et un mois. En plus d'un réchaud et d'un minifrigo, chaque kitchenette était équipée d'une table pour quatre, d'une bouilloire, des ustensiles de cuisine et casseroles de base.

En attendant que son thé soit prêt, elle se mit à penser à Pamela. Ce qui amena les sombres fantômes enfouis au fond de sa mémoire à se manifester. Au cours des années, plusieurs analystes et quelques spécialistes éminents avaient essayé de les faire disparaître, mais Irene savait que seule la vérité y parviendrait. Hélas ! ladite vérité lui avait toujours échappé.

Irene s'installa dans le canapé défoncé, sa tasse ébréchée à la main. Le bruit d'un moteur puissant résonna dans la nuit : Luke était de retour. Par la fenêtre, elle le vit descendre de son 4 × 4 et rentrer dans le bungalow numéro 1.

Quelque peu rassurée de le savoir dans les parages, elle commença à se remémorer les événements tragiques qui s'étaient déroulés l'été de ses quinze ans. L'été mémorable où elle était devenue la meilleure amie de Pamela Webb. L'été où ses parents avaient été assassinés.

À trois heures moins le quart du matin, elle prit sa décision et attrapa le téléphone.

Adeline Grady répondit après six ou sept sonneries.

— Grady à l'appareil ! fit une voix enrouée autant par le sommeil que par l'abus de bon whisky et de havanes. Si c'est pas important, t'es virée !

— J'ai une exclusivité pour toi, Addy.

Adeline bâilla à s'en décrocher la mâchoire.

— T'as intérêt à ce que ce soit plus excitant que la bagarre autour du parc à chiens au conseil municipal.

— T'en fais pas. Le corps de Pamela, la fille du sénateur Ryland Webb, a été retrouvé dans la villa familiale du lac Ventana à dix heures quarante-cinq du soir.

— Je t'écoute, fillette, fit Adeline dont la voix s'était passablement raffermie. Que se passe-t-il ?

— Je peux au moins te garantir que le *Beacon*

43

sera le premier journal de Californie à annoncer la mort mystérieuse et prématurée de Pamela Webb.

— C'est quoi ce charabia ?

— Les autorités locales vont parler de suicide ou d'une overdose mais je crois que c'est tout autre chose.

— Pamela Webb, c'est elle que tu allais voir à Dunsley ? demanda Adeline, songeuse.

— Oui.

— J'ignorais que tu la connaissais.

— C'était il y a longtemps.

— Je vois.

Irene entendit des froissements et le déclic d'une lampe avant qu'Adeline reprenne :

— On a parlé de cures de désintoxication, non ?

Avant de déménager à Glaston Cove et de prendre la direction du *Beacon*, Adeline avait été grand reporter pour plusieurs journaux de l'État. L'étincelle de curiosité qu'Irene percevait dans la voix de sa patronne la rassura. Elle avait un bon sujet et Adeline le savait.

— Je vais t'envoyer par mail tout ce que j'ai, d'accord ?

— Tu es certaine d'être seule sur le coup ?

— Absolument. Le *Beacon* est l'unique journal au monde à être au courant.

— D'où vient ce coup de bol ?

— C'est moi qui ai trouvé le corps.

Adeline siffla doucement entre ses dents.

— Ouais, on peut appeler ça une exclusivité. Bon, tu fais ton boulot et on tiendra la corde. Dans d'autres circonstances, la mort de la fille d'un sénateur ne vaudrait pas un clou. Mais Webb

44

étant candidat à l'élection présidentielle, ça devient un gros coup.

— Une chose encore. Demande à Jenny ou à Gail d'aller chez moi, de m'emballer quelques fringues et de me les envoyer en express.

— Pourquoi ?

— Je vais rester un bout de temps à Dunsley.

— Je croyais que tu détestais ce bled ?

— Absolument. Mais je veux traîner par ici car l'histoire ne fait que commencer.

— J'entends le cœur de la journaliste s'emballer. Qu'est-ce qui se passe au juste ?

— Je crois que Pamela Webb a été assassinée.

5

À neuf heures pile, tel un cyclone, Maxine fit irruption dans le bureau du Lodge. Jolie, dynamique, la trentaine bien tassée, elle avait des yeux bleus et des cheveux décolorés en blond aussi ébouriffés que si elle venait de passer sous les pales d'un hélicoptère. Elle utilisait un serre-tête pour les tenir en place. Au fil des mois, Luke avait découvert qu'elle en possédait un tiroir plein, tous de couleurs différentes. Le serre-tête du jour était rose vif.

Maxine apportait à son travail une énergie qu'il trouvait amusante, incompréhensible et légèrement fatigante.

D'un coup de pied, elle claqua la porte et vint se

planter devant Luke, les bras chargés de sacs du supermarché de Dunsley.

— J'étais en ville, dit-elle d'un ton accusateur. On ne parle que d'Irene Stenson. Il paraît qu'elle est à Dunsley et qu'elle habite même ici. Elle et toi auriez trouvé le corps de Pamela Webb, hier soir !

Luke se pencha au-dessus de son bureau.

— À la vitesse où les rumeurs se propagent en ville, le sujet mérite d'être classé « secret défense » !

— Pourquoi tu ne m'as rien dit ? demanda Maxine en posant une partie de ses emplettes sur la table destinée au petit-déjeuner. Je travaille ici, nom d'une pipe ! J'aurais dû être la première au courant ! Quand je pense que c'est Edith Harper qui m'a appris la nouvelle. Quelle humiliation !

— Premièrement, Irene a téléphoné pour réserver hier matin, pendant que tu faisais des courses. Deuxièmement, elle s'est présentée tard dans l'après-midi, après ton départ. Troisièmement, nous n'avons pas trouvé le corps avant onze heures moins le quart. Et, pour finir, j'ai été trop débordé pour prévenir Son Excellence. J'en suis navré.

Maxine sifflota doucement en accrochant son manteau à une patère.

— Dunsley est en émoi. Il ne s'est rien passé d'aussi sensationnel depuis le départ d'Irene, il y a des années de ça. Au fait, ajouta-t-elle en fronçant les sourcils, comment va-t-elle ? Découvrir le corps de Pamela a dû lui faire un choc terrible. Tu sais que pendant tout un été, elles ont été les meilleures amies du monde.

— Un été seulement ?

— Pamela ne passait ici que l'été. Le reste du temps elle était dans une pension chic ou elle faisait du ski dans les Alpes. Enfin, quelque chose dans ce genre. À vrai dire, elles faisaient une drôle de paire. Impossible d'être plus différentes que ces deux filles.

— Les extrêmes s'attirent.

Maxine réfléchit un instant en faisant la moue et enchaîna :

— Probable. Pamela était le type même de l'adolescente délurée. Elle se droguait, s'envoyait en l'air et son père lui passait tous ses caprices. Elle portait toujours les dernières fringues à la mode. Pour ses seize ans, elle a eu une voiture de sport dernier cri et ainsi de suite.

— Et Irene Stenson ?

— Tout le contraire. Rangée, bonne élève. Passant le plus clair de son temps à la bibliothèque, le nez dans un livre. Polie avec les adultes. Jamais le moindre problème avec les autorités. Ne sortant pas avec les garçons.

— Que faisaient ses parents ?

— Elizabeth, sa mère, était artiste peintre, mais plutôt en amateur. Son père, Hugh Stenson, était le chef de la police de Dunsley.

— Un boulot qui ne lui permettait sûrement pas de couvrir sa fille de toilettes splendides, de voitures neuves ou de séjours au ski.

— Exact, commenta Maxine en jetant un coup d'œil sévère sur l'assiette qui aurait dû contenir des pâtisseries. Dis donc, tu n'as pas sorti les doughnuts !

— J'ai jeté le dernier lot hier. C'était ça ou les souder entre eux pour en faire une ancre de bateau. De plus, la seule cliente que nous avons n'a pas l'air du genre à aimer les doughnuts. En tout cas, pas ceux du supermarché de Dunsley.

— C'est pour le principe. Heureusement, j'en ai acheté d'autres ce matin, dit-elle en les sortant d'un sac. Les clients aiment disposer d'un choix de pâtisseries et de café frais au petit-déj'. Tous les hôtels classe le font.

— J'aime à penser que mon motel a suffisamment de classe par lui-même. Parle-moi encore des Stenson.

— Bon. Pour une raison inconnue, l'été où Pamela a eu seize ans, elle a décidé qu'Irene serait sa meilleure amie. Dans le fond, tu as peut-être raison. Pamela était sans doute attirée par une personnalité qui était à l'opposé de la sienne. Comparée à cette fille si sage, elle avait l'air encore plus amusante et dans le coup. En tout cas, pendant trois mois, elles ont été inséparables. Et personne ne comprenait pourquoi les parents d'Irene la laissaient fréquenter Pamela.

— Pamela avait donc une si mauvaise influence ?

— La pire. Des tas de bonnes âmes ont prévenu les Stenson : empêchez Irene de voir Pamela, sinon elle va mal tourner ! Car il était de notoriété publique qu'un jour ou l'autre la petite Irene succomberait à l'attrait fatal de la drogue, des coucheries et du rock.

— Ah, les plaisirs de la jeunesse !

— Ouais, le bon vieux temps ! Quoi qu'il en

soit, à la surprise générale, les Stenson n'ont jamais mis le holà à l'amitié des deux gamines. Étaient-ils flattés que leur fille copine avec la fille d'un sénateur ? Pourtant ils n'étaient pas du genre à se laisser facilement impressionner.

Luke observa le bungalow numéro 5 à travers les arbres. La plupart des lampes étaient restées allumées une partie de la nuit. La dernière fois qu'il avait vérifié, vers quatre heures du matin, il n'émanait plus qu'une faible lueur de la chambre. Irene avait dû s'endormir à la lumière d'une veilleuse.

— Continue ton histoire !

La suite allait être horrible, il le sentait dans ses os.

— Une nuit, Hugh Stenson a abattu sa femme dans leur cuisine. Puis il a retourné son arme contre lui.

— Oh, merde ! Et Irene ?

— Elle était sortie avec Pamela ce soir-là. Elle a trouvé les deux corps en rentrant seule chez elle. Elle n'avait que quinze ans. Rien que d'y penser, ça me donne la chair de poule encore aujourd'hui.

Luke resta muet.

— Ce fut une horrible tragédie. Toute la ville était en état de choc. Plus tard, des rumeurs ont circulé : Elizabeth Stenson aurait eu une liaison et son mari serait devenu fou en l'apprenant.

— Fou à ce point-là ?

— On disait aussi que depuis son passage dans les marines, Hugh souffrait d'un machin-truc post-traumatique.

— Une névrose post-traumatique.

— C'est ça !

Luke jeta un nouveau coup d'œil vers le bungalow numéro 5 : Irene en sortait. Elle portait comme la veille un pantalon et un pull-over noirs. L'ourlet de son long trench-coat ouvert balayait le haut de ses bottes en cuir noir verni.

Cette tragédie familiale explique les secrets qui ombrent son regard, songea-t-il.

— C'est Irene ? demanda Maxine en l'apercevant dans l'allée. Quelle beauté !

— Oui, c'est bien elle !

— Je ne l'aurais jamais reconnue. Elle est si...

— Quoi ?

— Je ne sais pas exactement. Elle est si différente de la petite fille au cœur brisé que j'ai vue à l'enterrement.

— Après la mort de ses parents, où a-t-elle habité ?

— J'avoue que je n'en sais trop rien. Le soir du meurtre, Bob Thornhill, un des policiers, l'a prise chez lui. Le lendemain, une vieille tante est venue s'occuper d'elle. Après les funérailles, on ne l'a plus jamais revue.

— Jusqu'à maintenant.

Maxine ne quittait pas Irene des yeux.

— Qu'elle ait changé à ce point me laisse baba. Elle est devenue si sophistiquée. À l'époque, elle n'était jamais sortie avec un garçon.

— Oui, aujourd'hui, elle doit les ramasser à la pelle.

Quel homme ne serait pas attiré par une jeune femme aussi sympathique, aussi raffinée, aussi féminine, songea Luke.

— Impossible d'imaginer qu'elle deviendrait chic et distinguée à ce point, insista Maxine en s'activant pour préparer le petit-déjeuner. Voyons, elle doit avoir dans les trente-deux ans. Et elle continue à utiliser son nom de jeune fille. Sans doute qu'elle ne s'est jamais mariée. Ou alors elle a divorcé et repris son nom.

— Elle n'a mentionné aucun mari, intervint Luke. Je m'en serais souvenu. Elle ne porte pas d'alliance non plus.

— Pourquoi est-elle revenue ?

— Pour revoir Pamela.

— Et elle tombe sur son corps. À moins d'être flic, quelle chance a-t-on de découvrir trois morts en l'espace d'une vie ? Et avant même d'atteindre la quarantaine ? La plupart des gens ne voient des morts que dans leur cercueil.

— Tu étais présente quand ta mère est morte.

— Oui, fit Maxine en marquant une pause, le temps de chercher ses mots. Mais elle était dans une maison de santé, malade depuis longtemps. Son décès n'avait rien d'inattendu. Ce fut un départ paisible. Une sorte de transition.

— Je comprends.

Elle a raison, songea-t-il. Les cadavres ayant subi une mort violente sont différents. C'est un sacré choc d'en découvrir un si l'on n'y est pas préparé.

Et, d'une certaine façon, on ne s'y habitue jamais. Soit on essaye d'en éliminer le souvenir, soit il vous hante pour toujours.

— Pauvre Irene, reprit Maxine en remplissant d'eau la machine à café. Ce n'est pas comme si ces cadavres étaient ceux d'inconnus. D'abord ses parents, ensuite la femme qui a été sa meilleure amie.

De tels concours de circonstances sont tout de même rarissimes, songea Luke. La question l'avait turlupiné toute la nuit et continuait à le tracasser. Un grain de sable qui l'empêchait de raisonner avec logique.

Les petits cailloux blancs. Ils étaient la plaie de son existence. Et le besoin de les suivre afin de leur trouver une certaine cohérence tournait à l'obsession.

Laisse tomber, songea-t-il. Tu as suffisamment de problèmes sur les bras. Tu dois t'occuper de remettre ta vie à l'endroit. C'est un boulot à plein temps.

Maxine remplit le filtre de café odorant.

— Après le départ d'Irene, on n'a pas arrêté de raconter en ville qu'elle serait traumatisée à vie, qu'après cette nuit d'horreur elle serait incapable de mener une existence normale. Tu vois ce que je veux dire ?

— Affirmatif.

Maxine regarda Irene avec inquiétude.

— Je viens d'entendre cette commère de Mme Holton clamer haut et fort : « Trop c'est trop ! » Selon elle, après le choc d'hier soir, Irene risque de devenir folle.

Luke ne quittait pas des yeux Irene qui se dirigeait vers l'entrée du bureau. Son visage était ferme et résolu. Rien à voir avec une cinglée prête à se jeter d'une fenêtre. Irene semblait on ne peut plus déterminée.

La porte s'ouvrit. La jeune femme entra, accompagnée d'un courant d'air frais matinal.

Bonjour n'est pas la chose à dire, songea Luke. Il chercha une autre formule de politesse.

— Hé ! fit-il.

Qui oserait dire dorénavant qu'il manquait d'aisance en société ?

Elle lui adressa un gentil sourire, mais son regard était en alerte.

— Salut !

— Vous avez pu dormir ?

— Pas beaucoup, et vous ?

— Un peu.

Arrêtons donc cette conversation polie, se gourmanda Luke.

— Irene ! s'exclama Maxine de l'autre bout du bureau. Tu te souviens de moi ? Maxine Spangler, maintenant Maxine Boxell.

— Maxine ! fit Irene avec un grand sourire. Luke m'a dit que tu travaillais ici. Je croyais que tu devais quitter la région après le lycée.

— C'est ce que j'ai fait. J'ai étudié la comptabilité et l'économie dans une petite université. J'ai dégotté un job dans une boîte de hi-tech et, écoute-moi bien, j'ai trouvé l'homme idéal et nous avons eu un fils.

Maxine fit une grimace avant de reprendre :

— Mais les choses ont mal tourné. J'ai été limogée et mon mec idéal m'a larguée pour sa prof de yoga. Là-dessus, maman est tombée malade. Je suis revenue ici avec Brady, mon fils, pour m'occuper d'elle.

— Comment va-t-elle ?

— Elle est morte il y a près de six mois.

— Oh, je suis désolée. Je me souviens d'elle. C'était une amie de ma mère.

— Je sais.

— Et tu as décidé de rester ici ?

Maxine hésita :

— À vrai dire, Brady ne travaillait pas très bien au lycée de la grande ville où nous habitions. Quand son père m'a quittée, il s'est écroulé. Il a collectionné les mauvaises notes et s'est attiré des ennuis.

— Je vois.

— En fin de compte, j'ai décidé qu'une petite ville comme Dunsley lui conviendrait mieux. D'ailleurs, il s'est bien adapté. Il a de meilleures notes et deux adultes veillent sur lui. Sam McPherson le laisse monter dans sa voiture de police quand il fait ses rondes. Quant à Luke, il lui a appris à entretenir le bateau du Lodge. Du coup, c'est lui qui emmène les clients pêcher sur le lac. Il adore ça.

— Je vois, fit Irene en regardant Luke attentivement.

Ce dernier eut l'impression d'être passé aux rayons X.

— Écoute, reprit Maxine, au sujet de Pamela, je sais que ç'a dû être terrible pour toi de découvrir son corps. Que dirais-tu d'une bonne tasse de café et d'un doughnut ?

Maxine perd son temps, pensa Luke. Irene est du genre à ne boire que des thés rares ou du café dont chaque grain a été sélectionné par un expert. Et elle doit détester les doughnuts.

Zéro pour la psychologie !

Irene décrocha un grand sourire à Maxine en lui disant :

— Merci mille fois, quelle bonne idée !

Et elle commença à déguster café et pâtisserie comme s'ils venaient du meilleur salon de thé du pays.

Je n'y comprends plus rien, songeait Luke.

— Découvrir le corps de Pamela a été un choc terrible, avoua Irene. Avait-elle l'habitude de séjourner souvent à Dunsley ?

C'est quoi ce bordel ? se demanda Luke, tous ses sens en éveil.

— Pas plus que ça. Depuis quelques années, elle apparaissait de temps à autre pour un week-end. Elle était en général accompagnée par un petit ami ou par des copains. Mais on ne la voyait que rarement.

— Tu savais qu'elle était là ?

— Sûr ! Elle est passée en voiture devant le café l'autre jour.

— Les nouvelles vont vite quand il s'agit d'un des Webb, continua la jeune femme en s'adressant à Luke. Ils sont un peu comme les membres d'une famille royale locale, au cas où tu ne t'en serais pas aperçu.

— Je m'en suis rendu compte quand j'ai vu que le parc municipal, l'hôpital et la rue principale s'appelaient tous Webb !

Maxine éclata de rire.

— Voilà quatre générations que les Webb fréquentent Dunsley.

— Mais c'est Victor Webb qui a son nom

partout, précisa Irene. Le grand-père de Pamela a fait fortune dans les articles de sport. Un certain nombre d'œuvres de charité ont bénéficié de ses largesses.

— On peut même dire qu'il est le bienfaiteur de la ville, précisa Maxine en se versant une tasse de café. Des tas de gens lui sont reconnaissants. C'est vrai, Irene, non ?

— Absolument. En tout cas, ça l'était quand je vivais ici.

— Mais il n'habite pas sur place, fit remarquer Luke.

— Plus maintenant, approuva Maxine. Quand il a créé sa chaîne de magasins, il a installé ses bureaux à San Francisco. Puis, après avoir vendu son affaire pour quelques milliards de dollars, il s'est retiré à Phoenix. Il ne vient ici qu'en automne pour chasser. Mais il n'a pas oublié Dunsley. Impossible d'en dire autant de son fils, le sénateur.

— Que veux-tu dire par là ? demanda Luke.

— Je peux répondre, intervint Irene en avalant un morceau de doughnut. Ryland Webb a toujours été un politicien follement ambitieux. Il n'a jamais passé beaucoup de temps ici. Enfin, c'était comme ça quand j'étais gamine.

Elle jeta un coup d'œil interrogateur en direction de Maxine.

— Rien n'a changé, confirma celle-ci en haussant les épaules. Il vient parfois chasser avec son père mais c'est tout.

— Mon père disait qu'il ne ferait pas bon contrarier Ryland Webb, se souvint Irene.

— Il avait raison, fit Maxine. D'ailleurs, si on n'aime guère Ryland dans le coin, c'est que du jour où il a été élu, il a laissé tomber Dunsley.

— La ville n'a jamais profité de la manne politicienne ? demanda Luke.

Maxine fit un grand geste de la main.

— Regarde par la fenêtre. Tu vois des grands projets financés par le gouvernement ? Tu vois de nouvelles routes ? Des chantiers qui aideraient à faire tourner l'économie locale ?

— En ce qui me concerne, l'absence d'aménagements fait partie du charme de l'endroit, fit remarquer Luke d'un ton sec.

Maxine se mit à rire.

— Dis ça au conseil municipal. Comme nous n'avons pas de riches et généreux donateurs qui pourraient financer ses campagnes, Ryland Webb nous traite comme de la crotte.

— Pamela se chargeait-elle des campagnes électorales de son père ? demanda Irene.

— Oui. En sortant de l'université, elle s'est mise à son service. Comme il était veuf, c'est elle qui s'occupait de sa vie sociale. Elle recevait à ses côtés et sortait avec lui dans toutes les manifestations officielles.

— Mais ça risquait de changer, intervint Irene en fronçant les sourcils. Il a annoncé ses fiançailles, il y a quelques semaines.

— Tu as raison. Je n'y avais pas pensé. Oui, Pamela allait se retrouver au chômage. Elle allait perdre un job assez fantastique. Ce n'était pas rien d'être l'hôtesse attitrée du sénateur Webb. Elle était traitée en VIP.

— Oui, elle fréquentait toutes les huiles de l'État et de Washington.

Maxine fit les yeux ronds.

— Ce serait la raison de son suicide ? Elle était déprimée à l'idée de perdre son rang ?

— On ne sait pas si elle s'est suicidée, fit Irene d'un ton neutre.

Ras le bol, se dit Luke. Il était temps de reprendre le contrôle de la situation. Il sortit de sa poche les clés de son 4 × 4.

— Vous êtes prête pour notre petite conférence avec McPherson ? Autant y aller ensemble, non ?

Irene réfléchit un instant puis hocha la tête, comme si accepter d'aller en ville avec lui était une décision grave.

— D'accord !

Luke décrocha son blouson.

— Irene, combien de temps vas-tu rester avec nous ? voulut savoir Maxine.

— Un bout de temps.

— Mlle Stenson a réservé pour une nuit supplémentaire, fit Luke.

Irene reposa sa tasse vide et jeta sa serviette en papier dans la poubelle.

— Je vais sans doute prolonger mon séjour un peu plus longtemps que prévu.

— C'est-à-dire ?

— Ça dépendra, répondit-elle en ouvrant la porte. Allons-y maintenant. Inutile de faire attendre le chef de la police.

— Je serai bientôt de retour, indiqua Luke à Maxine.

— Très bien, fit-elle en passant derrière le bureau.

Luke rattrapa Irene à temps pour lui ouvrir la porte du passager. Puis il se glissa derrière le volant.

— Merci, fit-elle, c'était très galant de votre part.

Au moment de démarrer, Luke lui demanda, furieux :

— C'était quoi, ce cirque que vous avez fait ?

— Pardon ?

— Laissez tomber ! C'était une question de pure forme. Je connais la réponse.

— De quoi parlez-vous ?

— De la façon dont vous avez cuisiné Maxine.

— Cuisiné ? Je ne vois pas ce que vous voulez dire.

Il sourit sèchement.

— On ne me la fait pas. Vous faisiez votre petite enquête, non ?

Irene le regarda en coin.

— Possible !

— Maxine m'a mis au courant de votre amitié avec Pamela Webb. Découvrir son cadavre a été très pénible pour vous, je le comprends. Mais ce n'est pas une raison pour chercher midi à quatorze heures.

Sans ciller, elle fixa la route étroite qui menait vers la ville.

— Ce sont mes oignons.

— Je n'habite ici que depuis quelques mois, mais d'après ce que j'ai entendu dire, je n'ai aucune raison de penser que Sam McPherson soit un pourri. Il ira jusqu'au bout de son enquête si elle est justifiée.

— Mais il n'y aura pas d'enquête. Sauf si le sénateur Webb l'exige, ce dont je doute fort.

— Parce qu'il se prépare à annoncer sa candidature à la Maison-Blanche ?

— Exactement. Il ne voudra pas entendre parler d'une enquête sur la mort de sa fille.

Luke serra le volant.

— D'après les rumeurs qui courent à Dunsley, ça risquerait d'être plutôt sordide.

— Pendant des années, la famille Webb a réussi à cacher les histoires de drogue et les coucheries de Pamela. Une enquête un peu approfondie révélerait des tas de vieux secrets qui feraient les choux gras des médias. L'image de père dévoué de Ryland Webb en prendrait un sacré coup.

— De toute façon, les médias vont parler du décès de Pamela. La fille d'un sénateur qui meurt d'une overdose ne passe pas inaperçue.

— Croyez-moi, Webb et son entourage s'arrangeront pour étouffer l'affaire. Mais si un indice, même infime, laisse à penser que Pamela a été assassinée, alors ça va barder.

Luke poussa un profond soupir.

— Bon sang, c'est bien ce que je craignais. Je vous voyais venir.

Irene ne répondit pas mais serra les poings.

— Vous pensez donc qu'on l'a tuée ? demanda-t-il plus calmement.

— Je ne sais pas, mais j'ai l'intention de découvrir la vérité.

— Avez-vous une preuve solide ?

— Pas la moindre. Mais je peux vous dire une chose. Si j'ai raison pour Pamela, alors il est très possible que sa mort soit liée à l'assassinat de mes parents il y a dix-sept ans !

— Vous songez donc à un complot ?

— Peut-être.

— De la part d'un inconnu tel que moi, ce ne sera qu'une maigre consolation ; sachez pourtant que je suis désolé pour ce que vous avez enduré la nuit où vous avez trouvé vos parents. Quel cauchemar vous avez dû vivre !

Surprise par une telle marque de sympathie, Irene lui jeta un coup d'œil en biais.

— C'est vrai, fit-elle après avoir hésité, et merci.

Elle posa la tête dans sa paume et se lança :

— S'il est vrai que je n'ai aucune preuve solide, je sais au moins une chose.

— Quoi donc ?

— L'été où Pamela et moi étions amies, nous avions mis au point un code que nous n'utilisions qu'en cas d'extrême importance et de secret absolu.

— Et alors ?

— Pamela a utilisé ce code dans le mail qu'elle m'a envoyé pour me donner rendez-vous à Dunsley.

— Sans vouloir vous vexer, un code inventé par deux gamines, c'est pas un début de début de preuve.

— Pour moi, si !

6

Luke n'avait jamais vu autant d'animation dans le centre de Dunsley. Le parking de la poste débordait de camions, de camionnettes et de 4 × 4. Un coup d'œil à la vitrine du Ventana View Café lui apprit qu'il était bondé.

Une immense limousine noire occupait trois places devant l'hôtel de ville, qui abritait la mairie, les bureaux du conseil municipal et le commissariat de police. Luke se rangea à côté de la limousine et réfléchit un instant.

— Il manque quelque chose, fit-il remarquer.

Irene esquissa une moue de dépit.

— Les camions de la télévision, par exemple ?

— On dirait que la nouvelle de la mort de Pamela Webb n'a pas dépassé les limites de la ville.

— À l'exception de l'édition du matin du *Glaston Cove Beacon*, fit-elle avec une fierté mêlée de dépit.

— Mais comme personne ne lit le *Beacon* en dehors de Glaston Cove, la nouvelle demeure plutôt confidentielle.

Irene détacha sa ceinture de sécurité.

— Comme le *Dunsley Herald* a fait faillite il y a quelques années et que le *Kirbyville Journal* n'est pas encore au courant, j'ai toujours l'exclusivité.

Luke sentit venir la catastrophe.

— Vous savez, fit-il en choisissant ses mots, il serait judicieux de se mettre d'accord avant de voir McPherson. C'est jamais mauvais d'avoir un plan.

Il aurait pu économiser sa salive. Sans écouter

ce que Luke avait à formuler, Irene était sortie de la voiture et fonçait vers l'entrée. Elle sortit de sa sacoche un petit appareil.

Sans doute un magnétophone, songea-t-il en l'observant tandis qu'elle enfouissait l'objet dans la poche de son trench-coat.

— Et dire que je suis venu chercher la paix et la tranquillité à Dunsley, commenta Luke à haute voix à l'adresse du siège vide.

Il émergea de son 4 × 4 et rattrapa Irene au moment où elle entrait.

Dans le vestibule, un homme grand, bien mis, au profil célèbre, s'adressait à voix basse à Sam McPherson.

Le visage de Ryland Webb était auréolé d'une chevelure argentée, un atout de rigueur si on briguait un poste de haut rang. Il a vraiment le physique de l'emploi, se dit Luke. Mieux encore, ses traits taillés à la serpe d'homme de l'Ouest et agrémentés d'une touche aristocratique étaient parfaitement photogéniques.

Une jolie femme d'une trentaine d'années se tenait à son côté : elle lui avait pris la main comme pour le réconforter. Sa fiancée, décida Luke.

À l'autre bout du hall, un homme téléphonait nerveusement. Une coûteuse mallette était posée à ses pieds.

— Il est de notoriété publique que Pamela avait des problèmes psychologiques graves, confia le sénateur Webb au chef de la police, tout en hochant la tête d'un air contrit, pour bien montrer qu'en père aimant il avait tout fait pour que sa fille ne connaisse pas une fin aussi tragique. Vous

63

savez comme moi que, depuis l'enfance, elle a passé sa vie à combattre ses démons.

— Je croyais qu'elle allait mieux depuis quelques années.

— Elle était retournée consulter un psychiatre. Mais il est évident que sa maladie a finalement triomphé.

— Elle n'achetait pas ses drogues dans la rue, fit Sam McPherson en fronçant les sourcils. Le médicament que nous avons trouvé près d'elle lui avait été prescrit. J'ai appelé son médecin traitant.

— Ah oui, le docteur Warren. Il a suivi Pamela pendant des années. Il n'y est pour rien. Je suis certain qu'il ne s'est jamais rendu compte que Pamela avait l'intention de se suicider.

L'homme à la mallette se précipita vers Ryland sitôt sa communication terminée.

— Navré de vous interrompre, mais je viens de parler aux gens qui vont s'occuper de l'enterrement. Ils ont enlevé le corps de votre fille de la morgue de l'hôpital et l'emmènent à San Francisco. Nous devrions partir aussi. Les médias ne vont pas tarder à être au courant du drame. Il faut préparer une déclaration.

— Vous avez raison, Hoyt. Bon, Sam, à plus tard.

— Très bien.

Irene barra le passage au sénateur.

— Je m'appelle Irene Stenson. Vous vous souvenez de moi ? J'étais une amie de Pamela, il y a longtemps.

Ryland sursauta. Mais très vite il prit un air poli et amical.

— Irene, ma chère, évidemment. C'était il y a fort longtemps. Tu as tellement changé que j'ai failli ne pas te reconnaître.

Son visage s'assombrit lorsqu'il ajouta :

— Sam m'a dit que c'est toi qui avais trouvé son corps.

Le moment idéal pour intervenir, songea Luke.

— Elle n'était pas seule, j'étais avec elle, intervint-il. Je m'appelle Luke Danner.

— Danner, répéta Ryland en plissant les yeux. En effet, Sam a mentionné que le nouveau propriétaire du Lodge était présent sur les lieux.

Il se tourna vers sa compagne.

— Luke, Irene, permettez-moi de vous présenter ma fiancée, Alexa Douglass.

— Bonjour, fit cette dernière avec un gracieux mouvement de tête. Je suis désolée de faire votre connaissance dans des circonstances aussi pénibles.

— Excusez-moi d'insister, fit Hoyt. Il est temps de partir.

— D'accord, Hoyt, dit Ryland d'un air navré. Irene, Luke, voici Hoyt Egan. Il est responsable de mon emploi du temps. Comme vous pouvez l'imaginer, en ce moment je suis débordé. Pendant les deux prochains mois, je dois présider toute une série de réunions pour le financement de ma campagne. Et voilà que je dois aussi m'occuper de l'enterrement de Pamela.

— Mon Dieu, quelle vie ! murmura Irene. Trouver de l'argent et enterrer votre fille. Qu'est-ce qui aura la priorité ?

Soudain, on aurait entendu une mouche voler.

Les personnes présentes n'en crurent pas leurs oreilles.

Ryland fut le premier à recouvrer ses esprits. Se détournant d'Irene, il fixa son attention sur Luke.

— Je n'ai pas très bien compris pourquoi vous étiez allés tous les deux rendre visite à Pamela hier soir ?

— C'est assez compliqué.

Irene sortit son magnétophone de sa poche et le fixa à la sangle de son sac. Elle prit un calepin et un stylo dans une autre poche.

— Monsieur le sénateur, je travaille pour le *Glaston Cove Beacon*. Peut-être l'ignorez-vous encore, mais l'édition du matin a annoncé la disparition de votre fille.

— Impossible, intervint Hoyt sèchement. Aucun média n'est même au courant de la mort de Pamela !

— Je vous le répète, je suis journaliste, fit Irene comme si elle s'adressait à un enfant têtu. La nouvelle a été publiée ce matin. Vous pouvez la trouver sur le Web.

Puis, se tournant vers Ryland, elle demanda :

— Pouvez-vous nous dire s'il y aura une autopsie pour déterminer la cause du décès ?

La colère défigura Ryland, mais seulement pendant une seconde.

— Irene, découvrir le corps de Pamela a dû être un choc terrible. Mais je tiens à te préciser que je n'ai nullement l'intention de discuter des circonstances de la mort de ma fille avec des journalistes, pas même avec toi !

Irene tressauta comme si on l'avait giflée, mais

elle ne recula pas. Elle inscrivit quelque chose sur son calepin.

— McPherson vous a-t-il dit que si je suis revenue à Dunsley, c'est à la demande de Pamela ? Elle m'avait envoyé un e-mail.

Ryland ne cacha pas sa surprise.

— Pamela a pris contact avec toi ? Qu'est-ce qu'elle voulait ?

— Elle m'a seulement écrit qu'elle avait à me parler.

Ryland pivota pour faire face à Sam.

— Vous ne m'en avez rien dit !

Sam devint écarlate.

— Je ne croyais pas que c'était important.

— Sénateur, s'interposa Hoyt, il faut partir.

Ryland se retourna vers Irene :

— J'ignorais que tu étais toujours en contact avec Pamela.

— Je n'ai pas entendu parler d'elle pendant dix-sept ans jusqu'à ce qu'elle m'envoie ce mail. Inutile de vous dire à quel point j'ai été surprise.

— A-t-elle précisé ce dont elle voulait discuter avec toi ?

— Non, mais j'ai eu l'impression que ç'avait un lien avec le passé.

— Quel passé ? Ah ! votre ancienne amitié ? Oui, je comprends à présent. Elle tenait à faire ses adieux à une vieille connaissance. Les gens qui songent à se suicider agissent souvent ainsi, m'a-t-on dit.

— Vraiment ? Qui vous a raconté ça ? demanda Irene en prenant des notes à toute vitesse.

— Je l'ai lu quelque part, murmura Ryland en

regardant le magnétophone d'un air mécontent. Pamela suivait un traitement pour une dépression grave, ajouta-t-il en détachant chaque mot.

— Je ne pense pas qu'elle ait eu envie de me voir pour me dire adieu, répliqua Irene. Je crois qu'elle voulait discuter des circonstances de la mort de mes parents, Hugh et Elizabeth Stenson. Vous vous souvenez de l'affaire, non ?

— De quoi diable veux-tu parler ?

Alexa prit le bras de son fiancé en signe de soutien.

— Tout va bien, chérie. Voilà des années, Dunsley a connu une horrible tragédie. Un meurtre doublé d'un suicide. Le père et la mère d'Irene sont morts tous les deux et c'est cette pauvre Irene qui a découvert leurs corps. Tout le monde a pensé qu'elle ne se remettrait jamais d'un tel traumatisme. Ne t'en fais pas, il n'existe aucun lien avec la mort de Pamela.

Alexa se tourna vers Irene.

— Je vous présente toutes mes condoléances.

— Merci, répondit Irene sans quitter Ryland des yeux. Sénateur, ne pensez-vous pas possible d'imaginer que la mort de Pamela soit liée aux événements du passé ?

— Non ! s'écria Ryland d'un ton définitif.

Hoyt Egan sursauta et fixa Irene comme si elle était le diable en personne.

— Ce que vous sous-entendez est purement impossible. Et si votre journal se permet de telles allusions, nous consulterons nos avocats.

— Irene, tu admets toi-même que tu n'as eu aucun contact avec Pamela depuis que tu as quitté

Dunsley. Tu ignores donc à quel point elle était déséquilibrée. D'après Sam, rien n'indique autre chose qu'une overdose. Au nom de tous les miens et en mémoire de ma fille, je te prie de t'arrêter là.

Alexa fit un gentil sourire à Irene.

— Mademoiselle, dès que Ryland sera de retour à Washington, il déposera un projet de loi visant à augmenter les fonds pour la recherche sur les maladies mentales.

— Voilà qui me tranquillise énormément !

Mais Luke vit qu'Irene serrait son poing si fort que ses jointures blanchirent.

— Le sénateur a beaucoup à faire, annonça Hoyt. Il est urgent que nous partions.

Il s'interposa devant Ryland et Alexa et se dirigea vers la porte.

Au moment de sortir, Webb se retourna une dernière fois vers Irene.

— Souviens-toi qu'avant tout tu es une amie de la famille.

— Je n'oublierai jamais que Pamela fut, pendant un temps, ma meilleure amie.

Ryland s'assombrit, ne sachant comment prendre la déclaration d'Irene. Sans lui donner le temps de réfléchir plus avant, Hoyt poussa son patron vers la sortie.

— Je n'ai jamais entendu parler du *Glaston Cove Beacon*, dit-il à Ryland. Ce n'est probablement rien de plus qu'une feuille de chou. Ne vous en faites pas, il n'y a pas à s'inquiéter.

Le trio s'engouffra dans la super-limousine.

Luke regarda Irene.

— Bravo, vous avez rabattu le caquet à un sénateur !

— Un coup d'épée dans l'eau, n'est-ce pas, Sam ? Il n'y aura pas d'enquête.

Le chef de la police fut d'abord surpris qu'on s'aperçoive de sa présence.

— En effet, si vous n'avez rien de plus solide que l'e-mail de Pamela, je n'ai pas de raison d'ouvrir une enquête.

— Et vous en êtes content !

Sam pinça les lèvres.

— Vous croyez que je n'ai pas le courage d'affronter Ryland Webb ? C'est bien ce que vous pensez ?

— Non, je n'ai pas voulu dire ça. Mais il est évident que Webb est puissant.

— Puissant ou pas, sa fille vient de mourir, de manière accidentelle ou intentionnelle. Votre père m'a dit un jour qu'en cas de suicide les familles préfèrent ne pas en parler. J'ai dû m'occuper de deux cas similaires et je sais qu'il avait raison. C'est fou ce que les gens sont prêts à faire pour camoufler ce genre de choses.

Irene soupira.

— Je sais.

— En ce qui me concerne, ajouta Sam, et jusqu'à preuve du contraire, les familles ont droit à leurs petits secrets.

Il se tourna vers Luke, à la recherche d'un peu de renfort.

Luke haussa les épaules.

— Tout dépend des secrets. Mais il est certain que chaque famille a les siens.

7

Quarante minutes plus tard, le chef de la police les escorta vers la sortie. Irene était toujours aussi furieuse et de plus en plus déterminée. Elle avait su dès le départ qu'elle avait peu de chances d'amener McPherson à ouvrir une enquête.

— Patience, lui conseilla Sam, quand vous serez remise du choc, vous vous rendrez compte qu'il s'agit bien d'une overdose, pas d'un meurtre.

— Sûrement.

Sans rien dire, Luke prit le bras d'Irene et l'entraîna vers son 4 × 4. Il lui ouvrit la portière et elle se glissa rapidement à l'intérieur.

En passant devant le Ventana View Café, Irene constata que tous les clients les regardaient.

— Quelle bande de vautours, grommela-t-elle.

— Inutile de leur en vouloir. Dunsley est une petite ville. La mort d'une personnalité comme Pamela Webb, fille d'un sénateur et ex-enfant terrible, attire forcément l'attention.

Irene agrippa son sac posé sur ses genoux.

— Ils avaient ce même air, le jour de l'enterrement de mes parents.

— À mon humble avis, dit Luke après avoir roulé en silence, McPherson a raison. La mort de votre amie est soit un accident, soit un suicide.

— Je n'y crois pas.

— C'est ce que je vois. Mais faites-lui confiance. Il n'essaye pas d'enterrer l'histoire. Il se base sur les faits. Et rien ne justifie une enquête.

— Et le mail que Pamela m'a envoyé ? Il en fait quoi ? Des confettis ?

— Non. Mais il pense comme Webb que Pamela avait planifié son suicide et qu'elle a voulu dire adieu à son amie d'autrefois.

— Il aurait été logique qu'elle attende de m'avoir vue pour se suicider.

— Les gens qui se suicident ne raisonnent pas toujours d'une façon logique. Ils sont tournés vers leur souffrance. Elle les obsède.

Le ton détaché que Luke avait utilisé donna à Irene la chair de poule.

— On dirait que vous avez connu ça de très près.

— Ma mère a mis fin à ses jours quand j'avais six ans.

Bouleversée, Irene ferma les yeux un instant.

— Oh, mon Dieu, je suis désolée, fit-elle en se tournant vers Luke.

Il hocha la tête en silence.

— La nuit dernière a donc été particulièrement affreuse pour vous.

— Personne ne m'a forcé à vous suivre, vous savez.

— Au fait, pourquoi l'avoir fait ? demanda-t-elle en fronçant les sourcils. Vous ne me l'avez toujours pas expliqué.

— Quand je vois des petits cailloux blancs, j'ai besoin de voir où ils mènent.

— Je suis un caillou ?

— Ouais. Enfin, vous n'allez pas démordre de votre point de vue, hein ?

— Non, pas en ce qui concerne la mort de Pamela.

— Pourquoi donc êtes-vous persuadée que sa mort est mystérieuse ? Ce n'est pas seulement à cause de cet e-mail. Il y autre chose, non ?

— Une sorte d'intuition, avoua-t-elle après avoir réfléchi un moment.

— Juste une intuition ?

— Oui.

— C'est pas lourd.

— Venant de votre part, c'est risible ! Ne m'avez-vous pas suivie hier soir pour obéir à un besoin de logique ?

— D'accord, vous avez gagné ! avoua-t-il. À propos, que vouliez-vous faire dire à Ryland Webb ? Qu'il en sait plus sur la mort de sa fille et qu'il cherche à étouffer l'affaire ?

— En tout cas, il ne veut pas d'une enquête.

— Vous n'êtes peut-être pas d'accord avec lui, mais ce qu'il dit n'est pas stupide.

— Je sais. C'est un politicien ambitieux, qui ne songe qu'à sa carrière. Il y a dix-sept ans, il ne s'occupait déjà pas de Pamela et, aujourd'hui, il n'a pas de temps à perdre avec elle.

— Écoutez-moi bien, mademoiselle Irene Stenson ! Si vous avez l'intention de vous battre contre lui, vous avez intérêt à avoir des munitions. C'est un type puissant.

— Vous ne m'apprenez rien.

Ils roulèrent en silence un moment.

— Sam McPherson connaissait bien Pamela, n'est-ce pas ? demanda soudain Luke.

La question surprit Irene.

73

— Ils étaient copains il y a longtemps. J'ignore le genre de liens qu'ils ont pu avoir plus récemment.

— Vous pensez que Sam en a été amoureux ?

— Je n'ai jamais envisagé cela, et Pamela non plus. Sam était nettement plus âgé. Nous devions avoir seize ans alors qu'il en avait plus de vingt.

— Pas terrible comme différence.

— Quand on était au lycée, c'était énorme. En y repensant, la façon dont elle le traitait me fait dire qu'ils n'étaient pas amoureux l'un de l'autre.

— De quelle façon le traitait-elle ?

— Comme un ami, pas comme une éventuelle conquête.

— Elle en avait beaucoup à cette époque ?

— Il ne manquait jamais de jeunes mâles qui auraient été ravis d'être conquis. Pamela était ravissante et adorait flirter. Les garçons tombaient comme des mouches. Et puis elle avait un autre atout.

— Elle était une Webb.

— Vous avez entendu Maxine : ils étaient considérés comme des rois.

— McPherson aurait peut-être aimé faire partie des conquêtes de Pamela, mais elle n'a pas voulu de lui. Du coup, ça l'a rendu dingue. Et c'est devenu une obsession : si elle me rejette, alors personne d'autre ne l'aura.

Irene frissonna légèrement.

— Je ne vois pas pourquoi il aurait attendu dix-sept ans pour la tuer.

— Comment diable le saurais-je ? C'est vous qui imaginez qu'il y a eu meurtre ! J'essaye seulement de vous montrer que si vous dressez une liste des assassins potentiels, vous n'en avez pas fini.

— Je n'en suis pas si certaine.

— Ce qui veut dire ?

— Tout le monde pense que Pamela m'a fait venir ici pour me dire adieu. Or je vois mal comment, en pleine dépression, elle se serait soudain souvenue d'une fille qu'elle avait connue un été, quand elle était encore au lycée. Je suis persuadée qu'elle m'a envoyé ce mail pour me parler du passé.

— La mort de vos parents ?

— Oui.

— Bon, alors raisonnons logiquement.

— En d'autres termes, dit-elle en souriant presque, vous allez me prouver le contraire !

— Oui. Car vous partez d'une hypothèse qui ne repose sur rien. Que pouvait savoir Pamela de la mort de vos parents ? Et, si elle savait quelque chose, pourquoi avoir attendu dix-sept ans pour vous en parler ?

— Je ne connais pas les réponses à vos questions, mais je sais une chose : Pamela a été la dernière personne que j'ai vue avant de... trouver les corps de mes parents.

— Vraiment ?

— Cet après-midi-là, elle m'avait appelée pour me demander de venir chez elle un moment. Ensuite nous irions dîner dans un café avant d'aller au cinéma. Ma mère m'avait donné la permission à condition que je respecte notre pacte.

— Quel pacte ?

— Si Pamela se mettait à boire ou à prendre de la drogue, je devais rentrer immédiatement à la maison.

— Vos parents ne vous ont donc jamais interdit de fréquenter Pamela tant que vous obéissiez à cette règle ?

— Maman avait pitié de Pamela, que son père délaissait cruellement. Quant à papa, il me faisait confiance : je devais l'appeler si Pamela buvait ou se droguait. Mais je n'ai jamais eu à le faire.

— Vraiment jamais ?

— Absolument. Pour une raison qui m'est inconnue, Pamela voulait que je sois son amie. Elle savait que je cesserais de la voir si elle enfreignait la loi. Après tout, mon père était chef de la police.

— Continuez.

— Après avoir dîné au Ventana View Café, nous sommes allées au cinéma. Puis nous sommes montées dans sa voiture. Elle aurait dû me raccompagner directement à la maison. Papa avait établi une autre règle. Je n'avais pas le droit de sortir de la ville avec Pamela car elle n'avait pas beaucoup d'expérience au volant. Au lieu de ça, elle a tourné dans Lakefront Road et s'est dirigée vers Kirbyville.

— Qu'avez-vous fait ?

— J'ai d'abord cru qu'elle me taquinait. Elle savait que papa m'empêcherait de monter en voiture avec elle si elle ne respectait pas la règle. Quand j'ai compris qu'elle ne plaisantait pas, je l'ai suppliée de faire demi-tour, mais elle s'est contentée de rire. Je suis devenue furieuse et je l'ai menacée de sauter en marche. Elle n'a fait qu'accélérer. Alors j'ai eu la frousse.

— Elle se serait droguée sans que vous le sachiez ?

— J'y ai pensé mais elle m'a juré qu'elle n'avait rien pris. Comme elle roulait de plus en plus vite, il m'était impossible de sauter en marche. Je me suis donc contentée de boucler ma ceinture et de prier pour qu'elle en ait vite assez de ce petit jeu.

— C'est ce qui est arrivé ?

— Non. En arrivant à Kirbyville, elle a été obligée de ralentir. Je lui ai dit que j'allais téléphoner à mes parents pour qu'ils viennent me chercher. Alors elle s'est mise à pleurer, à s'excuser en promettant de me raccompagner. J'étais furieuse contre elle : elle avait tout gâché. Sur le chemin du retour, on ne s'est plus adressé la parole. L'une comme l'autre, nous savions que nous ne nous verrions plus.

— Vous alliez tout raconter à vos parents et ils vous auraient interdit de la fréquenter ?

— Il m'était impossible de leur mentir, précisa Irene avec tristesse. Pamela le savait aussi bien que moi. Bref, elle m'a déposée devant la maison. Je ne l'ai jamais revue.

Irene se tut car elle était glacée, comme chaque fois qu'elle évoquait cette nuit. Si elle continuait, elle allait se mettre à trembler.

Luke prit le chemin qui menait au Lodge.

— Ne le prenez pas mal mais je ne comprends pas bien pourquoi Pamela aurait attendu si longtemps pour vous joindre si elle avait su quelque chose d'important.

— Il est possible qu'elle ait eu récemment un élément nouveau.

— C'est un peu tiré par les cheveux, non ?

Il se tut, serrant soudain les dents.

— Que diable se passe-t-il ? jura-t-il.

Irene comprit qu'il regardait une voiture garée devant le bureau. Un beau gars d'une vingtaine d'années était appuyé nonchalamment contre un des piliers de pierre du perron.

— Vous n'aimez guère vos clients, constata Irene.

— Ce n'est pas un client !

Luke se parqua derrière la voiture et coupa le contact.

— Il s'appelle Jason Danner. C'est mon jeune frère.

La nouvelle surprit Irene : bizarrement, elle n'avait pas imaginé Luke entouré d'une famille. Ce qui était absurde. La plupart des gens ont de la famille. Elle était une exception à la règle : depuis la mort de sa grand-tante, elle était seule au monde.

Malgré tout, quelque chose dans l'attitude de Luke l'avait amenée à penser qu'il était seul dans la vie : une sorte de détachement, une façon d'envisager les choses d'un autre point de vue, comme elle-même avait appris à le faire.

Sans sortir du 4 × 4, elle examina Jason avec une certaine curiosité. Les deux hommes n'avaient pas grand-chose en commun. Jason n'était pas seulement plus jeune, il était aussi plus grand et probablement considéré comme séduisant. Pas plus sexy que Luke, décida Irene, juste plus beau. Ce qui n'était pas du tout pareil.

Se rappelant que Luke avait perdu sa mère quand il avait six ans, et vu la différence d'âge entre les deux hommes, Irene comprit que Jason était le demi-frère de Luke.

Le visage fermé, Luke bondit de sa voiture. Il n'avait pas l'air emballé par la présence de Jason.

— Qu'est-ce que tu fabriques ici ? Je ne t'attendais pas.

Jason fit un geste d'apaisement.

— Calme-toi, grand frère, j'ai eu envie de voir comment tu te débrouillais dans l'hôtellerie !

Malgré les sourires de Jason, la tension entre les deux hommes était flagrante.

Luke ouvrit la portièrc à Irene.

— Jason, je te présente Irene Stenson. Elle séjourne au Lodge.

— Bonjour, Jason ! dit-elle en s'extirpant du 4 × 4.

Le jeune homme détailla Irene de la tête aux pieds et parut satisfait de son inspection.

— Ravi de faire votre connaissance.

Sa façon de me regarder n'a rien de personnel, songea Irene. Il est curieux de savoir ce que je représente pour Luke.

— C'est compliqué, fit-elle sèchement.

Surpris, Jason cilla avant de sourire.

— Avec Luke, les choses sont rarement simples.

— De quoi parlez-vous, tous les deux ? grommela Luke.

— Rien d'important, répondit très vite Irene.

À propos, si vous n'y voyez pas d'inconvénient, je vais vous laisser discuter entre vous.

Elle leur adressa un grand sourire et s'éloigna.

Quoi qu'ils aient à se dire, ce n'était pas ses affaires.

8

Bien calé dans un des fauteuils de la terrasse, Jason avala une gorgée du café que Luke venait de lui servir. Il fit la grimace.

— Tu pourrais investir dans une machine italienne, non ? On aurait une chance d'avoir du café buvable.

Luke s'assit à son tour et posa ses pieds sur la balustrade.

— Je me fous du goût du café. J'en bois parce que c'est chaud et que ça m'aide à me concentrer.

— Et tu te concentres sur quoi en ce moment ?

Luke regarda en direction du bungalow numéro 5.

— Sur Irene Stenson !

— Ah, je me disais bien ! Elle n'est pas une cliente comme les autres. Je me trompe ou pas ?

— Disons qu'hier soir on s'est un peu rapprochés.

— Vingt dieux, c'est comme ça que vous appelez la chose dans cette partie du monde ?

— Je parle d'une autre sorte de relation. Du

lien qui se crée lorsque deux personnes découvrent ensemble un cadavre.

— Quoi ? s'étrangla Jason.

— Hier soir, Irene est allée voir une de ses anciennes amies, Pamela Webb, la fille du sénateur. Elle l'a trouvée morte, probablement d'une overdose d'alcool et de médicaments.

— Minute, mec ! Tu veux parler du Ryland Webb qui a l'intention de se présenter aux élections présidentielles ?

— Tout juste.

— Mais on n'en a pas parlé à la radio !

— Ça va se savoir très vite, maintenant. Le *Glaston Cove Beacon* en a fait sa une ce matin.

— Bizarre que je ne sois pas abonné à ce journal. En fait, je ne savais même pas qu'il existait.

— Tu n'es pas le seul. En tout cas, Irene, qui travaille pour le *Beacon*, a eu l'exclusivité. Les principaux médias vont reprendre la nouvelle cet après-midi ou ce soir.

Jason plissa le front.

— Alcool et médicaments !

— À première vue, oui.

— Un suicide ?

— Ou une overdose accidentelle. Difficile à dire.

— Tomber sur un cadavre, ça doit faire un sacré choc !

Luke se figea. Il savait très bien à quoi songeait Jason. Et toute la famille penserait la même chose quand elle apprendrait la nouvelle. Depuis six mois, ils se faisaient tous du souci pour lui. Et la mort de Pamela Webb n'allait sûrement pas arranger les choses.

— C'est pour Irene que ç'a été le plus dur. Moi, je ne la connaissais pas, Pamela. Elles étaient copines à l'époque du lycée.

— Et c'est par pur hasard que tu te trouvais avec Irene quand elle a découvert le corps de son amie ?

— Oui.

— Tu veux bien m'expliquer cette extraordinaire coïncidence ?

— J'étais curieux de savoir où elle allait la nuit en quittant le Lodge. Je l'ai donc suivie.

— Tout simplement ?

— Eh ouais !

— Ça t'arrive souvent ?

— Quoi ?

— De suivre tes clients en ville ?

— Non. En général, je les fuis comme la peste. Tous des emmerdeurs.

— Mais pas elle ?

— Elle aussi, mais d'un genre différent.

Il est temps de changer de sujet, songea Luke.

— Dis-moi, Jase, pourquoi es-tu là ?

— Je te le répète, je voulais voir comment tu te débrouillais.

— Ne me raconte pas de salades.

Jason eut un geste d'impatience et pointa son doigt vers les bungalows de la résidence.

— Fiche-moi la paix ! Le Vieux a raison. Visiblement, l'hôtellerie n'est pas ton truc. Tu n'es pas plus doué que moi pour gérer un motel de troisième zone.

— Je ne suis pas fait non plus pour m'occuper de notre affaire familiale. J'ai essayé, comme tu sais. Et on a vu le résultat.

— C'est ta faute. Tu as mélangé le business et tes histoires avec Katy. Gordon et le Vieux veulent que tu fasses un nouvel essai.

— Ils se gourent !

— Le Vieux se fait du souci. Il n'est pas le seul.

— Je sais. Je peux seulement te rassurer en te disant que je vais bien.

— Maman et le Vieux sont persuadés que tu es en pleine dépression, que tu n'as pas digéré ce qui s'est passé quand tu t'es tiré avec Katy.

— Je ne suis pas déprimé.

— Tu dis ça mais personne ne te croit.

— On nage en plein mystère, hein ? Que dois-je faire pour prouver que je suis en parfaite santé ?

— Commence par prendre rendez-vous avec le docteur Van Dyke.

— Laisse tomber ! Elle est charmante, et sûrement une excellente psy, mais je refuse de lui parler.

— C'est une vieille amie de la famille. Il est donc normal que les parents lui demandent conseil quand ils s'inquiètent à ton sujet. Elle veut seulement que tu viennes bavarder avec elle.

— Le jour où j'aurai besoin d'elle, je l'appellerai.

Jason s'enfonça dans son siège.

— J'ai prévenu le Vieux que je perdrais mon temps.

— C'était donc son idée que tu viennes me voir.

— Il espérait que j'arriverais à te convaincre.

— C'est bien ce que j'avais suspecté. Enfin, tu as rempli ta mission.

— Tu vas revenir pour son anniversaire, n'est-ce pas ?

— Je viendrai.

— Bien. C'est important.

— Je sais.

— Tiens-toi prêt à écouter un sermon sur les bienfaits de ton retour parmi nous.

— Un homme averti en vaut deux !

Luke était sur le point de boire une gorgée de café quand le bruit d'une voiture suspendit son geste.

— Bon sang ! Où va-t-elle cette fois-ci ? s'exclama-t-il en se levant.

Jason écarquilla les yeux.

— Qui ça ?

— Irene, répondit Luke en dévalant les marches de la terrasse.

— Attends-moi ! fit Jason en bondissant sur ses pieds et en suivant Luke. On va où ?

Sans répondre, Luke s'avança au milieu de l'étroit chemin. Il stoppa net devant la petite auto jaune.

Irene fut contrainte de s'arrêter. Luke se plaça à côté de la fenêtre de la conductrice, posa sa main sur le toit de la voiture et se pencha vers elle.

Elle baissa sa vitre et le regarda à travers ses lunettes de soleil.

— Quelque chose ne va pas ? fit-elle d'une voix douce.

— Où allez-vous ?

Elle releva la tête en enlevant ses lunettes.

— Vous savez, j'ai souvent séjourné à l'hôtel ou dans un motel, mais c'est la première fois que le propriétaire vérifie mes allées et venues !

— Au Sunrise Lodge, on ne fait pas les choses comme les autres.

— Je l'ai remarqué. Ici, c'est plutôt le style militaire, n'est-ce pas ?

— À la sauce marines, suggéra Jason. Mon frère a été démobilisé il y a quelques mois seulement. Pardonnez-lui. Il faut qu'il s'acclimate à la vie civile.

— Ceci explique cela, fit-elle en souriant à Jason. Vu tous les problèmes que je vous ai causés hier soir et ce matin, je crois que j'ai une dette envers vous, ajouta-t-elle en dévisageant Luke.

— Vraiment ?

— Voici ce que je vous propose à titre de dédommagement. Un dîner ce soir, concocté par mes blanches mains. Ça vous dit ?

L'invitation prit Luke au dépourvu.

— Formidable ! s'exclama Jason. Vous savez cuisiner, mademoiselle Stenson ?

— Sachez que vous contemplez la seule et unique journaliste responsable de la sélection des recettes de notre rubrique « Les lectrices aux fourneaux ».

— J'en suis baba ! plaisanta Jason.

— Vous seriez même estomaqué en voyant les recettes que j'ai rejetées. Faites-moi confiance, mieux vaut ignorer à tout jamais ce que les gens sont capables de concocter avec de la gélatine arôme citron vert et des haricots rouges.

— Je vous crois sur parole !

— À propos, vous êtes également convié à dîner si vous êtes encore là.

— Je m'en ferai un devoir.

— Parfait. Je vous retrouve à cinq heures et demie. On prendra un verre avant de passer à table.

Elle se tourna vers Luke.

— En espérant que ça vous convienne ?

— J'ai appris une chose chez les marines : tirer profit de toutes les occasions stratégiques qui se présentent. Je serai à votre porte à dix-sept heures trente.

— Ce qu'on appelle généralement cinq heures et demie, non ? Bon, maintenant que tout est organisé, je dois faire un peu de shopping.

Luke n'avait pas retiré sa main de la voiture.

— Vous n'avez pas répondu à ma question : où allez-vous ?

Une lueur d'amusement éclaira les yeux d'ambre de la jeune femme.

— Ce genre d'attitude fonctionne certainement à l'armée, mais avec vos clients vous devriez en changer.

— Je ne connais que deux manières de faire les choses, la méthode des marines ou l'autre.

— Pour être tout à fait claire, je vous annonce que je préfère la seconde option. Mais comme vous êtes mon invité ce soir, je serai assez aimable pour vous répondre. Je vais faire des courses à Dunsley.

— Des courses ?

— Vous savez, de la nourriture pour préparer le dîner de ce soir ?

— Ça comprend de la gélatine arôme citron vert et des haricots rouges ?

— Que nenni !

— Dans ce cas, je peux être relaxe.

— Ne prenez pas de risques, monsieur Danner.

Irene écrasa l'accélérateur. Luke retira sa main du toit un centième de seconde avant que la voiture disparaisse au bout du chemin.

— Hé, banane, t'aurais pu te faire arracher la main ! s'exclama Jason.

9

Irene s'arrêta devant le stand fruits et légumes du Marché de Dunsley. Elle examina le choix réduit de laitues, de concombres et de tomates tout en faisant semblant de ne pas remarquer les regards appuyés des autres clientes. Ce n'est pas la première fois que je suis le centre d'intérêt de la ville, songea-t-elle. Mais aujourd'hui, je ne suis plus la gamine aux nerfs brisés de jadis.

De plus, après avoir couvert pendant cinq ans les réunions du conseil municipal de Glaston Cove, choisi des recettes de cuisine, fait le portrait d'hommes d'affaires locaux, elle se sentait l'âme d'un vrai reporter.

Irene se repassa en détails la conversation qu'elle venait d'avoir avec Adeline.

« Dis donc, tu charries, s'était plainte cette dernière. Je ne peux rien utiliser de ce que tu m'as donné, sauf de vagues allusions à une enquête qui n'a pas l'air de démarrer.

— Pas du tout ! Je continue mes recherches.

— Mais si la police locale ne bouge pas le petit doigt...

— Je sens bien qu'il y a quelque chose là, derrière.

— Je le sais, avait fait Adeline dans un énorme soupir. Mon pifomètre me le dit aussi. Il y a trop de coïncidences dans cette histoire. Mais promets-moi de faire gaffe. Selon ma vieille expérience, la politique, le cul et les cadavres font mauvais ménage.

— Je ferai attention.

— Au fait, Gail et Jenny t'ont envoyé en express des fringues pour une semaine. Tu les auras dans la matinée. Elles n'ont choisi que du noir, ainsi tu n'auras pas à t'en faire pour tout assortir.

— Remercie-les de ma part. »

Le bruit d'un caddie interrompit sa songerie.

— Pas possible ! Mais c'est Irene Stenson ! On m'a dit que tu étais revenue en ville.

Irene reconnut instantanément cette horrible voix stridente qu'elle n'avait pourtant pas entendue depuis dix-sept ans : celle de Betty

Johnson ! Un souvenir déchirant lui revint en mémoire.

Elle se tenait à côté de tante Helen dans le sombre vestibule du crématorium et regardait la foule assemblée dans le parking. La pluie glaciale n'avait pas refroidi la curiosité des habitants de Dunsley.

— *Des vautours ! avait-elle murmuré.*

— *Tout le monde en ville connaissait tes parents et te connaît, avait dit Helen en serrant la main de sa nièce. Il était évident qu'ils allaient tous venir.*

Ben Drakenham, l'entrepreneur de pompes funèbres, aurait préféré que Hugh et Elizabeth Stenson ne soient pas incinérés. Un enterrement en bonne et due forme avec de luxueux cercueils lui aurait rapporté plus, avait deviné Irene.

Pourtant, la vieille tante n'avait pas pris sa décision en fonction de considérations financières.

— *Aller au cimetière t'incliner sur les tombes de tes parents t'obligerait à revenir sur les lieux de la tragédie. Ce n'est pas ce qu'ils auraient souhaité. Ils auraient aimé que tu sois libre de vivre ta vie comme tu l'entends.*

Sa tante avait-elle fait le bon choix ? Irene se l'était souvent demandé. Des tombes lui auraient servi de repère, lui fournissant un lien tangible avec le passé qui lui avait été arraché.

En ce jour froid et humide, la chapelle était bondée. Mais aux yeux d'Irene la majorité de l'assistance était venue pour se distraire et cancaner, non pas par respect pour ses parents.

Betty Johnson s'était arrangée pour avoir une des

meilleures places. Puis, tels des rapaces, elle et d'autres commères s'étaient plantées à la sortie pour murmurer quelques mots de condoléances vides d'émotion.

La voiture qui les attendait lui avait semblé garée au bout du monde.

— Viens, Irene, lui avait dit sa tante, on va sortir ensemble.

Irene avait respiré à fond et serré très fort la main d'Helen. Elles avaient descendu toutes les deux les marches du perron. La foule s'était écartée sur leur passage. Helen avait salué quelques visages d'un hochement de tête royal. Irene avait fixé le bout de ses pieds.

Elles n'étaient qu'à quelques pas de la voiture quand la voix criarde de Betty Johnson s'était fait entendre :

— Pauvre petite Irene. Quelle tristesse, mais après ce choc, elle ne sera jamais normale...

Irene s'empara délicatement d'un cœur de laitue et se tourna vers une femme solidement charpentée à la chevelure abondante.

— Bonjour ! fit-elle poliment.

Betty lui adressa un sourire factice.

— Oh, je t'avais à peine reconnue. Tu es si *différente* !

— Vous voulez dire, si normale ?

Betty pâlit.

— Comment ?

— C'est sans importance.

Irene posa la laitue dans son caddie et agrippa la poignée.

— Si vous voulez bien m'excuser, j'ai des tas de choses à faire.

Betty recouvra son sang-froid et bloqua le caddie.

— Tu as dû être horriblement secouée quand tu as trouvé cette pauvre Pamela morte !

Du coin de l'œil, Irene vit deux autres clientes s'arrêter à proximité. L'une d'elles mettait toute son énergie à choisir une botte de carottes. L'autre fouillait dans un tas de pommes de terre comme si elle cherchait une pépite d'or. Toutes deux penchaient la tête pour ne pas perdre une miette de la conversation.

— Oui, ç'a été un grand choc, répondit Irene en contournant Betty.

— J'ai entendu dire que ce gentil M. Danner était avec toi, fit Betty en se lançant à la poursuite d'Irene. Tu séjournes au Lodge, n'est-ce pas ?

— Absolument.

Irene s'enfonça dans une allée bordée de cartons de bière et de bouteilles de vin.

Après avoir choisi une bouteille de vin blanc d'un prix modique, elle hésita. Luke était sans doute du genre à préférer la bière.

— Il paraît que tu étais contrariée, ce matin, après avoir parlé à McPherson et au sénateur Webb, s'écria Betty derrière elle.

Irene prit un pack de six bouteilles et continua son chemin, suivie de près par Betty, qui pérorait toujours.

— Pamela Webb était très perturbée. Incontrôlable ! Un jour, je m'en souviens, ton père l'a surprise en train de se droguer avec des jeunes du coin dans un hangar à bateaux de la vieille marina. Comme c'était la fille de Ryland Webb, il a été obligé d'étouffer l'affaire. Mais en ville, tout le monde était au courant.

Irene en avait ras le bol. Elle s'arrêta net, lâcha son caddie et fit un pas de côté.

Betty Johnson la serrait de si près qu'elle n'eut pas le temps de stopper. Son caddie heurta violemment celui d'Irene, et elle chancela sous le choc.

— Votre mémoire vous fait défaut, dit Irene avec un charmant sourire. Mon père ne s'est jamais montré complaisant avec Ryland Webb.

Betty maugréa entre ses dents :

— Allons, ma petite, tout le monde sait ce que Pamela faisait dans ce hangar.

— Comme tout le monde savait que votre mari était ivre mort le soir où il a défoncé la vitrine de la quincaillerie Tarrant avec sa voiture.

Betty la regarda, abasourdie. Puis elle prit un air offusqué.

— Ed n'était pas ivre. C'était un accident.

— On pourrait aussi dire que papa a étouffé l'affaire en n'arrêtant pas Ed, n'est-ce pas ? Il savait que votre mari venait de perdre son job. Il s'était rendu compte que s'il l'arrêtait pour conduite en état d'ivresse, il aurait du mal à retrouver un boulot.

— C'était un accident, je te le répète. Ton père le savait.

— Un accident ! Tu parles !

Irene jeta un coup d'œil autour d'elle et reconnut vaguement quelqu'un au bout de l'allée. Annie Wilkins.

— Comme le soir où Jeff Wilkins et deux de ses copains ont volé *par accident* le nouveau camion de Harry Benson pour faire une virée, reprit la jeune femme.

Annie Wilkins blêmit.

— Comment osez-vous reparler de ça ? C'était une farce de collégiens.

— C'était bel et bien un vol de voiture et Benson voulait absolument porter plainte. Mais mon père l'a persuadé de se calmer et de laisser tomber. Et puis il est allé parler à votre fils et à ses copains. Il leur a fichu la trouille. Et vous savez quoi ? Il leur a évité d'avoir une condamnation sur leur casier judiciaire.

— C'est arrivé il y a bien longtemps, reprit Annie, furieuse. Aujourd'hui, Jeff est avocat !

— Un comble ! Je suis sûre que papa aurait trouvé ça très drôle.

Irene pivota lentement, à la recherche d'une nouvelle victime.

— Voyons, qui a encore profité de la façon dont mon père faisait son job ?

Une sorte de frisson parcourut la petite foule de curieux. Deux clientes firent demi-tour pour s'esquiver.

Irene sauta sur la fausse rousse qui s'était précipitée vers le rayon des conserves.

— Vous êtes bien Becky Turner ? Je me rappelle de vous. Et de votre fille qui fréquentait un groupe de sales gosses…

Becky se figea, comme hypnotisée, puis fonça vers la caisse.

Ce fut le début d'une fuite éperdue de toutes les

clientes vers les caisses. Le cliquetis des caddies cessa soudain et un silence épais tomba sur le magasin.

Pendant quelques secondes, Irene se crut seule. Mais très vite elle sentit une présence près d'elle : une jolie femme d'à peine cinquante ans la fixait avec une expression amusée.

— Bonjour, Irene, lui dit-elle.

— Madame Carpenter ?

— Appelle-moi Tess… Nous ne sommes plus à l'école. On peut être relax.

Tess Carpenter s'approcha de son ancienne élève. Pour la première fois depuis son arrivée en ville, des souvenirs agréables réchauffèrent le cœur d'Irene.

Tess enseignait la littérature anglaise. Elle avait suscité la passion de la lecture chez la jeune fille et l'avait encouragée à écrire.

À part deux ou trois rides et quelques cheveux blancs au milieu de ses mèches blondes, elle n'avait guère changé.

— On dirait que vous avez fait le vide, fit-elle en riant. Bravo ! Pamela aurait été fière de vous. Elle adorait les esclandres.

— Mais seulement quand elle en était la cause.

— Très vrai. Alors, comment ça va ? On m'a dit que tu étais journaliste ?

— Oui, dans une petite ville de la côte. Et vous ? Toujours au lycée de Dunsley ?

— Oui. Le garage appartient maintenant à Phil.

Irene sourit.

— Mon père pensait qu'il avait un vrai don pour réparer les voitures.

94

— Il avait raison, fit-elle en regardant Irene attentivement. J'ai appris, bien sûr, ce qui s'était passé. La ville ne parle que de la mort de Pamela. Je suis navrée que le sort t'ait désignée pour la trouver.

— J'étais venue ici afin de la rencontrer. Elle désirait me parler. Après dix-sept ans de silence, elle m'avait envoyé un mail et demandait à me voir. Mais ça n'a pas été possible.

— Tu penses vraiment que sa mort a quelque chose de mystérieux ?

— Les rumeurs vont vite.

— Tu es à Dunsley, ne l'oublie pas ! Nous n'avons pas besoin d'un journal local. Les nouvelles se répandent à la vitesse du son.

Une jeune femme aux traits aimables, coiffée d'une queue-de-cheval, s'avança à leur rencontre.

— Bonjour, Irene. Je m'appelle Sandy Pace. Tu te souviens de moi ? Sandy Warden. J'étais une classe en dessous de toi.

— Ah oui ! Ravie de te revoir. Comment vas-tu ?

— Très bien. J'ai épousé Carl Pace en sortant du lycée. On a deux gosses. Carl est dans le bâtiment. Il ne manque pas de boulot autour du lac.

— Tant mieux ! Et félicitations pour les enfants !

— Merci. Mais c'est pas facile. Chaque centime que Carl gagne sert à les habiller. Enfin, ça va plutôt bien. On se construit une nouvelle maison.

— Encore bravo !

Sandy bomba le torse d'un air résolu.

— Je n'ai pas pu m'empêcher d'entendre ce

que tu as dit à Betty Johnson et aux autres vieilles pies. Tu as eu bien raison de les moucher.

— Je dois avouer qu'elles m'ont hérissé le poil.

— Mais tu ne les as pas laissées faire. À dire vrai, il y a des tas de gens ici qui doivent quelque chose à ton père. N'est-ce pas, Tess ?

— Tout à fait. C'est fou ce qu'ils ont la mémoire courte.

— Ton père avait une façon de régler les problèmes sans envoyer les gens en prison ou sans les rabaisser, ajouta Sandy. Et il savait garder sa langue.

Ces compliments émurent Irene.

— Un de ces secrets nous concerne, ma mère et moi. Mon beau-père, Rich Harrell, était vraiment un salaud. Quand il était saoul, il frappait ma mère puis il s'en prenait à moi.

— Je n'étais pas au courant, admit Irene, désagréablement surprise.

Comment ne s'était-elle rendu compte de rien ?

— Évidemment, poursuivit Sandy d'une voix calme. Je n'en ai jamais soufflé mot à personne. Maman non plus. Elle aurait bien quitté Harrell mais elle avait peur qu'il la tue et moi aussi. Bien qu'elle n'ait jamais rien dit, ton père a tout deviné. Un jour, il est venu chez nous et a ordonné à Harrell de monter dans sa voiture. Ils sont restés longtemps partis. À son retour, Harrell n'était plus le même. Il a fait ses bagages et il a décampé. On ne l'a plus jamais revu.

Tess plissa le front.

— En général, il ne suffit pas d'une simple

conversation avec un flic pour que les hommes violents disparaissent du jour au lendemain.

— Sauf si on leur a fichu la trouille, intervint Sandy. Quelques années plus tard, on a appris qu'Harrell s'était saoulé et avait percuté un arbre avec sa voiture. Il est mort sur le coup. Maman et moi, on a arrosé l'événement. À cette occasion, ma mère m'a raconté l'intervention d'Hugh Stenson.

— Comment s'y était-il pris ?

— Je l'ignore, mais il a su qu'Harrell avait volé un mafioso de San Diego qui blanchissait de l'argent pour des trafiquants de drogue sud-américains. Une fois en possession du pognon, Harrell s'était fait passer pour mort. Ton père l'a prévenu : si jamais il remettait les pieds à Dunsley ou s'il s'en prenait à ma mère ou à moi, il avertirait le type de San Diego que le mec qui l'avait arnaqué était bel et bien vivant.

Irene frissonna légèrement.

— Je n'avais jamais entendu cette histoire.

— Moi non plus, ajouta Tess.

Sandy les regarda d'un air entendu.

— Je vous le répète, Hugh Stenson connaissait des tas de petits secrets pas jolis jolis. Mais il les a emportés dans sa tombe.

10

Sam McPherson s'empara de la télécommande et coupa le son. Il en avait assez d'entendre la voix aseptisée de la speakerine qui présentait les nouvelles. Il s'enfonça dans son fauteuil relax et ferma les yeux.

Un sentiment de culpabilité l'oppressait au point de l'empêcher de respirer. Au fond, si ça arrivait, ce ne serait pas la pire des choses, songea-t-il.

Pendant des années, il s'en était tiré. Ça n'avait pas été facile, mais il avait réussi à enfouir ses remords au plus profond de sa conscience. Bien sûr, il avait eu sa part d'ennuis. Il avait fichu son mariage en l'air, mais il n'était pas le seul dans son cas. Des tas d'autres types divorçaient.

L'aspect positif était qu'il était devenu un bon flic, le genre de policier qu'Hugh Stenson aurait apprécié. Il faisait régner l'ordre à Dunsley et n'avait jamais accepté un pot-de-vin, ce qui n'était pas un exploit, vu les modestes salaires des habitants. Et, comme Hugh Stenson le lui avait appris, il savait se taire.

Récemment, il avait envisagé de recommencer à sortir. Au cours de ces dernières semaines, il avait failli lui téléphoner à plusieurs reprises. Mais il avait toujours hésité. C'était une femme bien, une femme séduisante, une femme généreuse. Hélas ! elle le traitait en ami. Comment réagirait-elle s'il voulait changer la donne ?

Il contempla le téléphone sur la table basse. Il était maintenant certain d'une chose : dorénavant, il lui était impossible de l'appeler. Le retour d'Irene Stenson avait tout changé. Son regard hanté avait suffi pour que la culpabilité remonte à la surface.

Rien de ce qu'il avait accompli en tant que shérif ne pourrait effacer ce qu'il avait fait dix-sept ans auparavant.

11

Au moment où Irene tendait une bouteille de bière à Jason, un tonnerre de hard rock fusa du bungalow numéro 6.

— J'en ai marre ! s'exclama Luke. Dès qu'ils se sont pointés, je me suis dit que ces types allaient nous emmerder. Je reviens tout de suite.

Il sortit par la porte de derrière et coupa à travers bois.

— Quel régal de voir Luke en action, fit Jason avec un grand sourire.

Il alla se placer près de la fenêtre pour avoir une meilleure vue.

— Luke est à leur porte, commenta-t-il à la manière d'un reporter sportif. Je leur donne encore cinq secondes pour arrêter leur musique infernale. Une, deux, trois…

Silence.

— Trois secondes lui ont suffi.

— Votre frère sait s'y prendre, fit observer Irene.

— Rien de tel que de passer quelques années chez les marines.

— Je le sais, fit Irene en sortant du frigo la laitue qu'elle avait lavée. Mon père en avait fait partie.

— Je vois ! répondit Jason en sifflant entre ses dents.

— Vous voyez quoi ?

— Vous avez l'air de mieux comprendre Luke que la plupart des femmes de ma connaissance.

Elle sursauta, étonnée.

— Qu'est-ce qui vous fait croire que je le comprends ?

— La façon dont vous vous comportez ensemble. Il donne des ordres. Vous n'obéissez pas. On dirait que ça marche !

Il haussa les épaules et changea de sujet.

— Je peux vous aider pour le dîner ?

— Non merci, tout roule. Combien de temps allez-vous rester ?

— Je repars pour Santa Elena demain matin. J'ai rendez-vous avec un fournisseur. J'ai fait un saut ici pour voir comment se débrouillait Luke et m'assurer qu'il viendrait à l'anniversaire du Vieux.

Elle ouvrit la porte du four.

— Qui est le Vieux ?

— Notre père.

Il examina attentivement le plat qu'Irene sortait du four.

— Du pain de maïs ?

— Oui. Vous aimez ça ?

— Moi, oui. Mais je fais triste figure par rapport à Luke. Lui adore ça. Je crois même qu'il aime tout ce qui est fait à la maison. Il a dû manger trop de boîtes de singe à l'armée.

— Vous voulez parler des rations militaires ?

— Oui. En fait, Luke n'a plus tellement mangé à la maison depuis qu'il a quitté le lycée, il y a belle lurette. Il a bien été marié à une certaine époque, mais sa femme ne cuisinait pas. Elle achetait tout chez des traiteurs.

— Luke a une ex ? demanda Irene d'un ton professionnel, comme une journaliste faisant son métier.

— Ne vous inquiétez pas, elle n'est plus dans le paysage. Ils se sont séparés il y a cinq ou six ans. De toute façon, leur mariage n'a duré que cinq minutes. Une très brève passion.

— Je vois.

— En fait, ç'a duré un peu plus longtemps. Ils sont restés ensemble pendant deux mois, avant que Luke soit muté à l'étranger. À son retour, madame s'est rendu compte que son bel uniforme ne le protégeait pas du danger. Et elle en a conclu qu'elle ne voulait pas être une veuve d'officier.

— Il ne s'est jamais remarié ?

Irene sentit immédiatement qu'elle marchait en terrain miné. Jason, si ouvert, si gai, si décontracté, se ferma comme une huître.

— Il a été fiancé il y a six mois, mais…

Jason s'interrompit brutalement, conscient d'en avoir trop dit.

— Il y a eu un problème, ajouta-t-il à contre-cœur. Ça n'a pas collé.

Folle de curiosité, Irene aurait voulu en savoir davantage, percer ce mystère. Qu'est-ce que Luke avait dit : « Les secrets ? Chaque famille a les siens ! »

Elle saupoudra de gros sel les trois filets de saumon qu'elle avait achetés au Marché de Dunsley. Elle les avait choisis surgelés, se souvenant du conseil de sa mère concernant le poisson du magasin local : « Évite les produits frais, on ne sait jamais de quand ils datent. »

— Où aura lieu ce grand anniversaire ? demanda-t-elle pour raviver la conversation.

— À Santa Elena, fit Jason, heureux de changer de sujet. C'est là que se trouve notre affaire familiale.

— Quel genre d'affaire ?

Jason haussa les sourcils.

— Luke ne vous a pas beaucoup parlé de lui, hein ?

— Non, pas vraiment.

Elle sortit du frigo sa bouteille de vin blanc et la posa sur le comptoir.

— Nous avons été plutôt occupés. Sans beaucoup de temps pour bavarder.

— Je comprends, fit Jason en regardant l'étiquette de la bouteille qu'Irene débouchait. Mais je pense surtout que Luke n'a pas envie de parler de l'affaire, car le Vieux et son associé lui mettent la pression pour qu'il revienne travailler avec eux. Vous avez déjà entendu parler des vignobles Elena Creek ?

— Bien sûr ! Tous les Californiens les connaissent. Des grands crus très haut de gamme qui ont remporté beaucoup de concours.

— Nous pensons le mériter.

Irene jeta un coup d'œil à sa malheureuse bouteille.

— Je commence à craindre le pire !

— Pas de souci ! Surtout pas pour Luke et moi.

— Votre famille est propriétaire d'Elena Creek ?

— Mon père et son associé, Gordon Foote, l'ont créé il y a quarante ans. Le Vieux était la tête pensante, Gordon, le vigneron. Ils ont pu réaliser leur rêve. Aujourd'hui, ils veulent le transmettre à la génération suivante.

— Et ça ne l'enchante pas ?

— Mon frère Hackett et moi siégeons au conseil d'administration. De même que Katy, la fille de Gordon. En vérité, rien ne pourrait nous empêcher de faire du vin. Il coule dans nos veines.

— Mais pas dans celles de Luke ?

— C'est ce qu'il prétend, en tout cas. Pourtant, dans la famille, on pense qu'il ne sait pas ce qu'il veut. Vous voyez, Luke ne tient pas en place. Prenez l'université !

— Il n'a pas eu son diplôme ?

— Il était brillant. Il aurait pu préparer un doctorat.

— Dans quelle matière ?

— Vous ne devinerez jamais ! En philosophie !

Irene en resta bouche bée. Puis elle éclata de rire.

— Vous plaisantez ! On croit rêver !

— Ne vous laissez pas avoir par son côté « petit doigt sur la couture du pantalon » ! Luke peut être un intellectuel pur jus. En tout cas, alors que toute la famille pensait qu'il deviendrait professeur d'université, d'un seul coup, il nous a annoncé

103

qu'il s'était engagé dans les marines. Un vrai choc ! Il est parti suivre un entraînement sur les dernières techniques de la guerre moderne. Enfin, il a réussi à terminer son doctorat avant d'être expédié aux quatre coins du monde. Envoyé sur le terrain.

— Vraiment ?

— Les marines n'ont pas chômé, ces dernières années.

— Je le sais, fit-elle en frissonnant.

— Il y a six mois, il a quitté l'armée. Le Vieux et Gordon l'ont persuadé de venir travailler au vignoble.

— J'imagine que ç'a été un fiasco.

— Un désastre total ! D'autant qu'il s'est fiancé en même temps et que ça n'a pas marché non plus. Et le voilà à Dunsley, en train de s'occuper d'un vieux motel tout décrépit.

— La famille se fait du souci pour lui, n'est-ce pas ?

— C'est même la panique parmi certains de ses honorables membres. Quant à moi, je pense que Luke fait partie de ces individus qui mettent du temps à trouver leur voie. Les autres craignent qu'il ne tombe au fond d'un gouffre.

Irene réfléchit et secoua la tête.

— Je ne le crois pas, bien au contraire. Luke est peut-être engagé sur une route différente, mais il sait où il va.

— Je vous suis, fit Jason, hésitant à poursuivre.

Il prit un air sérieux et continua :

— La famille n'a pas tort de se tracasser. Luke

ne vous l'a peut-être pas dit, mais il en a vu de toutes les couleurs ces dernières années.

Irene songea à certains éclairs qui avaient traversé les yeux de Luke malgré son self-control.

— Je l'avais deviné.

— Il a très bien fait son boulot. Il a un paquet de médailles enfouies dans un tiroir. Mais ce genre d'exploits, ça a un prix.

— Je comprends.

Jason se détendit.

— Ça ne m'étonne pas, vous êtes tous les deux sur la même longueur d'onde. Ce qui est assez bizarre, car Luke n'est pas très causant. Sauf pour donner des ordres. Il adore commander !

La porte s'ouvrit brutalement. Luke bondit dans la cuisine. Puis il stoppa net et dévisagea Jason puis Irene.

— Alors ?

Irene lui adressa le plus innocent des sourires.

— Je viens de découvrir que je vais servir un très modeste vin blanc à deux experts d'un des plus célèbres vignobles de Californie.

— Je lui ai dit de ne pas s'en faire, intervint Jason. Imagine-toi qu'elle a fait du pain de maïs.

— Mon Dieu ! s'exclama Luke comme s'il venait d'avoir une révélation, du pain de maïs !

— Arrête de saliver, tu me fais honte, fit Jason.

— Qu'avez-vous dit à ces types dans le bungalow ? demanda Irene en débouchant la bouteille.

Luke haussa les épaules.

— Je leur ai rappelé la règle du Lodge concernant le bruit.

Irene se pencha pour surveiller la cuisson du saumon.

— Et il n'en a pas fallu plus pour qu'ils baissent le son ?

— Je leur ai également rappelé que j'étais leur voisin et qu'ils avaient intérêt à faire moins de bruit. Sinon je les flanquerais à l'eau, l'un après l'autre.

Jason se mit à rire.

— Un bel exemple de la discipline militaire !

— Bien que novice en matière d'hôtellerie, admit Irene, je crois que vous pourriez essayer une approche plus nuancée avec vos clients.

— Luke s'est engagé dans l'armée, pas dans le corps diplomatique, lui rappela Jason. Deux cultures différentes.

Irene ôta les filets de saumon du gril.

— J'ai déjà entendu ça quelque part.

12

Luke se réveilla dans le noir. Le *flap-flap-flap* lointain d'un hélicoptère s'évanouit dans la nuit ainsi que des bribes de rêve.

Il s'assit au bord de son lit. La transpiration collait son tee-shirt à son dos et à son torse. Ses sens en alerte, il était prêt au combat, à tous les combats.

Une sensation qui lui était familière. Pour s'en

débarrasser, il ne connaissait qu'un remède : bouger, afin de se forcer à s'extraire de son rêve.

Un rêve particulièrement angoissant. Il s'était retrouvé dans les ruelles étroites et sombres d'une ville qui existait bien avant que les Pères Fondateurs songent à créer les États-Unis. Dans un jeu mortel de cache-cache, lui et ses hommes menaient une bataille à trois dimensions où l'ennemi pouvait surgir de partout – d'en haut, de derrière, de devant et même du dédale de tunnels qui fourmillaient sous leurs pieds. Ils ne disposaient d'aucun abri où se reposer une heure ou deux et recharger leurs batteries. La seule façon de survivre : être constamment en alerte.

N'y va pas. Pense à autre chose. Tu connais la méthode. Pense à autre chose.

Il appuya sur le petit bouton de sa montre pour éclairer le cadran. Il était une heure moins dix.

Il se leva sans allumer la lumière. Il ne voulait surtout pas éveiller Jason qui dormait sur le canapé du salon. Planté devant la fenêtre, il écarta le rideau.

La lune éclairait le lac d'une lueur glacée. Le bungalow loué aux amateurs de hard rock était plongé dans l'obscurité. Mais, chez Irene, les fenêtres étaient brillamment éclairées.

Il savait ce qu'il avait à faire pour évacuer la tension qui l'assaillait. Mais il n'était généralement pas admis que les hôteliers couchent avec leurs clientes.

Quel drôle de métier qui érigeait de telles règles !

Il alluma son ordinateur portable, posé sur un

vieux bureau en bois. Travailler à son Projet lui permettrait peut-être de chasser de son esprit le contrecoup de son rêve. Après tout, c'est dans ce but qu'il l'avait initié. En d'autres termes, il avait troqué une obsession contre une autre. En théorie, ça aurait pu marcher et, effectivement, certaines nuits cela avait fonctionné.

L'écran s'éveilla. Il fit venir le chapitre sur lequel il avait travaillé toute la semaine.

Le bruit d'une voiture circulant lentement l'interrompit. Il s'arrêta au milieu d'une phrase et prêta l'oreille. Si les types du bungalow numéro 6 se rendaient en ville pour s'amuser, ils allaient tomber sur un bec. Le Bistro d'Harry était déjà fermé à cette heure-ci.

Il s'attendit à voir apparaître le faisceau des phares. Rien. Le conducteur roulait sans lumières.

— Merde ! fit-il en s'emparant de son jean posé sur le dossier d'une chaise. Voilà qu'elle remet ça !

Il enfila son pantalon, décrocha d'un cintre une chemise sombre, enfila ses chaussures de sport et sortit en courant.

Jason leva la tête quand il frôla le canapé.

— Où vas-tu en pleine nuit ? demanda-t-il d'une voix ensommeillée.

— Je sors.

— Compris, fit-il en reposant sa tête sur l'oreiller. Quand j'ai vu le pain de maïs, j'ai compris que t'étais cuit.

13

L'idée de retourner dans la maison lui faisait horreur.

Irene s'arrêta dans une zone d'ombre, au pied du perron de l'escalier de service, et sortit la clé de son trench-coat. Elle n'osait pas utiliser sa torche avant d'être entrée. Elle avait aussi pris la précaution de dissimuler sa voiture près de la route.

Ce soir, elle ne devait pas risquer d'être aperçue près de la villa des Webb. Ce qu'elle allait faire s'appelait de la violation de domicile. Sam McPherson l'avait dans le collimateur, elle ne lui donnerait pas un motif pour la chasser de la ville.

Un vent fantomatique agitait la cime des arbres. L'intérieur de la maison était plongé dans le noir. La lampe qui, la veille, brillait dans le salon était éteinte.

Elle pénétra dans la buanderie en retenant son souffle et n'alluma sa lampe-stylo qu'après avoir refermé la porte.

Dès que la lumière se fit, elle respira de nouveau. Au rez-de-chaussée, l'obscurité était particulièrement dense. Il lui fallut quelques secondes pour se rendre compte qu'on avait tiré les immenses rideaux. Sam s'en était sans doute chargé pour empêcher les curieux de regarder à l'intérieur. Du coup, elle n'avait pas à se soucier d'être vue par un passant.

Ce soir, tout semblait parfaitement normal, comme si le salon était prêt à recevoir un photographe de *Maison & Jardin*. Rien n'indiquait que quelqu'un était décédé à cet endroit précis. Mais, après tout, la mort de Pamela n'avait été ni violente ni sanglante, seulement due à l'abus d'alcool ou de médicaments.

Le mélange favori des candidats au suicide. Et si j'étais la seule à me tromper ? Et si Pamela avait fait une overdose accidentelle ? Et si je voyais le mal partout ?

Irene se dirigea vers l'escalier. Si Pamela avait caché un quelconque secret avant de mourir, ce serait dans sa chambre.

Pendant l'été de leur amitié, Irene avait passé des heures et des heures dans cette pièce à écouter les derniers disques à la mode, à parler de garçons, à lire des revues de mode ou des magazines people. Elle la connaissait par cœur.

La porte était entrouverte.

Dix-sept ans plus tôt, ce n'aurait pas été le cas. Pamela avait de bonnes raisons de garder sa porte fermée. À cause de tout un tas de choses qu'elle voulait tenir hors de la vue de son père et de sa gouvernante : ses pilules contraceptives, ses préservatifs, ses mystérieux petits paquets de drogue qu'elle achetait auprès de revendeurs qui traînaient autour de son école.

Pamela était très fière de la cachette qu'elle avait trouvée. Si fière que, après avoir fait jurer le secret à Irene, elle la lui avait montrée.

Excitée par ce qu'elle espérait découvrir, Irene pénétra dans la chambre. Ce soir, elle était venue spécialement pour fouiller cette cachette. Ce qu'elle trouverait risquait d'être nul ou négligeable, mais ce serait un début de piste.

On avait également tiré les rideaux et descendu les stores. Tant mieux : la lumière ne serait pas visible de l'extérieur. Quand elle balaya la pièce avec sa torche, le spectacle la prit de court. Une surprise à en avoir la chair de poule.

Rien n'avait changé.

Déconcertée, elle déambula lentement dans la pièce. Dix-sept ans plus tôt, la chambre rose bonbon et blanc paraissait déjà trop innocente pour une fille aussi sophistiquée et adulte que Pamela. Ce soir, le lit à baldaquin avec ses nuages de tulle et ses oreillers en soie rose lui faisait une drôle d'impression.

Encore un retour dans le passé. Pourquoi le décor n'avait-il pas été modernisé ? Pamela avait sûrement eu besoin de cette chambre supplémentaire pour recevoir ses amis en week-end.

Pauvre Pamela. Était-elle si attachée à son enfance pour vouloir ainsi conserver la décoration de son ancienne chambre ? Ça ne lui ressemblait pas. Elle avait toujours été libre, prête à désobéir. Et elle adorait être à la mode.

Irene se souvint qu'elle avait perdu sa mère à l'âge de cinq ans. Une partie d'elle-même avait-elle voulu se raccrocher à ce lien perdu ?

Mais il y avait tant de choses qu'elle n'avait jamais comprises au sujet de Pamela. Pourquoi, par exemple, avait-elle désiré devenir son amie ? À l'époque, Irene avait profité de l'aubaine sans se poser de questions. Elle s'était contentée de partager l'univers brillant et fascinant de Pamela, d'imaginer qu'elle aussi était une fille dévergondée. Au fond, elle s'était souvent demandé ce que Pamela lui avait trouvé.

Elle prit un des oreillers qu'elle mit sur la table de nuit. Puis elle plaça sa torche dessus, dirigeant le faisceau vers l'interrupteur mural.

Elle fouilla dans ses poches et sortit le tournevis qu'elle avait apporté avec elle. Elle dévissa soigneusement la plaque électrique.

À ce moment, les mots de Pamela lui revinrent à l'esprit :

— *C'est tellement une astuce de mec de cacher quelque chose dans un interrupteur que personne n'ira fouiller à cet endroit dans une chambre de fille.*

Et surtout pas chez une fille qui dormait dans une chambre rose et blanc.

Après avoir posé la plaque et ses quatre vis sur la table, Irene retira le corps de l'interrupteur.

Le cœur battant, elle éclaira l'intérieur de la boîte.

Une petite plaque de laiton étincela. Elle retint son souffle quand elle se rendit compte qu'elle contemplait une clé.

Elle s'en empara aussitôt. La regardant de près, elle fut quelque peu déçue de s'apercevoir qu'elle avait dans la main un modèle banal qui convenait à n'importe quelle porte d'entrée.

Pourquoi cette clé ordinaire avait-elle eu le privilège d'être aussi bien dissimulée ?

Elle fourra sa trouvaille dans sa poche et s'activa pour remettre l'interrupteur en place.

Soudain, alors qu'elle en avait presque terminé, elle entendit un grincement de porte au rez-de-chaussée.

Son sang se glaça dans ses veines.

Elle n'était plus seule dans la maison.

14

La chute du tournevis sur l'épaisse moquette blanche sortit Irene de sa transe. Elle recommença à respirer.

En bas, le parquet craquait. Quelqu'un se déplaçait dans la maison obscure.

Un cambrioleur ? C'était ce qu'il y avait de plus logique comme explication. Un voyou du voisinage qui avait décidé de voler ce qu'il pouvait chez la morte.

Les pas retentirent dans le vestibule. En tout cas, le rôdeur n'essayait pas de passer inaperçu. Croyait-il donc qu'il était seul dans la maison ? Pourvu que ça dure ! pria-t-elle. Mais s'il cherchait de l'argent ou des bijoux, il monterait au premier, tôt ou tard.

Il fallait qu'elle déguerpisse au plus vite. À se trouver nez à nez avec un voleur, on risquait sa vie. Elle s'était souvent demandé si c'était ce qui était arrivé à ses parents.

Elle lutta contre la panique qui la paralysait et tenta de se concentrer. L'escalier était sa seule issue mais il débouchait en pleine vue du salon et de la salle à manger. Si elle l'empruntait, elle serait forcément repérée.

Se rendant compte que sa torche était toujours

allumée, elle l'éteignit précipitamment. Mais elle dut alors combattre sa peur viscérale du noir.

S'agenouillant, elle tâtonna le sol à la recherche de son tournevis. Quand sa main tremblante se referma sur le manche en plastique, elle se sentit mieux. Ce n'était pas grand-chose, mais c'était la seule arme dont elle disposait.

Ne te laisse pas abattre. Ce n'est pas un combat au corps à corps. Sois maligne et cache-toi en attendant son départ.

Elle disposait d'un sérieux atout : elle connaissait parfaitement les lieux. La chambre de Pamela était une souricière. Elle ne pouvait s'y cacher.

Autre atout : tout le premier étage était moquetté alors que la personne qui se trouvait au rez-de-chaussée faisait pas mal de bruit. En s'y prenant bien, elle pourrait se déplacer sans donner l'éveil.

Elle enleva ses mocassins et, les tenant à la main, marcha jusqu'à la porte sur la pointe des pieds.

Du bruit se faisait entendre en bas. Saisissant l'occasion, Irene longea une chambre d'amis et une salle de bains et avança jusqu'au palier.

Là, elle s'arrêta, se plaqua contre le mur et risqua un œil en bas.

Un faisceau électrique projetait de grandes ombres au pied de l'escalier mais Irene fut incapable de distinguer les traits de la personne qui tenait la torche. À nouveau, la peur la submergea.

Elle se ressaisit vite en entendant un chuintement de semelles sur le carrelage de la cuisine et en profita pour pénétrer dans la chambre principale.

Les rideaux étaient ouverts. Le clair de lune éclairait le tapis pâle. La balustrade de la terrasse se détachait sur la masse sombre du lac.

La terrasse ! C'était son but ! Elle était aménagée sur le toit plat de la petite salle à manger du rez-de-chaussée. Si elle parvenait à se cacher sous l'auvent sans attirer l'attention de l'intrus, ce serait toujours ça de gagné.

Sans faire de bruit, elle traversa la chambre et déverrouilla la porte-fenêtre coulissante. Là, elle hésita.

La chute d'un objet métallique dans la cuisine lui donna l'occasion qu'elle attendait : elle fit glisser le panneau tout doucement et sortit sur le balcon.

Après l'avoir refermé, elle alla se poster dans l'ombre d'un placard que les Webb utilisaient pour ranger le mobilier de rotin pendant l'hiver.

Quelques instants plus tard, la lumière d'une torche éclaira la chambre qu'elle venait de quitter. « On » était monté !

La lumière disparut aussitôt. L'intrus devait se diriger vers la chambre de Pamela.

Irene ne sentit une présence sur la terrasse qu'au moment où une main d'homme se plaqua sur sa bouche. De son autre main, il lui retira le tournevis auquel elle s'agrippait.

— C'est moi, murmura Luke à son oreille, pas de panique !

15

Trop, c'est trop ! songea Irene en s'étonnant de ne pas être tombée dans les pommes. Une surprise de plus et elle aurait été une épave. L'être humain ne peut supporter qu'un certain nombre de chocs.

Luke la lâcha pour saisir la poignée de la porte-fenêtre.

Elle comprit qu'il allait pénétrer dans la maison pour s'attaquer à l'intrus. La panique s'empara d'elle à nouveau.

Des deux mains, elle lui attrapa le bras pour l'empêcher de bouger.

Surpris par son geste, il s'arrêta.

— Vous êtes fou ? murmura-t-elle en l'agrippant encore plus fort.

Il approcha sa bouche de son oreille :

— Ne bougez pas !

Non ! aurait-elle aimé crier. Mais les hommes de la trempe de Luke ne marchaient pas au sentiment.

— Arme ! bredouilla-t-elle, en préférant faire appel à sa raison. La personne en bas a sûrement une arme.

Luke lui tapota l'épaule, comme pour la rassurer. Mais Irene jugea ce geste condescendant.

Quand elle refusa de libérer son bras, il fit une grimace. Ce qui ne l'empêcha pas de se dégager et de faire glisser la porte.

Une odeur caractéristique d'essence leur sauta au visage.

Irene crut entendre Luke lancer un « merde »

retentissant mais tout se passa si vite qu'elle n'en fut pas certaine.

Il referma la fenêtre, la saisit par le bras, et la tira vers la balustrade.

Avec un temps de retard, elle comprit ce qu'il voulait faire.

À bien y réfléchir, mieux vaut encore se briser quelques os plutôt que brûler vive, se dit-elle.

— Ne vous en faites pas, je suis monté par là, la rassura Luke. Passez de l'autre côté de la balustrade, accrochez-vous à mes poignets, je vous ferai descendre aussi bas que possible. Le sol est couvert d'herbe et de plantes. Je vous garantis un atterrissage en douceur.

— Je vous crois !

Elle se pencha. La vue lui rappela le jour où elle avait eu le courage de monter en haut du plus grand plongeoir de la piscine. Elle avait contemplé la surface du bassin et était redescendue aussitôt.

— Et vous alors ?

— Ne vous inquiétez pas, je vous suivrai de près. Ce salaud est en train de saturer la maison d'essence. Quand il y mettra le feu, ça va exploser comme une bombe. Allez, bougez-vous !

Quand il lui encercla les poignets, elle retrouva le moral. Ses doigts étaient comme des étaux. Il ne la laisserait pas choir.

Elle se débrouilla pour escalader la balustrade et se retrouva à quelques dizaines de centimètres du sol. Luke desserra doucement son étreinte. Elle tomba comme une plume sur le gazon et se retrouva sur les fesses.

Ç'aurait pu être pire, songea-t-elle en se relevant et en s'essuyant les mains.

Elle leva la tête à temps pour voir Luke prendre appui sur le rebord supérieur de la fenêtre de la petite salle à manger, puis, d'un geste souple, atterrir sur l'herbe. C'était ce rebord qui lui avait permis de grimper sur le balcon, comprit-elle. Ah ! les hommes et leur force physique !

Luke saisit la main d'Irene.

— Fichons le camp.

Ils plongèrent sous les bois.

Le tonnerre d'un train qui passait fit trembler l'atmosphère.

Sauf qu'il n'y a pas de chemin de fer dans les environs !

Elle n'eut pas besoin d'entendre le crépitement des flammes ni de sentir l'onde de chaleur pour comprendre ce qui se passait. L'inconnu avait mis le feu à l'essence.

Luke la fit s'arrêter.

— Ne bougez pas d'ici. Vous avez votre portable ?

— Oui, mais…

— Appelez la police, fit-il en s'éloignant.

— Mais bon sang, où allez-vous ?

— Rattraper ce salaud. Il est à pied, comme nous. Sa voiture est sans doute garée sur la route. Je vais essayer de l'alpaguer.

— Luke, je trouve que c'est une très mauvaise idée, sachez-le.

Mais il s'enfonçait déjà dans la nuit.

Les vitres explosèrent, les flammes dévorèrent la

maison à la vitesse de la foudre. Irene sortit son téléphone et composa le numéro des secours.

Quelque part dans le lointain, un moteur hors-bord démarra. Elle sut alors que Luke avait échoué. L'incendiaire avait filé en bateau.

16

— J'ai besoin d'un verre.

Luke referma la porte du bungalow d'Irene d'une poussée de la main. Il mit le verrou et se dirigea vers la kitchenette.

— Il vous reste une bière ?

— Dans le frigo.

Il est de quelle humeur ? se demanda Irene en l'observant d'un œil méfiant. Ils n'avaient pas échangé une parole depuis qu'ils avaient quitté Sam McPherson et les lieux de l'incendie. À son avis, l'échange avec le chef de la police s'était mal passé. Et le mutisme de Luke sur le chemin du retour n'avait rien arrangé.

— Écoutez, je suis désolée de vous avoir mêlé à cette histoire, ce n'était pas mon intention...

— Si vous répétez ça encore une fois, je risque de ne plus répondre de mes actes, rétorqua-t-il.

Luke ouvrit le frigo, prit une bouteille, la décapsula.

— Vous savez, pour la première fois de ma vie, je commence à croire que le mauvais sort existe.

Sinon comment expliquer que vous ayez atterri dans mon Lodge ?

Il avala une longue gorgée et la regarda en plissant les yeux.

— Les chances étaient infinitésimales, non ?

Irene se rendit compte qu'il était fou de rage. C'était injuste. Campée au milieu de la pièce, les bras fermement croisés, elle déclara :

— Je ne vous ai pas demandé de me suivre chez les Webb.

— Voilà qui est bien vrai !

Il s'appuya contre le comptoir et prit encore une lampée de bière.

— En fait, vous êtes partie tous feux éteints pour être sûre que je ne vous verrais pas.

— Ce n'est pas la question.

— Peut-être pas au début, mais c'est exactement le problème maintenant. Vous vous rendez compte que McPherson nous considère peut-être comme les incendiaires ? Oui, vous et moi !

Elle eut du mal à avaler sa salive.

— Pourtant, c'est nous qui avons donné l'alerte.

— Ce ne serait pas la première fois qu'un pyromane appelle les pompiers et reste sur place pour voir toute l'agitation.

— D'accord. Mais Sam sait aussi que nous n'avons pas de mobile. Nous ne toucherons pas un centime de l'assurance.

— La plupart des pyromanes n'agissent pas pour encaisser l'argent de l'assurance. Les flammes les excitent. Mais ce n'est pas le cas ici. Vous voulez parler mobile ? Très bien. Commençons par moi.

— Mais vous n'en avez pas.

— Exactement.

Il hocha la tête comme s'il voulait encourager un étudiant timide à parler.

— Ce qui n'est pas le cas pour vous.

Scandalisée, elle faillit s'étrangler.

— Bon sang, que voulez-vous insinuer ?

— Il n'en faudrait pas beaucoup pour vous faire passer pour le suspect numéro 1. En ville, tout le monde sait que vous êtes obsédée par l'idée que Pamela a été assassinée. Vous voulez forcer McPherson à faire une enquête approfondie, n'est-ce pas ?

— Oui, mais...

— En mettant le feu à la maison de la victime, vous attirez son attention et l'obligez à ouvrir une enquête.

Irene prit une mine horrifiée.

— C'est faiblard comme mobile, non ?

— Vous voyez, vous niez déjà !

Luke l'observa avec le regard du chasseur qui jauge sa proie.

— Quelle que soit la façon dont vous preniez les choses, je suis votre alibi et vous êtes le mien. Le problème, c'est que nous ne sommes guère crédibles à Dunsley. Moi, je suis nouveau, personne ne me connaît bien. Ce qui me rend forcément suspect. Mais vous, avec votre passé, vous êtes dans une position encore pire. Il faudrait que McPherson soit un très mauvais flic pour ne pas nous soupçonner.

— Mais il y avait quelqu'un d'autre, là-bas. Vous l'avez vu. Enfin, lui ou elle.

— McPherson doit nous croire sur parole.

— D'accord, je vois où vous voulez en venir. Et maintenant, je boirais bien un verre.

Elle alla prendre la dernière bouteille de bière dans le frigo.

— Au fait, vous m'avez sauvé la vie ce soir. Je vous en remercie.

— Ouais !

— C'est vrai qu'à cause de vous j'ai eu la plus grande peur de ma vie. Quand vous avez surgi sur le balcon. Mais sans vous, je n'aurais sans doute pas remarqué ce que cet intrus manigançait.

— Vous avez eu peur ? Et moi, qu'est-ce que vous croyez que j'ai ressenti quand je vous ai vue entrer comme une voleuse chez les Webb au milieu de la nuit, sachant qu'il y avait quelqu'un d'autre dans la maison ? Vous voulez comparer nos rythmes cardiaques ?

Irene choisit de ne pas répondre.

— Vous ne m'avez pas dit pourquoi vous m'aviez suivie.

— Évident, non ? Je loue un bungalow à une femme qui a tendance à s'attirer des ennuis au milieu de la nuit. En aubergiste consciencieux, il est de mon devoir de veiller sur ce genre de clientes.

— Vous êtes furibard ou je me trompe ?

— Et comment que je le suis ! rugit-il. Vous n'auriez jamais dû approcher de cette maison.

— Ce n'est pas facile de se montrer

122

reconnaissante quand vous prenez cette attitude de supérieur qui engueule un subordonné.

Luke rumina la remarque.

— Pourquoi êtes-vous retournée là-bas ?

Irene s'appuya contre l'évier et contempla l'étiquette de sa bouteille de bière.

— Vous avez entendu ce que j'ai dit à McPherson. Le fait que Pamela n'ait pas laissé de mot expliquant son suicide me chiffonne. Ce soir, quand Jason et vous êtes partis après le dîner, j'y ai repensé. J'avais toujours la clé de la buanderie. J'ai donc été faire un tour pour voir. L'intrus m'a interrompue pendant que je fouillais au premier étage.

— J'ai tout à fait bien entendu ce que vous avez raconté à McPherson. Et je sais aussi que vous avez menti comme une arracheuse de dents.

Irene devint écarlate.

— Que voulez-vous dire ?

— Comme vous ne croyez pas à la thèse du suicide, ce n'est pas pour chercher une lettre que vous êtes allée chez les Webb mais pour autre chose.

Il marqua une pause et baissa la voix.

— De plus, je crois que vous n'êtes pas repartie les mains vides.

Dans le doute, gagnons du temps, décida Irene.

— Par curiosité, expliquez-moi ce qui vous fait dire ça.

— Traitez-moi de médium !

— Je ne suis pas d'humeur à me livrer à des petits jeux et vous non plus, fit Irene d'un ton sec.

— En l'espace de deux jours, nous avons fait

plus de choses sérieuses que la plupart des couples en un an. Disons que j'ai appris à vous connaître un peu. En vous écoutant parler à McPherson, j'ai deviné que vous ne lui disiez pas toute la vérité.

— Ce que vous appelez des « choses sérieuses » me laisse rêveuse. En deux jours, nous avons découvert un cadavre, échappé à un pyromane et subi des interrogatoires peu amènes de la police.

— D'accord. Mais allez-vous me dire ce que vous avez trouvé dans la maison ?

Pourquoi pas ? À l'inverse de McPherson et de Ryland Webb, Luke la prenait à moitié au sérieux.

— Dans le temps, Pamela avait une cachette dans sa chambre, admit-elle d'une voix égale. Une petite niche derrière un interrupteur. Elle y planquait les choses qu'elle ne voulait pas que son père ou sa gouvernante trouve. Sauf que l'un et l'autre se fichaient bien de ses petits secrets. En tout cas, elle m'avait montré sa cachette en me faisant jurer de n'en parler à personne. J'y ai repensé ce soir et j'ai décidé d'aller voir.

— Un interrupteur ? Ce qui explique votre tournevis. Je m'étais demandé où vous l'aviez déniché et ce que vous vouliez en faire.

— C'était ma seule arme contre l'intrus.

La bouteille de bière tremblait dans sa main. Elle la serra plus fort.

— Au cas où il m'aurait découverte, ajouta-t-elle. Je ne savais pas quoi faire d'autre.

Luke posa vivement sa bière sur le comptoir puis prit celle d'Irene et la plaça à côté de la sienne.

Il enlaça la jeune femme.

— Cela aurait fait une excellente arme, dit-il à voix basse sur un ton apaisant.

Irene se rendit compte qu'il cherchait à la réconforter. Rien ne lui aurait fait plus plaisir que de se laisser aller contre lui pour qu'il la rassure, la console.

Mais non, pas question de s'abandonner, lui dicta une petite voix. Elle avait passé des années à apprendre à se protéger en cultivant l'art de se maîtriser. Mieux valait brûler en enfer plutôt que de s'écrouler devant cet homme qu'elle connaissait à peine.

— Mon tournevis ne m'aurait servi à rien face aux flammes de l'incendie.

Il prit le visage d'Irene entre ses deux paumes, dans un geste tendre et protecteur.

— Qu'avez-vous trouvé chez les Webb ?

Elle soupira profondément et fouilla les poches de son jean noir.

— Rien de très utile, dit-elle. C'est pourquoi je n'en ai pas parlé à Sam McPherson.

Elle sortit la clé et la posa à plat dans sa paume.

Les mains de Luke quittèrent le visage d'Irene ; il saisit la clé.

— Vous savez ce qu'elle ouvre ?

Elle fit non de la tête.

— On dirait une clé très ordinaire.

— Absolument. Elle peut servir à n'importe quel style de porte : maison, placard, cabane à outils, garage.

Il fronça les sourcils et continua :

— C'est pourtant une clé de sûreté. On ne peut pas en faire de double n'importe où et tout le monde ne peut pas se payer le genre de serrure auquel elle correspond.

— Impossible de savoir quand Pamela l'a cachée. Il y a peut-être cent sept ans. Et peut-être qu'elle l'avait oubliée.

Elle hésita avant de dire :

— Sauf que…

— Que quoi ?

— Elle paraît neuve. Elle est encore brillante et n'a pas une seule éraflure. De plus, l'intérieur de l'interrupteur était plein de poussière, mais pas la clé. Si elle traînait là depuis longtemps, elle aurait dû être, elle aussi, couverte de poussière.

— Vous êtes sûre, pour la poussière ? Il faisait nuit et vous n'aviez qu'une petite torche.

Elle aurait voulu lui dire qu'elle en était sûre. Mais l'objection était valable. Il n'y avait pas beaucoup de lumière et elle était terriblement nerveuse.

— Je vous l'accorde. C'est vrai aussi que, si poussière il y avait, elle aurait été essuyée quand j'ai glissé la clé dans ma poche.

Elle se massa la nuque pour se détendre.

— Dites-moi pourquoi vous n'avez pas montré la clé à McPherson ?

Le visage d'Irene se crispa.

— Sam m'a taillé un costard à cause de mon passé et parce que la moitié de Dunsley pense que je suis un cas ambulant de névrose post-traumatique, sans pour autant savoir l'épeler.

Elle s'arrêta en voyant la mine ahurie de Luke.

— Névrose post-traumatique, répéta-t-il.

— C'est l'expression officielle. En fait, des tas de

gens considèrent que, en raison des circonstances qui ont entouré la mort de mes parents, je suis sacrément dérangée !

— Ah bon !

Irene quitta la petite cuisine pour arpenter le salon.

— Je savais que Sam ne me jetterait pas en prison pour avoir pénétré chez les Webb, mais j'ignorais comment il réagirait en apprenant que j'avais enlevé la clé de sa cachette.

— Je ne crois toujours pas un traître mot de ce que vous dites.

Elle lui fit face crânement.

— C'est pas mon problème !

— Tu parles, Charles ! Je vous ai sur les bras, maintenant ! Alors, pourquoi n'avoir rien dit à McPherson ?

— Bon ! J'ai le pressentiment que Sam cherche toutes les excuses possibles et imaginables pour ne pas ouvrir une enquête. J'ai eu peur qu'il ne tienne pas compte de la clé ou qu'il la fasse disparaître. Dans les deux cas, je l'aurais perdue.

Irene fut surprise de l'attitude de Luke. Il sembla la croire.

— Fichtre ! Vous pensez donc que McPherson ferait tout pour étouffer l'affaire.

— C'est une possibilité. Je crois dur comme fer que le sénateur Webb ne veut pas d'enquête. Je sais aussi que la plupart des gens de Dunsley sont à la botte de la famille.

— C'est ce qu'on dit.

Luke finit sa bière, la posa sur le comptoir et regarda fixement Irene.

— On dit que vous souffrez d'une névrose post-traumatique ?

— Lorsque ma tante m'a fait examiner après la mort de mes parents, c'est ce que le psy a trouvé. Le diagnostic n'a pas changé au fil des ans.

— L'analyse vous a fait du bien ?

— Un peu. Mais de l'avis général des spécialistes, je ne ferais de progrès que si je voyais la réalité d'un œil plus logique, plus rationnel. Ce que j'ai toujours refusé.

— Que répondiez-vous aux psy ?

— Que je ne ferais mon deuil que le jour où je connaîtrais la vérité. De quoi me faire passer pour une malade mentale, non ?

— Je vous reçois cinq sur cinq ! Il y a six mois, j'ai eu droit à la même réaction de la part de ma famille.

Irene écarquilla les yeux.

— Vraiment ?

— Difficile de leur donner tort. Je dois avouer que j'ai changé depuis quelque temps.

Le ton tranquille de Luke surprit Irene. Elle n'avait jamais parlé à quelqu'un qu'on accusait de souffrir de névrose post-traumatique.

— Vous avez des trucs pour combattre vos angoisses ? demanda Irene.

— Comme de laisser la lumière allumée ?

— Oui.

— Évidemment.

— Et vous êtes parfois de mauvaise humeur ? insista-t-elle.

— Comme tout le monde !

— À mon avis, la frontière entre les gens normaux et ceux qui ne le sont pas n'est pas nette.

— Sur ce point, je suis d'accord avec vous à cent pour cent.

Luke vint rejoindre Irene au salon et se planta devant elle.

— Je dois vous avouer une chose : à cet instant, la chose la plus normale au monde serait de vous embrasser.

Le cœur d'Irene s'accéléra. Une foule de sentiments confus l'envahirent. Elle ouvrit la bouche pour lui expliquer que c'était un domaine dans lequel elle ne se sentait pas tout à fait normale.

Mais elle n'eut pas l'occasion de lui avouer ses carences : déjà les lèvres de Luke avaient pris possession de sa bouche. Et, soudain, elle fut tout excitée.

Comme parcourue par un courant électrique à haute tension, les nerfs en boule, les sens en éveil, elle n'était pas seulement excitée mais affamée. Un désir effréné, insatiable, la saisit.

Elle n'avait jamais rien connu de pareil.

Luke la pressa goulûment contre lui. Plaquée contre son jean, elle perçut toute la puissance de sa virilité.

La bouche de Luke se fit plus insistante, avide de franchir le barrage des lèvres closes d'Irene. En effet, malgré le désir fou qui s'était emparé d'elle, celle-ci résistait. La rapidité de l'attaque de Luke l'avait cueillie à froid. Elle avait l'habitude d'avancer lentement, sagement, sans perdre la tête un instant. Le plus souvent, les bras d'un homme ne représentaient qu'un morne divertissement. Or Luke était un volcan.

Et sa langue, comme un flot de lave brûlante qui perçait ses défenses, s'insinuait là où il n'avait pas le droit d'aller. Mais comment résister ? Pour se défendre, elle enfonça les ongles dans ses larges épaules.

Et elle se laissa aller. Oh, très modestement d'abord, se contentant de lui mordiller la lèvre. Il n'en fallut pas plus à Luke pour considérer qu'elle rendait les armes. Il glissa sa main sous le chandail d'Irene. Un contact pas désagréable du tout, songea-t-elle. Sa main était douce, chaude et forte contre sa peau nue.

Elle fondit et, pour ne pas perdre pied, s'accrocha à lui comme à une bouée de sauvetage. Mais pas question pour autant de rester passive. Se hissant sur la pointe des pieds, elle déposa des petits baisers sur le lobe de son oreille.

Ainsi, elle n'était peut-être pas aussi coincée qu'elle l'avait pensé jusqu'alors. Et que le lui avaient seriné ses quelques amants.

Luke frissonna de plaisir. Mais, s'arrachant à contrecœur de l'étreinte torride d'Irene, il murmura :

— Mieux vaut que je m'en aille pendant que je peux encore marcher. Si je reste ici, je n'en bougerai plus de la nuit.

Ainsi, c'est lui qui met fin aux opérations, songea Irene avec une certaine gêne. Il aurait continué encore deux minutes, elle l'aurait envoyé au tapis.

— On s'est un peu laissés aller, fit-elle en

s'éclaircissant la voix. La faute à toutes les émotions de la nuit. J'ai lu quelque part que la montée d'adrénaline pouvait avoir de drôles de répercussions sur les individus. L'instinct de survie après avoir frôlé la mort de près. Un besoin primaire de se cramponner aux forces vives de l'existence.

— Vraiment ? dit-il en souriant. Vous avez lu tout ça ?

Elle faillit ne pas répondre tant elle se sentit gênée. Pourtant, elle réussit à rétorquer :

— Je veux dire, ce n'est pas comme si nous étions vraiment proches. Après tout, nous nous connaissons à peine.

— Vous oubliez les « choses sérieuses » que j'évoquais.

Irene eut du mal à garder l'équilibre. Son corps tombait inexorablement en avant, directement dans les bras de Luke. Pour résister, elle s'assit soudain sur un des bras du canapé, passa une jambe sur l'autre bras et fit un effort louable pour se donner un air distant et sophistiqué. *Ce n'était qu'un baiser, bon sang. Ressaisis-toi !*

Elle releva le menton pour prendre un air supérieur.

— Mieux vaut changer de sujet, non ?

— Comme vous voulez.

— Absolument. On va se sentir un peu gênés demain matin.

Luke consulta sa montre.

— J'ai l'honneur de vous annoncer qu'il est près de cinq heures du matin et que je ne me sens pas du tout gêné.

131

— Nous avons tous deux besoin de dormir.

— J'aurais du mal à m'endormir, fit-il d'un ton parfaitement détendu.

Il se dirigea vers la porte.

— Vous allez me haïr si je vous pose la question, mais tant pis. Pour m'éviter d'autres mauvaises surprises, qu'avez-vous l'intention de faire maintenant que la maison des Webb est en cendres ?

Irene se figea.

— Peut-être trouver la personne chargée de l'entretien, car il est évident que Pamela ne faisait pas le ménage chez elle. Elle a eu des domestiques toute sa vie. Et elle n'aurait pas survécu sans employé. De plus, elle ne passait pas beaucoup de temps à Dunsley. Quelqu'un s'occupait sûrement de la maison.

Luke hocha la tête, comme si Irene avait confirmé ce qu'il pensait déjà.

— Je savais bien que vous n'alliez pas abandonner la partie.

— Impossible. Pas encore.

— Eh oui !

Il me comprend, songea-t-elle. Il trouve que je me trompe, mais au moins il me comprend.

— À demain, dit Luke.

Il ouvrit la porte et une bouffée d'air froid s'engouffra dans le salon. Une fois sur le perron, il se retourna.

— À propos, votre théorie sur le besoin primaire de se cramponner aux forces vives de l'existence après un choc, eh bien, c'est de la foutaise ! J'ai eu envie de vous dès que je vous ai vue dans le bureau agiter la petite clochette en argent.

Il s'évanouit dans la nuit sans laisser le temps à Irene de reprendre ses esprits.

17

— Vous avez incendié une maison ?

Jason sursauta si fort que le morceau de beurre qu'il allait poser sur son assiette tomba dans son verre de jus d'orange.

— Je croyais que tu étais allé te resservir de pain au maïs, continua-t-il. Ou faire zizi-panpan. Alors que vous êtes sortis pour brûler une baraque !

— Tu sais très bien que ce n'est pas nous ! s'insurgea Luke en faisant glisser trois tranches de pain perdu dans son assiette. Quelqu'un d'autre s'en est chargé. Et comme par hasard, Irene et moi étions sur le balcon à ce moment-là.

— Incroyable ! Attends que la famille apprenne ça ! s'exclama Jason en harponnant le morceau de beurre avec sa fourchette. Le bon côté, c'est que je peux leur dire que tu as eu un vrai rendez-vous galant.

— Irene n'a pas dû voir les choses sous cet angle.

Pourtant elle l'avait embrassé. Et pas un baiser à la sauvette, mais un vrai baiser langoureux. Malgré les événements, il ne s'était pas senti aussi bien depuis longtemps. Dans quel état euphorique aurait-il été si elle l'avait invité à partager son lit ?

— Luke ? fit Jason en agitant sa main et en

133

claquant des doigts. Salut ? Tu es encore avec moi ? Reste là, grand frère. Réponds donc à ma question.

— Quelle question ?

— À propos de l'incendie. Risque-t-il d'y avoir des suites judiciaires ? Dans ce cas, il faudrait prévenir le Vieux et Gordon.

— Ça n'a rien à voir avec la famille ni nos affaires. Personne ne menace de m'arrêter. Pas encore, en tout cas.

— Voilà qui est rassurant. Mais dis-moi, la maison appartenait bien au sénateur Webb ?

— Je parie qu'il n'a pas envie que cette histoire soit connue. Tout comme les circonstances de la mort de sa fille. Et tout ce qui pourrait effrayer les généreux donateurs qui financent sa campagne électorale.

— Il va avoir du mal à étouffer l'affaire, tu ne crois pas ?

— Mon petit doigt me dit que McPherson trouvera une raison parfaitement valable pour tout expliquer, et l'incendie criminel, et la mort par overdose. Bien sûr, lui et le sénateur oublient Irene. Elle va remuer ciel et terre pour faire parler de l'incendie.

— Luke ?

— Ouais ?

— Ne prends pas ça mal, mais tu devrais peut-être faire attention à ne pas trop t'impliquer. Oh, j'aime beaucoup Irene. Mais tu n'es jamais sorti avec une fille comme elle. Et puis, ces histoires te stressent énormément.

Luke avala un énorme morceau de pain perdu

avant de fixer son frère d'un air mauvais. Jason n'en continua pas moins :

— Le docteur Van Dyke a dit à papa qu'en raison de ton passé tu devais éviter tout stress.

— Qu'elle aille se faire foutre !

— Mais pas par moi ! Je n'apprécie ni ses souliers de nonne ni ses tailleurs en tweed. Je manque sans doute de fantaisie, mais je n'arrive pas à l'imaginer à poil !

— Retourne à Santa Elena et dis-leur d'arrêter de se faire du souci pour moi. Je viendrai pour l'anniversaire du Vieux.

— Et pour Irene ?

— Elle est peut-être stressante, mais elle ne porte pas de souliers de nonne ni de tailleurs en tweed. Ou alors tu n'as pas remarqué ses bottes à talons hauts et son trench-coat !

Jason leva les yeux au ciel.

— Oh ! je les ai remarqués. Tu crois qu'elle a un petit fouet pour aller avec ?

— Je l'ignore. Mais répondre à cette question sera ma prochaine mission.

Luke s'occupait d'un couple en voyage de noces qui venait d'arriver lorsque Irene entra majestueusement dans le bureau. Un simple coup d'œil lui en dit long sur son état d'esprit. Elle portait un pull noir, un pantalon noir, des bottes de cuir noires et son trench-coat anthracite. Parée pour un duel avec les gens de Dunsley.

Irene regarda le jeune couple sans faire de commentaire et alla se planter devant la table où était servi le petit-déjeuner. Là, elle inspecta la cafetière et les doughnuts de la veille que Luke avait ressortis.

À cet instant, ce dernier aurait donné cher pour se débarrasser de ses clients : il avait mieux à faire avec Irene Stenson.

Il fourra la fiche d'accueil et un stylo dans la main du jeune mari intimidé :

— Remplissez vos nom, adresse et numéro de permis de conduire, monsieur Addison. Signez au bas. Mettez vos initiales à côté de la date de départ.

Les yeux écarquillés de crainte, la toute nouvelle Mme Addison eut un mouvement de recul comme si elle craignait que Luke ne lui saute à la gorge.

Et alors ? se demanda Luke en cachant son impatience. J'ai seulement prié son mari de remplir une de ces sacrées fiches.

M. Addison eut tellement de mal à avaler sa salive que sa pomme d'Adam monta et redescendit dans sa gorge.

— Oui, monsieur, dit-il en prenant le stylo et en commençant sa page d'écriture.

Irene, qui se préparait une tasse de thé, interrompit son geste. Elle fronça les sourcils. Luke choisit de ne pas faire attention à elle.

— Voilà, j'ai fini ! déclara, soulagé, M. Addison en rendant sa fiche.

Luke vérifia qu'il l'avait bien remplie.

— Le bungalow doit être libéré avant douze heures.

Irene prit un air de madone et ferma les yeux.

M. Addison sembla ahuri :

— Douze heures quoi ? fit-il.

— Enfin midi, c'est clair non ?

— Oui bien sûr. Mais ne vous en faites pas, nous serons partis avant.

Luke décrocha une clé du tableau et la tendit à son nouveau client.

— Bungalow numéro 10. Le règlement interne figure derrière la porte. Lisez-le ! Je ne veux pas de bruit, pas d'activités illégales et pas de tierce personne pendant la nuit.

— Très bien. Ne vous inquiétez pas. Nous ne sommes que tous les deux.

— Vous trouverez une petite note sur votre table de nuit qui vous demande instamment d'aider la direction à faire des économies d'énergie. Compris ?

— Bien, monsieur, fit M. Addison en jetant un coup d'œil désespéré à sa femme. Janice et moi sommes des écologistes convaincus.

— Oui, approuva-t-elle d'une voix presque inaudible.

— Ravi de l'apprendre, fit Luke. Amusez-vous bien dans la suite nuptiale.

— La suite nuptiale ? répéta le jeune époux tout étonné.

Mme Addison n'en revint pas.

— Nous avons la suite nuptiale ?

— Bien sûr, insista Luke. Vous êtes en voyage de noces, non ? Vous ne m'avez pas dit ça juste pour avoir la suite nuptiale, n'est-ce pas ?

— Oh, non, le rassura Mme Addison. Nous nous sommes mariés ce matin. À la mairie de Kirbyville.

— Mais, au fait, il y a un supplément pour la suite nuptiale ? demanda timidement son mari.

Luke se pencha au-dessus du comptoir :

— Pour vous deux ? Pas de supplément. Du moment que vous observez le règlement.

Irene joignit les mains comme pour une prière muette.

— Oh ! merci, monsieur.

M. Addison prit la main de sa femme et l'entraîna vers la porte :

— Viens, Janice ! On a la suite nuptiale.

— En rentrant à Kirbyville, je vais raconter ça à tout le monde ! s'écria-t-elle.

Luke croisa les bras en suivant le jeune couple du regard.

— Oh, les gens en voyage de noces ! Je les adore !

— J'avais plutôt l'impression que vous vouliez leur fiche la trouille.

— Pourquoi ferais-je un truc pareil ? Le mariage s'en chargera. Inutile d'accélérer les choses.

— Je suis sûre que vos clients ne reviennent pas souvent, hein ?

Il ouvrit les bras.

— Qu'est-ce que j'ai dit qu'il ne fallait pas dire ?

— C'est la manière dont vous leur avez parlé. Comme si ce jeune homme était une nouvelle recrue. Il est en voyage de noces et s'il a loué un bungalow ici, c'est qu'il ne roule pas sur l'or.

— Oh, lâchez-moi les baskets. Je me suis contenté de lui faire remplir sa fiche.

— La suite nuptiale ? J'ignorais que vous en aviez une.

— La direction a décidé que le fait même de passer sa lune de miel dans un bungalow transformait ledit bungalow en suite nuptiale.

— Logique !

— C'est ce que je pense aussi.

— Néanmoins, vous auriez pu être un peu plus aimable avec ce couple.

— Je ne leur ai rien demandé d'extraordinaire !

— Ils tremblaient comme des feuilles.

Luke fit le tour du comptoir pour aller se verser une tasse de café.

— C'est le plus gros problème dans l'hôtellerie.

— Quoi donc ?

— Les clients. Ils n'en font qu'à leur tête. Oui, si les clients n'existaient pas, ce serait un beau métier.

Il regarda les Addison grimper dans une vieille camionnette Ford et se diriger vers le bungalow numéro 10.

Irene hocha la tête.

— Où est passé Jason ?

— Il est parti après le petit-déjeuner. Il avait rendez-vous avec un fournisseur. Quel est votre programme pour la journée ?

— Sandra Pace, une vieille connaissance que j'ai appelée, m'a dit que la femme de ménage qui entretient la maison est la même qu'à mon époque. Elle s'appelle Connie Watson.

— Vous allez lui parler ?

— Oui, fit-elle en consultant sa montre. Je pensais passer chez elle pour la choper avant qu'elle parte pour la journée.

— Vous ne la prévenez pas ?

— Non, si je lui téléphone pour prendre rendez-vous, elle risque de refuser de me voir. Comme plein de gens en ville, Connie a des tas de raisons d'être toute dévouée aux Webb.

— Je vais vous accompagner.

— Inutile.

— J'ai dit que je viendrais.

Irene sembla mal à l'aise.

— Il est préférable que vous restiez en dehors de cette histoire.

— Jason m'a déjà dit la même chose.

— Vraiment ? Eh bien il a raison ! Après tout, vous habitez ici. Vous avez une affaire. Pourtant, vu la façon dont vous la faites marcher, je vois mal comment vous avez de quoi payer vos impôts. Mais c'est un autre problème. En ce qui me concerne, vous devriez ne vous mêler de rien. Tout ce qui touche aux Webb est risqué. D'ailleurs, votre frère est de mon avis.

— Jason et vous oubliez une chose : il est trop tard pour me donner des conseils. Je suis enfoncé jusqu'au… cou dans cette affaire.

— C'est faux ! s'emporta Irene.

Elle posa si brutalement sa tasse sur la table que le thé éclaboussa la surface vernie. Elle prit une serviette en papier pour essuyer les gouttes.

— Vous êtes trop têtu, voilà le malheur ! fit-elle.

À ce moment, la porte s'ouvrit et Maxine fit son apparition. Ce qui interrompit la tirade d'Irene, pour le plus grand plaisir de Luke.

— Bonjour la compagnie ! claironna-t-elle. J'ai vu une camionnette devant le bungalow numéro 10. De nouveaux clients ?

— Un couple en voyage de noces, répondit Luke. Ils arrivent de Kirbyville.

— Vraiment ? fit Maxine tout excitée. C'est la

première fois depuis que je travaille ici qu'on reçoit des jeunes mariés.

— Luke leur a donné la suite nuptiale, précisa Irene.

— Mais on n'en a pas.

— Désormais, ce sera le bungalow numéro 10.

— Super. Tu sais quoi ? Je vais leur préparer un panier de bonnes choses.

— À ta place, j'éviterais les doughnuts.

18

Torchon à la main, Connie Watson les étudiait à travers la moustiquaire de la porte. Elle était grande, solidement bâtie, avec des yeux méfiants. À voir son expression désabusée, on devinait qu'elle n'attendait plus rien de la vie.

— Je me souviens de vous, Irene, dit-elle.

Elle jeta un coup d'œil en coin en direction de Luke.

— Et je sais qui vous êtes, monsieur Danner. Que me voulez-vous ?

Ça ne va pas être facile, songea Irene.

Elle avait eu raison de ne pas téléphoner avant de venir, autrement Connie aurait trouvé un prétexte pour ne pas être chez elle.

— J'aimerais vous poser quelques questions au sujet de Pamela, répondit Irene d'une voix calme. J'étais son amie, à une époque, rappelez-vous !

— Sûr que je m'en souviens, fit Connie en

s'essuyant les mains sur son torchon, mais sans faire un geste pour leur ouvrir. J'ai entendu dire que vous et le monsieur aviez trouvé Pamela l'autre soir. Et aussi que vous aviez mis le feu à la maison des Webb.

— Quelqu'un d'autre a mis le feu, intervint Luke. Nous étions seulement dans les parages à ce moment-là.

— C'est pas ce qu'on raconte par ici.

— C'est la vérité, fit Irene. Mon Dieu, Connie, vous me voyez vraiment incendier une maison ?

— Il paraît que vous faites des choses un peu bizarres depuis la mort de Pamela. Quelqu'un m'a répété que vous aviez une *obsession malsaine* ou un truc de ce genre.

Luke la considéra à travers la moustiquaire :

— Qui vous a dit ça ?

Connie sursauta et fit un pas en arrière. Puis elle se dépêcha de fermer à clé :

— Peu importe. Tout le monde le sait.

Irene fit les gros yeux à Luke : il était parfait pour donner des ordres et pour intimider les gens mais en ce moment elle avait besoin de la collaboration de Connie.

Luke leva les sourcils pour lui montrer qu'il avait compris le message.

Irene se tourna vers Connie :

— Juste avant de mourir, Pamela m'a envoyé un e-mail pour me demander de venir la voir ici. Savez-vous ce qu'elle voulait me dire ?

— Non !

— Avait-elle l'air anxieux ou fâché ?

— Non !

— Vous l'avez vue le jour de sa mort ?

— Non !

Pas terrible comme interview, constata Irene. Luke l'observait, prêt à utiliser ses propres méthodes dès qu'elle lui donnerait le feu vert. Elle se gratta la tête, à la recherche d'un nouvel angle d'approche.

— Connie, je sais que vous devez beaucoup aux Webb et il est normal que vous leur soyez loyale. Mais vous avez également une certaine dette envers ma famille, non ?

Connie pétrissait nerveusement son torchon.

— J'dois peut-être quelque chose à votre père, mais il est mort, que Dieu le garde.

— La mort n'efface pas toutes les dettes. Mon père est parti mais je suis toujours là. En sa mémoire, soyez gentille de me dire ce que vous savez des derniers jours de Pamela à Dunsley.

Connie se crispa encore plus. Elle soupira avant de dire :

— Promettez-moi de ne pas lui en parler.

— À Sam McPherson ? demanda Luke.

Effrayée, Connie cilla plusieurs fois.

— Pas à lui non plus. Il irait directement…

Elle stoppa net.

— Enfin peu importe, poursuivit-elle. Écoutez, Irene, je sais pas grand-chose et c'est la vraie vérité.

— Dites-moi au moins ce que vous savez.

— Quatre jours avant sa mort, Pamela m'a téléphoné pour me demander de préparer la maison, comme d'habitude quand elle venait. Elle voulait que je garnisse le frigo et que je fasse les lits.

— Vous l'avez vue après son arrivée ?

Connie secoua la tête vivement.

— Non, j'ai juste fait comme elle a dit. Quelqu'un l'a vue quand elle a traversé la ville en voiture le lendemain. Deux jours plus tard, elle était morte. C'est tout.

Irene lui sourit d'une manière aussi rassurante que possible.

— Elle vous a demandé de faire des provisions pour plus d'une personne ?

— Mais non.

— Elle n'attendait donc personne d'autre.

— Je ne crois pas. Elle m'aurait demandé d'acheter des trucs pour l'apéritif et plein d'alcools forts si elle avait eu l'intention d'amener ses amis chics.

— Vous êtes sûre qu'elle ne vous a pas demandé d'acheter de l'alcool ?

— Pas cette fois-ci.

Luke s'appuya contre le mur de la maison.

— Quand on l'a trouvée, il y avait une carafe vide et un verre à cocktail sur la table à côté d'elle.

Connie fit un vague geste de la main.

— J'ai entendu parler de ça. J'ignore où elle s'est procuré l'alcool. En général, elle m'en chargeait, sauf pour le vin, bien sûr.

— Le vin ? répéta Luke, l'oreille tendue.

— Elle était très difficile pour le vin. Elle l'amenait toujours avec elle. Mais pour le gin ou la vodka, elle s'organisait avec Joe au Marché de Dunsley. Il s'arrangeait pour avoir en stock ce qu'elle aimait. J'imagine qu'elle a dû amener de la ville de quoi faire des martinis dry.

— L'alcool se conserve très bien, dit Irene. Pamela aurait pu en garder dans la maison.

144

— Sûrement pas ! Elle ne laissait jamais d'alcool traîner. Tout le monde le savait. Elle voulait pas que les garnements des environs forcent une porte et volent les bouteilles. Elle voulait pas être responsable si des gosses se saoulaient et tombaient en voiture dans le lac. Ça aurait fait du tort au sénateur.

— Vous avez acheté beaucoup de provisions ?

— Comment ça ?

— Pour deux jours ? Pour un long week-end ?

— Oh, la nourriture ?

Connie sembla se détendre un peu.

— C'est un peu bizarre, mais elle m'a demandé du lait, des céréales, de quoi faire des salades pour une semaine.

— Pourquoi c'est bizarre ?

— En général elle venait pour le week-end ou pour trois jours au maximum. Je ne me rappelle pas la dernière fois qu'elle serait restée une semaine. Et toute seule encore. Elle était toujours accompagnée d'un homme quand elle venait en ville.

— Toujours ? insista Irene d'une voix neutre.

Connie fit la grimace.

— Vous vous souvenez, quand Pamela était jeune, elle avait plein de gars autour d'elle ?

— Oui.

— Eh bien, rien n'avait changé. Elle avait toujours un homme dans ses jupes.

Irene songea à la chambre blanc et rose bonbon.

— Et ils dormaient où ?

Connie parut stupéfaite.

— Mais dans la maison, bien sûr ! Nulle part ailleurs !

145

— Je voulais dire, dans quelle chambre ?

— Pamela utilisait la chambre principale car elle avait le balcon et la vue sur le lac. Elle mettait ses invités dans les chambres d'amis. Au premier et en bas.

— Elle n'utilisait pas sa chambre de jeune fille ? Celle où elle dormait quand elle vivait ici ?

— Oh non ! Elle logeait personne dans cette chambre !

— Elle ne vous a jamais dit pourquoi ?

— Non, mais elle voulait surtout pas qu'on touche à rien. J'avais même pas le droit de remuer les meubles. Ça devait être sentimental.

— Merci, Connie, fit Irene en se reculant. Merci pour votre patience et pour avoir répondu à mes questions.

— Vous avez rien d'autre à me demander ?

— Non.

— Alors, je ne vous dois plus rien ni à votre famille ?

— Non. Vous avez réglé vos dettes.

— Si seulement je pouvais tout rembourser aussi facilement !

Au moment de tourner les talons, elle ajouta à voix basse :

— Soyez prudente, vous entendez ? Il y a des gens qui n'ont pas envie que vous posiez des questions au sujet de Pamela.

— Vous ne pouvez pas être plus précise, je suppose.

— Je vous ai toujours bien aimée, Irene, et j'ai été désolée d'apprendre que vous aviez eu des problèmes mentaux comme les gens l'ont raconté.

Et puis je suis reconnaissante pour ce que votre père a fait pour mon fiston. Depuis, il a toujours travaillé dur. Il s'est marié et il a une gentille famille, maintenant.

— Je suis contentc pour lui.

— Comme je vous le dis, je suis reconnaissante. Mais rendez-moi un service : revenez pas me voir de sitôt.

Connie referma sa porte.

Luke et Irene marchèrent en silence jusqu'au 4 × 4. Ils ne se reparlèrent qu'une fois dans la voiture.

Irene sortit son calepin de son sac.

— Bon, voyons ce que nous avons appris. Pamela a commandé assez de provisions pour une semaine mais elle n'a pas demandé qu'on lui achètc des alcools forts. Pourtant elle serait morte d'une overdose de martini dry et de pilules.

Luke démarra et s'éloigna de la maison de Connie Watson par une petite route de campagne.

— La quantité de provisions ne fait pas penser à un suicide. Mais ça n'élimine pas la possibilité d'une overdose accidentelle.

— Je sais, fit Irene en tapotant son calepin de la pointe de son crayon. C'est l'histoire des alcools forts qui me dérange le plus. Il est toujours possible qu'elle les ait apportés avec elle, mais pourquoi avoir changé ses habitudes ?

— Bonne question, avoua Luke. J'ai pensé à cet homme.

— Quel homme ?

— Connie a dit que Pamela venait toujours avec un homme.

147

— Mais pas cette fois-ci.

— En tout cas, Connie ne le connaissait pas.

Irene réfléchit au point que Luke venait de soulever :

— Dans le temps, Pamela considérait les hommes comme des objets. Elle en avait toujours un ou deux sous la main pour aller à une soirée ou faire la fête. Si Connie a raison quand elle prétend que les habitudes de Pamela n'ont pas changé, ça veut dire qu'elle avait un type à sa disposition dans les parages.

— Si on peut mettre la main dessus, il nous dira à quoi elle pensait pendant ses derniers jours.

— Luke, j'aime votre façon de raisonner, avoua Irene en souriant.

— Je suis très flatté. J'ai toujours voulu être admiré pour mon intelligence. Au fait, qu'est-ce que votre père a fait pour le fils de Connie ?

Irene contempla les rayons du soleil se reflétant sur la surface du lac.

— L'année d'après son bac, Wayne Watson a eu des ennuis avec la loi. Il a fini par faire de la prison. Quand il a été libéré, personne ne voulait lui donner du travail. Mon père a convaincu un entrepreneur de Kirbyville de l'embaucher. On dirait qu'il a fait du bon boulot.

19

La première fois que Luke avait amené son 4 × 4 au garage Carpenter pour une banale vidange, il avait admiré l'endroit. Si certains de ses amis aimaient visiter des musées ou des galeries d'art, lui trouvait agréable de voir un lieu aussi parfaitement organisé qu'un garage. Phil Carpenter connaissait l'importance de la propreté, de l'ordre, de la précision.

Luke s'arrêta sur le seuil pour contempler l'atelier. On pourrait manger par terre, se dit-il. Les outils qui n'étaient pas utilisés étaient rangés à leur place. Les pièces en acier brillaient comme de l'argenterie. Deux mécaniciens, qui travaillaient sous un pont, portaient des uniformes de la maison. Luke savait, pour les avoir utilisées, que les toilettes étaient impeccables, avec du savon et des provisions de serviettes en papier.

Il s'avança vers le bureau, au fond de l'atelier.

Un homme maigre, presque décharné, aux yeux enfoncés dans leurs orbites passait une serpillière. Il salua Luke.

— Comment ça va, Tucker ? demanda Luke.

— Très bien, monsieur Danner.

Son expression hagarde empêchait qu'on lui donne un âge. Tucker Mills pouvait avoir aussi bien trente ans que soixante. Ses rares cheveux longs grisonnaient. Éboueur attitré de Dunsley, il représentait pour ses habitants la lie de l'humanité. Aux yeux de Luke, il était au contraire un précieux auxiliaire, habile à entretenir le jardin et les bungalows du Lodge.

Tucker mettait toute son attention à passer la serpillière sous un établi. Il n'aimait pas les bavardages ou le copinage. Si vous vouliez utiliser ses services, il était entendu que vous lui énonciez poliment les tâches à accomplir et que vous lui fichiez la paix jusqu'au moment de le payer. Il n'acceptait ni les chèques ni les cartes bancaires. Luke était persuadé que Tucker n'avait de contact ni avec les banques ni avec le fisc. Les règlements se faisaient en espèces ou sous forme de troc.

Phil Carpenter était assis à son bureau et feuilletait un épais catalogue de pièces détachées. Son crâne chauve brillait sous les tubes fluorescents.

Trapu, solide comme un bœuf, il se déplaçait avec une grande agilité pour quelqu'un qui avait une jambe artificielle. Luke savait que l'uniforme du garage dissimulait un imposant tatouage sur son bras : l'image d'un globe et d'une ancre. Une mine antipersonnel lui avait arraché une jambe. Une autre guerre, pas la mienne, songea Luke. Mais, comme Connie Watson l'avait dit si justement, certaines choses ne changeaient jamais.

— Danner !

Phil referma son catalogue et se cala dans son fauteuil, avec une expression de curiosité joviale. Il fit signe à Luke de s'asseoir.

— Prenez une chaise. Je suis surpris de vous voir. D'après ce qu'on m'a dit, vous avez été sacrément occupé, ces jours-ci.

— Je n'ai pas eu le temps de m'ennuyer, c'est vrai. Comment vont les affaires ?

— Et vous, ça marche l'hôtellerie ?

— Comme je l'ai confié à Irene Stenson, ce serait bien plus agréable s'il n'y avait pas les clients.

Phil plissa les yeux, signe d'une intense réflexion.

— Vous est-il arrivé de penser que vous n'étiez pas taillé pour ce métier ?

— On m'a beaucoup posé cette question, dernièrement.

— Je n'en parlerai donc plus.

Phil prit une cafetière en verre et remplit une tasse parfaitement propre. Il la posa sur une petite serviette devant Luke.

— Que me vaut l'honneur de votre visite ?

— J'ai besoin de renseignements. Vous êtes assurément la meilleure source possible.

— À l'évidence, approuva Phil en croisant ses doigts derrière sa tête. Le garage Carpenter est d'une certaine façon au centre de l'univers. Les renseignements que vous cherchez auraient-ils un lien avec votre nouvelle amie ?

Luke réfléchit un instant.

— C'est comme ça que les gens du coin appellent Irene ? « Ma nouvelle amie » ?

— En tout cas, les gens bien élevés. Et, comme vous n'avez pas eu de petite amie depuis que vous êtes là, Irene est le nouvel objet de curiosité.

— Vraiment ?

— En ville, on en était même arrivé à se demander si vous vous intéressiez aux femmes !

— Ah !

Luke goûta le café : comme d'habitude, il était délicieux.

— Ces spéculations oiseuses ont laissé la place à

des discussions approfondies sur la nature de vos relations insolites avec Irene.

— « Insolites » ?

— Croyez-moi ou pas, dans cette ville, il est rare que deux personnes passent leurs soirées à découvrir des cadavres ou à échapper à des incendies. Par ici, les gens qui ne sont pas unis par les liens sacrés du mariage s'adonnent à des plaisirs plus charnels. Comme faire l'amour sur une banquette arrière.

— Bon, merci pour le tuyau. Je vais voir ce que je peux faire pour paraître plus normal.

Phil haussa les épaules.

— Parfois, agir d'une façon normale est difficile pour des gens comme nous.

— Vous n'avez pas tort.

Luke posa sa tasse sur la petite serviette en papier pour éviter de faire une marque sur le bureau verni.

— En tout cas, vous pouvez annoncer à votre fidèle clientèle que je me verrais insulté si on se montrait discourtois vis-à-vis d'Irene.

Phil hocha la tête.

— Compris. Bon, et quel genre de renseignements désirez-vous ?

— Irene connaissait Pamela quand elles étaient ados.

— Elles ont été très proches pendant un été, si je me souviens bien, mais pas plus longtemps. C'était l'été où ses parents sont morts.

— Les deux filles ne se sont pas revues ni parlé depuis. Pourtant, pour une raison inconnue, Pamela a envoyé un mail à Irene voilà quelques jours lui demandant de venir la voir à Dunsley. Il semblerait qu'elle ait voulu lui parler de quelque chose

152

d'important. Elle a même utilisé un code secret qu'elles avaient inventé quand elles étaient gamines. Bref, Irene est désormais persuadée que la mort de Pamela n'est ni un suicide ni un accident.

— Ouais, ça aussi on me l'a dit. Vous y croyez, vous ?

— Après avoir vu quelqu'un mettre le feu à la maison des Webb, je trouve la théorie d'Irene digne d'intérêt.

— Sam McPherson a fait savoir que c'était l'œuvre d'un vandale, sans doute de Kirbyville, un nid de malfaiteurs et de mécréants.

— Mobile ?

Phil ouvrit ses mains et écarta ses doigts :

— C'est le propre des pyromanes : ils sont dingues. Tout le monde sait qu'ils n'ont pas besoin de mobile.

— Ce qui est commode.

— Vous n'avez pas vu le type ?

Luke secoua la tête.

— Juste une ombre. J'étais trop occupé à faire descendre Irene du balcon avant que tout brûle. Je sais seulement qu'il s'est enfui en bateau. Bien sûr, je lui ai facilité la tâche. Comme j'ai imaginé qu'il était venu en voiture, je me suis dirigé vers la route alors qu'il fonçait dans la direction opposée. Vers le lac.

— Vous n'avez rien à vous reprocher. Dans ce genre de situation, on doit faire des choix.

— Une façon élégante de ne pas dire que j'ai foiré.

— Ça arrive.

— Enfin, voici ce qui m'amène : sauriez-vous par hasard qui était le dernier amant de Pamela ?

— Son dernier ?

— Elle avait l'habitude bien ancrée de venir accompagnée à Dunsley.

— Exact. Mais pas cette fois, apparemment. Personne n'a parlé d'un petit ami.

— Vous auriez été au courant ?

— Quand elle était en ville, les rumeurs allaient bon train. Elle était une Webb. Ses faits et gestes étaient épiés et commentés par toute la communauté.

— Est-il possible qu'elle soit venue seule parce qu'elle pensait retrouver quelqu'un de la ville ?

Phil pouffa de rire.

— Personne à Dunsley n'aurait été assez chic ni assez sophistiqué pour convenir à ses goûts, les personnes présentes exceptées.

— Naturellement.

— Non, il n'est pas imaginable qu'elle soit sortie avec un type du coin. Si cela avait été le cas, la nouvelle se serait répandue comme une traînée de poudre.

— Je n'insiste pas.

— À propos, Irene et vous êtes en train de provoquer un sénateur qui, en raison de ses liens familiaux, a quasiment toute la ville dans sa poche.

— Ça m'a traversé l'esprit à plusieurs reprises.

— J'aimerais toutefois vous signaler que moi, je ne suis pas dans la poche des Webb. Si vous avez besoin de renfort, n'hésitez pas à m'appeler.

— Merci, dit Luke en se levant.

— *Semper fidelis*, comme on dit chez les marines.

— *Semper fidelis* !

20

À cinq cents mètres de la ville, la voiture de police de Sam McPherson apparut brusquement dans le rétroviseur de Luke. On ne peut pas parler de coïncidence, songea celui-ci. Mais il attendit que Sam ait branché sa sirène pour se garer sur le bord de la route.

Il continua à fixer le rétroviseur tandis que McPherson s'avançait vers lui. Au cas où il aurait tenu quelque chose à bout de bras.

Il ne baissa sa vitre que lorsque le policier atteignit le 4 × 4.

— Je ne pense pas que vous m'arrêtez pour un excès de vitesse, dit Luke.

Sam posa son avant-bras sur le toit de la voiture.

— Je vous ai vu quitter le garage. C'était l'occasion toute trouvée pour vous parler en tête à tête.

— Vous voulez dire en dehors de la présence d'Irene ?

Sam poussa un gros soupir.

— Vous êtes nouveau ici, Danner. Vous méritez de connaître un peu du passé d'Irene Stenson.

— Par exemple ?

— Elle a toujours été rangée. Pas vraiment timide, mais sérieuse, plus intéressée par les livres que par les garçons. Parfaitement bien élevée. N'a jamais eu d'ennuis.

— Le contraire de Pamela, voilà ce que vous voulez insinuer ?

— Ne vous y trompez pas. J'aimais bien Pamela. J'avais pitié d'elle. Quand elle a eu seize ans, elle est devenue intenable. Elle avait cinq ans quand elle a perdu sa mère, et son père était trop préoccupé par ses campagnes législatives pour s'occuper d'elle. Il est certain qu'elle a eu des problèmes. Je n'ai jamais compris pourquoi les Stenson ont laissé leur fille sortir avec Pamela cet été-là. Vous parlez d'une mauvaise influence.

— Où voulez-vous en venir ?

— J'y arrive. Irene n'était pas une fille solide. Elle passait la plus grande partie de son temps libre à la bibliothèque. Elle a été brisée le soir où son père est devenu fou et a fait ce qu'il a fait. D'ailleurs, qui pourrait se rétablir après un drame pareil ? Mais ç'a dû être encore plus terrible pour une fille aussi gentille, aussi naïve, aussi protégée.

— Vous voulez me dire qu'elle a des problèmes ?

— N'importe quelle fille de quinze ans qui aurait vécu ça aurait des problèmes. J'ai été le premier à arriver sur les lieux, ce soir-là.

Sam regarda la surface du lac.

— Quand je suis entré dans la cuisine, poursuivit-il, elle était plantée au milieu de la pièce. Elle m'a regardé avec de grands yeux terrifiés. La pauvre gamine avait essayé de ranimer ses parents en leur faisant du bouche-à-bouche. Inutile, ils avaient dû mourir sur le coup.

— Où Elizabeth Stenson a-t-elle été atteinte ?

— À la tête et à la poitrine. Comme si elle avait été exécutée !

— Et Hugh Stenson ?

— Après avoir tué sa femme, il a retourné l'arme contre lui et s'est tiré une balle dans la tête.

— Le côté de la tête ?

— Apparemment.

Luke sembla réfléchir.

— Il n'a pas mangé son arme ?

— Comment ça ?

— La plupart des gens qui s'y connaissent en armes et décident de se suicider choisissent d'enfoncer le canon dans leur bouche. Il y a ainsi moins de chances de se rater et de finir dans une chaise roulante.

Sam s'écarta du 4 × 4.

— Vous voulez savoir la fichue vérité ? Je ne me souviens de rien très clairement. J'ai été salement secoué. J'avais vingt-trois ans et je n'avais jamais rien vu de semblable. Quand Bob Thornhill m'a rejoint, nous avons mis Irene dans sa voiture de police. Puis je suis allé dans les bois et j'ai dégueulé comme un chien.

— Qui a rédigé le rapport officiel ?

Sam se figea.

— Bob Thornhill. Il était l'adjoint de Stenson. Il a dirigé le commissariat pendant un certain temps.

— Que lui est-il arrivé ?

— Il est mort six mois plus tard, juste après sa femme. Une crise cardiaque. Il s'est noyé dans le lac au volant de sa voiture.

— Du coup, vous êtes devenu le commissaire de police de Dunsley ?

— J'étais le seul gradé qui restait.

— J'aimerais beaucoup lire le rapport sur la mort des Stenson.

Sam pinça les lèvres.

— Impossible !

— Vous préférez que je dépose une demande officielle auprès des tribunaux ?

— Il m'est impossible de vous en fournir une copie car il n'y a pas de dossier.

— Incroyable !

Sam devint écarlate.

— Le dossier, entre autres, a été détruit par une secrétaire intérimaire qui a travaillé au commissariat. Un pur accident.

— Arrêtez vos conneries !

— Mais c'est la vérité ! Quand Thornhill a pris ses fonctions, il a engagé une secrétaire pour classer les vieux dossiers. Elle a déconné. Ça peut arriver, non ?

Luke sifflota doucement.

— Pas étonnant qu'Irene ait échafaudé des tas d'histoires de complots pour expliquer ces meurtres. Elle ne manquait pas de munitions : pas de dossier, le nouveau shérif qui meurt à point nommé juste six mois plus tard...

— Laissez Bob Thornhill en dehors de ça. C'était un brave homme qui n'a eu que des malheurs dans sa vie. Il a passé une année entière à soigner sa femme qui mourait d'un cancer, et six mois après son décès, ç'a été son tour.

— Une tapée de coïncidences, non ?

— Écoutez-moi bien, Danner, vous ne rendez pas service à Irene en l'encourageant à imaginer des histoires de complots. On raconte qu'elle souffre du même traumatisme que les soldats qui reviennent du feu.

— Qui vous a dit ça ?

— La rumeur est publique. En fait, vous ne l'aidez pas en alimentant son délire. Vous risquez même de lui attirer des ennuis.

— Ce qui signifie ?

Sam hésita.

— Quand j'ai parlé de l'incendie au sénateur, il m'a tout de suite demandé si je croyais qu'Irene en était l'auteur.

Mauvais, songea Luke.

— Vous lui avez dit que non, j'espère.

— Je lui ai dit que je n'avais pas encore de suspects. Mais, entre nous, Webb pense qu'Irene a perdu l'esprit après avoir découvert le corps de Pamela. Il croit qu'Irene a mis le feu à la maison à cause d'une sorte de fixation.

— Vous avez ma déposition : elle corrobore les déclarations d'Irene.

— J'ai dit au sénateur que vous étiez sur les lieux et ce que vous avez vu. Mais il y a un problème : Webb, comme la plupart des gens ici, pense que vous couchez avec Irene. Donc, votre témoignage n'est pas très fiable. De plus, vous êtes nouveau en ville. On ne vous connaît pas bien.

— Qu'est-ce que le sénateur envisage de faire, à propos de cet incendie ?

— Pour le moment, il s'occupe d'enterrer sa fille, répondit Sam, les traits durcis. Il ne veut pas d'ennuis. Il aimerait que les choses s'arrangent.

— On dirait qu'il vous utilise à ces fins.

Le visage du policier vira au rouge foncé.

— Osez le répéter !

— Je prétends seulement que ce n'est pas votre boulot d'arranger les choses pour lui.

Luke démarra et prit la route qui menait au Lodge.

21

Ils se retrouvèrent dans les caves qui embaumaient le vin. Alors que la plupart des vignobles californiens utilisaient des cuves en acier, Elena Creek en était resté aux fûts de chêne. Le bois, importé d'Europe, donnait un bouquet inimitable à ses vins rouges.

Jason respira à fond, comme chaque fois qu'il descendait dans ces chais voûtés. Il adorait l'odeur qui émanait des immenses fûts.

— Il était déprimé ? demanda Katy d'une voix angoissée.

— Nous parlons de Luke, lui rappela Jason. S'il était abattu, il ne le montrait pas. Personne ne dissimule ses sentiments comme mon grand frère. Mais non, je ne crois pas qu'il ait été déprimé. À vrai dire, je crois qu'il s'amuse bien au bord du lac Ventana !

Katy écarquilla les yeux.

— Il s'amuse ?

— Et comment !

Hackett plia les bras et appuya son épaule contre un des fûts.

— Comment peut-il s'amuser ? Il a trouvé le cadavre d'une femme et failli brûler vif !

— Oh, frérot, tu connais Luke. Il a une drôle de façon de se distraire.

— Le Vieux ne va pas être content. Et maman non plus !

— Mon père non plus, ajouta Katy. Ils se font tous tellement de souci pour Luke.

— J'ai pensé, dit Jason, qu'ils seraient heureux d'apprendre qu'il ne passe pas ses journées dans son Lodge délabré à boire du mauvais vin et à regarder les clapotis du lac. En outre, il a une petite amie. Voilà qui devrait les rassurer.

Katy le dévisagea avec une lueur de curiosité dans les yeux.

— Tu crois qu'ils couchent ensemble ?

Jason se rendit compte que Hackett le fixait également :

— Alors ?

— Pas encore, sans doute. Irene n'est arrivée qu'il y a deux jours. J'ai eu l'impression que, le premier soir, ils ont surtout passé leur temps à découvrir le cadavre. La deuxième nuit, il y a eu l'incendie. Il faut dire qu'ils n'ont pas chômé.

— Tout ça me paraît plutôt stressant, soupira Katy. Tu sais que le docteur Van Dyke préférerait qu'il se détende.

— Je vous précise seulement que Luke et Irene n'ont pas eu beaucoup de temps pour la bagatelle. Mais il y a quelque chose entre eux. J'en suis certain. En leur présence, on détecte des ondes.

Hackett et Katy prirent un air dubitatif.

— Espérons qu'elles sont bénéfiques, fit Hackett.

161

— Bon, on sait tous qu'il a eu des petits problèmes, il y a six mois, rappela Jason. Mais cette fois-ci, ça n'a pas l'air de l'inquiéter.

Hackett serra les dents. Il jeta un coup d'œil à Katy puis détourna très vite le regard.

— Sûr qu'il n'en parlera à personne.

— Pourtant, intervint Katy, comme il s'agit d'une question médicale, il devrait consulter un médecin.

Jason fit un geste de découragement.

— Dans cette famille, personne ne veut croire que Luke est d'une trempe différente.

Katy et Hackett se dévisagèrent un instant. Mais cette fois en levant les yeux au ciel.

Que se passe-t-il entre ces deux-là ? se demanda Jason. Parfois on avait l'impression qu'ils se comprenaient par télépathie. Mais, dernièrement, ils se comportaient comme des chats de gouttière. Ils passaient du rire à la colère en l'espace d'un clin d'œil. Ils se bagarraient sur tout, depuis les plans pour rénover la salle de dégustation jusqu'aux étiquettes des bouteilles.

Lorsqu'ils grandissaient ensemble, les choses étaient différentes, se souvint Jason. Katy et Hackett étaient les meilleurs amis du monde. Hackett avait été le cavalier de Katy pour le bal de fin d'année au lycée lorsque son petit copain l'avait laissée choir à la dernière minute. Et Katy avait consolé Hackett quand sa petite amie à l'université l'avait largué pour son meilleur copain. Ils avaient toujours aimé les mêmes choses. Ils allaient ensemble à l'opéra de San Francisco, essayaient des nouveaux restaurants, goûtaient les crus de la concurrence.

Mais tout avait changé, six mois plus tôt. Comme

162

si les courtes fiançailles de Katy et Luke avaient brisé leur complicité.

— Bon, admit Jason, on a tous compris que Luke était différent de nous. Mais seulement parce qu'il ne partage pas nos idées sur la façon de mener l'exploitation.

Il montra du doigt l'enfilade de fûts.

— Le Vieux et Gordon vont devoir renoncer à l'associer à l'affaire. C'est mission impossible.

Katy sembla pensive.

— Ils pourront l'accepter si Luke se stabilise et mène une vie plus sereine. Son côté « oiseau sur la branche » les inquiète. Ils l'imaginent en train de mendier dans les rues de San Francisco.

— Si vous voulez mon avis, je n'ai pas du tout l'impression qu'il va perdre les pédales. D'ailleurs, il assistera à l'anniversaire. Vous vous rendrez compte par vous-mêmes.

— Il n'a pas à nous convaincre nous, marmonna Hackett, mais maman, Gordon et le Vieux.

— J'avoue que ça risque de ne pas être facile.

22

Le crissement des pneus du 4×4 interrompit Irene alors qu'elle se préparait à faire le grand écart. Quelques instants plus tard, deux coups brefs frappés à sa porte lui indiquèrent que Luke n'était pas d'humeur joyeuse.

— Entrez ! dit-elle en tenant la pose, les jambes

en V, les bras tendus en l'air, son corps droit sur ses fesses.

Luke s'arrêta sur le seuil, éberlué.

— Qu'est-ce que vous fichez ?

— Des exercices de Pilates, dit-elle en se levant. J'ai commencé il y a deux ans. Le mariage de l'énergie et de la souplesse. Beaucoup de danseurs pratiquent cette méthode. Ça ne m'empêche pas de laisser l'électricité allumée toute la nuit, mais ça m'évite de vérifier six fois de suite si j'ai bien fermé les robinets avant de sortir. L'enfer !

— Remplacer une manie par une autre ? Ouais, je connais cette thérapie, fit-il en claquant la porte derrière lui. Mais soyez gentille. Surtout, que les habitants du coin ne vous voient pas dans ce genre de position. Vous leur paraissez déjà suffisamment bizarre.

Sûrement pas d'humeur joyeuse.

— Ces exercices me sont utiles pour mettre de l'ordre dans mes idées.

— M'éloigner de Dunsley pendant un certain temps me ferait le même bien, dit-il en entrant dans la kitchenette. Et si on allait faire un tour tous les deux ?

Elle le regarda ouvrir le frigo, comme s'il était chez lui. Mais il est chez lui, se rappela-t-elle.

— D'accord, fit-elle prudemment.

Il sortit une bouteille d'eau minérale qu'il décapsula.

— On pourrait aller dîner à Kirbyville.

Une invitation galante ? Pas vraiment, songea-t-elle. Pourtant, c'était plus drôle que les deux sorties qu'elle avait organisées pour lui.

164

— D'accord, répéta-t-elle. Mais d'abord, dites-moi ce qui ne va pas.

— Depuis cinq mois, j'ai été un citoyen modèle. Pas un seul excès de vitesse. Pourtant, aujourd'hui, le shérif m'a donné un avertissement.

Irene se sentit à la fois coupable et effrayée.

— Sam McPherson vous a menacé ?

— Sous une forme plus subtile, mais, en gros, c'était ça. Il m'a passé une sorte de savon, si vous voulez tout savoir, m'indiquant quelle devrait être ma future conduite.

— Luke, tout est ma faute.

— Cette pensée ne m'a pas échappé, dit-il en faisant sauter ses clés en l'air. Allez, tirons-nous !

Plus ils s'éloignaient de Dunsley et plus Irene se détendait. Elle ne s'était pas encore rendu compte à quel point elle avait vécu sous tension depuis son arrivée en ville.

La nuit tombait rapidement. Les eaux du lac viraient au noir, reflétant un ciel chargé de lourds nuages. Il allait sans doute pleuvoir avant l'aube. La présence de Luke tout près d'elle lui parut avoir quelque chose d'intime.

La route qui serpentait le long du lac, épousant chaque anse, lui sembla capricieuse. Luke conduisait avec efficacité et précision mais en prenant son temps. Sans doute n'était-il pas pressé d'arriver.

— J'ai parlé avec Addy, aujourd'hui, dit Irene au bout d'un moment. Elle m'a annoncé que je n'avais pas besoin de me rendre à San Francisco pour couvrir les funérailles de Pamela. L'enterrement sera savamment orchestré et il me sera impossible de poser des questions embarrassantes.

— Elle a sûrement raison.

— Qu'est-ce que Phil Carpenter vous a raconté ?

— Il n'a fait que confirmer ce que Connie Watson nous avait dit. Pamela était sans doute seule quand elle est arrivée à Dunsley.

Irene prêta attention aux ombres des arbres qui envahissaient le paysage.

— Tout le monde a l'air d'être d'accord sur un point : Pamela s'est conduite différemment des autres fois. Elle avait un motif précis pour venir à Dunsley, et ce n'était pas pour se tuer.

— Elle voulait vous parler.

— Absolument.

Luke choisit un restaurant qu'il avait découvert par hasard peu de temps après avoir aménagé à Dunsley. Le Café Marina de Kirbyville, décoré à la manière d'un palais italien, était un peu plus chic que les autres endroits du coin. L'ambiance y était plaisante. Irene la trouverait-elle intime ?

Comme la plupart des bistrots de la région, le Café Marina n'avait que peu de clients à cette époque de l'année. Luke n'eut donc aucun mal à se faire attribuer une table près d'une fenêtre.

Après s'être installée, Irene inspecta les lieux.

— De mon temps, ce restaurant n'existait pas.

Luke consulta la carte.

— Contrairement à ce qu'on pense en général, certaines choses évoluent.

Irene sourit.

— Peut-être sur cette rive du lac. Mais pas à

166

Dunsley, d'après ce que j'ai pu voir. C'est effrayant comme la ville est restée la même.

— Nous sommes venus ici pour nous échapper de Dunsley. On pourrait peut-être parler d'autre chose ?

— Tout à fait, approuva Irene en parcourant la carte. Je vais prendre les crevettes sautées et la salade d'avocat.

— Et moi les spaghettis et la même salade.

— La carte des vins ne propose rien d'Elena Creek, fit remarquer Irene.

— Regardez l'appellation Rain Creek. C'est la marque des vins meilleur marché.

— Ah, je connais ! Ils sont dans mes prix. J'aime surtout le sauvignon blanc.

— Rain Creek est l'idée de mon frère Hackett. Il voulait récupérer une clientèle moyenne, mais il a eu un mal fou à convaincre le Vieux et Gordon. Ils étaient attachés au haut de gamme qu'ils avaient mis des années à promouvoir. Hackett a donc choisi de changer le nom. Ça marche bien.

— Qu'en avez-vous pensé ?

Luke haussa les épaules.

— Je m'en fiche. J'ai décidé depuis longtemps de ne pas faire partie du *brain-trust*. Quand j'ai quitté les marines, le Vieux et Gordon m'ont convaincu de venir faire un essai, mais ç'a été un vrai fiasco.

Un serveur prit leurs commandes. Quand il s'éloigna de la table, un lourd silence s'ensuivit. Irene semblait captivée par son verre de vin et par la vue du lac plongé dans l'obscurité.

S'était-il trompé en voulant changer de sujet de conversation ? se demandait Luke. Irene le trouvait sans doute rasoir s'il ne parlait pas de Dunsley. De quoi discute-t-elle donc avec les autres hommes ?

— On dirait qu'il va pleuvoir, fit-il, à court d'inspiration.

— Possible.

Fais un effort. Elle va t'échapper.

Il plongea la main dans le panier à pain et prit un gressin.

L'inspiration lui vint enfin :

— Je dois faire une apparition à l'anniversaire du Vieux, demain soir. J'aurais besoin de renfort.

— De renfort ? fit-elle, médusée.

— D'une compagne, je veux dire.

— Vous avez besoin d'une compagne pour aller à un anniversaire ?

— Croyez-moi, il ne s'agit pas d'une petite réunion familiale. L'anniversaire du Vieux est un événement que personne ne veut rater, ni les viticulteurs de la région ni les habitants de Santa Elena. Vous me rendriez un grand service.

— Ça risque d'être amusant. Je viendrai avec plaisir.

Luke vit soudain la vie en rose.

— Merci beaucoup. Nous partirons demain après-midi. Comme la fête se terminera tard, nous dormirons à l'hôtel Santa Elena et reviendrons à Dunsley le lendemain matin.

— Juste une chose ?

— Quoi donc ?

— En quoi est-ce que je vous rends un grand service ?

Il joua avec son verre, le temps de réfléchir à ce qu'il allait lui dévoiler.

— Je vous ai déjà expliqué que ma famille se faisait du souci pour moi depuis quelques mois.

— Oui.

— Si je viens en votre compagnie, ça rassurera tout le monde.

— J'ai pigé. Si vous arrivez accompagné, vos proches vont penser que vous êtes guéri.

Il but une gorgée de vin et reposa lentement son verre.

— Hélas ! les choses sont un peu plus compliquées.

— À quel point ?

— Comme je vous l'ai dit, quand j'ai quitté les marines on a voulu que je retourne dans le giron familial. Ça semblait une bonne idée.

— En d'autres termes, vous étiez d'accord pour mener à nouveau une vie normale. Je ne vois pas de mal à ça.

— N'oubliez pas que je suis un marine. Je ne m'occupe pas de théorie. Ma décision prise, je me suis consacré à ma mission à cent pour cent. Je me suis fixé un objectif et j'ai établi un plan pour y parvenir. Puis j'ai suivi un calendrier très précis.

— Attention les yeux !

— Ouais. En fait, mener une vie normale est plus difficile qu'il n'y paraît. Il y a des tas de nuances.

— Que vous est-il arrivé ?

— Au début, tout s'est bien passé. J'ai fait de réels progrès. J'ai atteint mon premier objectif. J'ai travaillé pour l'affaire familiale. Assisté à des tas de réunions. Étudié des bilans. Emmené des clients dîner. Mais j'ai eu quelques ennuis avec le deuxième objectif.

169

— Qui était ?

— Mon programme comportait également mariage et enfants.

Irene évita de le regarder dans les yeux.

— Jason m'a parlé de fiançailles rompues.

— Gordon Foote, l'associé de mon père, a une fille, Katy. Elle a deux ans de plus que Jason. Ses parents ont divorcé quand elle avait une dizaine d'années. Elle a passé le plus clair de son temps avec son père, c'est-à-dire sur le vignoble, entourée de la famille Danner. Elle s'occupe des relations publiques. Je la connais depuis toujours.

— Vous avez demandé à Katy de vous épouser ?

— Avec le recul, je peux dire que c'était logique. Katy a dû le croire aussi puisqu'elle a accepté. La famille était ravie. Mais une chose manquait.

— Quoi donc ?

— La passion. La baise.

— Vous n'aviez pas envie l'un de l'autre ?

— Quelques baisers, quelques embrassades, c'était tout. Habitué à décortiquer les problèmes, j'ai décidé qu'il fallait qu'on s'éloigne de la famille. Pour être tous les deux. Faire des grandes promenades sur la plage. Des dîners aux chandelles. Vous connaissez le cirque.

— La séduction, je n'appelle pas ça du cirque.

Trop occupé à terminer son histoire, Luke ne fit pas attention aux paroles d'Irene.

— J'ai demandé à Katy de passer un long week-end avec moi dans une auberge isolée sur la côte.

— Il y a eu un problème ?

— Je me suis presque immédiatement aperçu

qu'on avait fait une énorme erreur. Katy en est convenue. Nous sommes rentrés et nous avons annoncé à tout le monde que nos fiançailles étaient rompues.

— Triste, mais pas vraiment le pire des fiascos.

— Sauf que tout le monde, Katy incluse, pense que j'ai rompu parce que j'ai été incapable de remplir ma mission dans un lit.

Irene le dévisagea, partagée entre le rire et la surprise.

— Mon Dieu ! murmura-t-elle.

— Vous savez que c'est dur d'être accusée de souffrir de troubles caractériels post-traumatiques. Alors imaginez ce que ça peut faire quand on vous reproche d'être impuissant !

23

Luke sortit de son 4 × 4 devant le bungalow illuminé d'Irene. Il fit le tour de la voiture pour lui ouvrir la portière. Comment allait-il se comporter ? se demanda la jeune femme. L'embrasserait-il de nouveau ?

Elle se sentit terriblement troublée, tout en s'en voulant de se comporter comme une ado lors de son premier rendez-vous. Mais jamais au cours de sa vie amoureuse elle n'avait été aussi excitée.

Irene n'eut pas le temps de descendre du 4 × 4 que déjà deux mains puissantes, confortables, solides la saisissaient par la taille et la soulevaient pour la déposer délicatement au sol, comme si elle ne pesait que quelques grammes.

Sans un mot, Luke l'escorta jusqu'au perron. Irene retint son souffle. Qu'allait-il se passer ? Il lui prit la clé des mains et ouvrit la porte.

— Aller à Santa Elena prend à peu près une heure. Il faut prévoir un peu de temps pour passer à l'hôtel, faire la connaissance de la famille et nous changer pour ce grand soir. Nous devrions partir vers quinze heures. Vu ?

Elle franchit le seuil, s'appuya contre le chambranle et se tourna vers lui :

— Il n'en est pas question ! Nous allons démarrer beaucoup plus tôt !

— Et pourquoi ?

— J'ai besoin de faire des courses. Des amies du journal m'ont envoyé quelques affaires mais je n'ai strictement rien d'habillé. Je crois que midi serait plus judicieux. Il doit sûrement y avoir de jolies boutiques dans le coin.

— Bon, pas de problème. On partira juste après le déjeuner. À propos, en parlant de nourriture, est-ce que de l'excellent pain perdu vous tenterait pour le petit-déjeuner de demain ? C'est ma spécialité.

Luke accompagna sa proposition d'un sourire tellement coquin qu'elle crut fondre sur place.

Son cœur palpita. Était-ce sa façon de lui annoncer qu'il passerait volontiers la nuit avec elle ? Dans ce cas, il lui fallait se décider rapidement. Au quart de tour. Mais elle n'était pas encore prête. C'était trop tôt.

172

— Oui, fit-elle sans même s'en apercevoir, quelle bonne idée !

Luke hocha la tête, l'air satisfait. Il se pencha vers Irene et l'embrassa légèrement sur la bouche. Puis il s'écarta vivement.

— Chez moi. Dix-neuf heures trente dans mon jargon. Sept heures et demie pour vous.

— J'ai bien compris.

Et aussi sec, Luke traversa le perron et redescendit les quelques marches. Interloquée, presque désemparée, Irene le regarda s'éloigner. Et dire qu'elle s'était imaginé qu'elle allait sauter le pas !

Il s'arrêta à mi-chemin, lui jeta un coup d'œil interrogateur, conscient de l'avoir désarçonnée.

— Fermez votre porte à clé ! lui lança-t-il.

— D'accord, mais ça me paraît inutile. Ce soir je me sens en sécurité.

— On ne sait jamais !

Elle referma la porte et tira le verrou. Par l'œilleton, elle l'observa qui montait dans son 4 × 4.

Luke alluma les phares, qui percèrent la nuit. Le puissant moteur ronfla et le lourd véhicule démarra lentement en direction du bungalow numéro 1.

Vacherie ! Il était vraiment parti.

Quel salaud... Sa façon de réagir au départ soudain de Luke la fit sourire. Elle était furieuse mais au fond soulagée. Il était prématuré de coucher avec un homme qu'elle connaissait à peine. Et puis elle avait des problèmes qui risquaient de tout compliquer. C'est ce qui arrivait toujours à un moment donné.

Mieux valait se concentrer sur la nuit du lendemain. Ils dormiraient dans un hôtel. Une ou deux chambres ? Devrait-elle acheter aussi une chemise de nuit ? Et quid de ses problèmes ?

Elle s'éloigna de la porte, émoustillée par toutes les promesses du lendemain.

L'obscurité de la chambre ne l'inquiéta pas sur le moment. Mais son système nerveux, particulièrement réceptif depuis une certaine nuit, dix-sept ans auparavant, se déclencha automatiquement et lui envoya un signal d'alarme.

Le souffle coupé, Irene s'immobilisa. De toutes ses forces, elle tenta de combattre la panique qui montait en elle.

Les lampes de la chambre étaient éteintes. Pourtant elle les avait allumées avant de sortir. Elle laissait toujours une lampe allumée dans chaque pièce. *Sans exception.*

Les fusibles auraient-ils sauté ?

Reprends-toi. Ce bungalow est vétuste. Les fils électriques sont vieillots. Comme les ampoules.

Quelque part dans la chambre plongée dans le noir, une latte du parquet craqua.

24

L'air déçu d'Irene n'avait pas échappé à Luke. Elle s'est ressaisie rapidement, pas assez vite pourtant pour dissimuler sa réaction, se dit-il en roulant.

Elle était prête à flirter. Sûr et certain.

Mais, chère mademoiselle, je suis trop vieux pour ce

genre de jeux. La prochaine fois, ce sera tout ou rien. Nous savons que ce soir, ç'aurait été prématuré.

La stratégie, voilà la clé de la victoire. Malheureusement il fallait en payer le prix. Il regarda le bungalow d'Irene dans son rétroviseur. Après tout, s'il retournait flirter un peu ? Ça ne lui coûterait qu'un peu de sommeil.

N'y va pas ! Si tu commences, tu ne pourras plus t'arrêter, et tu le sais pertinemment. Tu ne veux quand même pas qu'elle ait des regrets demain matin !

Bizarre, bizarre : le bungalow numéro 5 n'a pas son air habituel, se dit-il.

La chambre n'était pas éclairée.

Un frisson le parcourut. Il freina et s'arrêta. Il faisait encore jour quand ils étaient partis faire le tour du lac. Irene aurait-elle oublié d'allumer les lampes de sa chambre ? L'ampoule aurait-elle sauté ? Quel bon prétexte : il pourrait lui proposer de la changer. Maxine lui serinait sans cesse que la notion de service personnalisé était primordiale s'il voulait que ses clients reviennent.

Se cherchait-il une excuse ?

Il enclencha la marche arrière.

Au moment où il débouchait dans l'allée, la porte du bungalow s'ouvrit avec violence. Irene fit irruption sur le perron. Elle sauta à bas des trois marches, aperçut le 4 × 4 et fonça dessus.

— Luke !

Une silhouette masculine se détacha dans l'ouverture de la porte. L'homme tenait un objet à la main.

Luke bondit hors de sa voiture et se précipita vers Irene.

— Quelqu'un, dit-elle en haletant, il y a quelqu'un à l'intérieur...

Luke lui saisit le bras et l'entraîna de l'autre côté du véhicule, utilisant la voiture comme un bouclier pour la protéger de l'inconnu. Puis il ouvrit la portière et la fit monter à l'intérieur.

— Planquez-vous et ne bougez plus de là !

Elle obéit sans discuter.

L'inconnu sortit sur le perron.

— Mademoiselle Stenson, attendez ! fit une voix rauque et affolée. Je ne voulais pas vous faire peur.

— Qu'est-ce qui se passe, bordel ? cria Luke. C'est vous, Mills ?

Tucker Mills baissa la voix.

— C'est moi, m'sieur Danner. Je m'excuse. Je voulais pas qu'on sache que j'tais ici.

— C'est bon, Tucker. Laissez tomber ce que vous avez dans la main ! fit Luke d'un ton calme, apaisant.

— Sûr, m'sieur Danner.

Tucker obéit aussitôt. L'objet tomba sans bruit par terre. Ni un pistolet, ni un couteau, en conclut Luke.

Ensuite, Tucker se recula, croisant ses avant-bras devant son visage, comme un enfant qui a peur d'être puni.

— J'vous en prie, m'sieur Danner. Je ne pensais pas à mal. Vrai.

Ayant l'impression d'être une brute, Luke regarda ce que Tucker avait laissé tomber : une casquette en tricot. Il la ramassa et la lui tendit.

— Racontez-moi, Tucker.

— Tucker ? Tucker Mills ! s'exclama Irene qui se précipita vers le bungalow.

— Oui, miss.

— Bon sang, tu m'as fait une peur bleue !

Elle monta en vitesse les quelques marches, stoppa à côté de Luke et dévisagea Tucker.

— Qu'est-ce qui t'a pris de te cacher dans ma chambre ?

— J'voulais pas qu'on me voie ici, fit Tucker d'un air penaud. Quand j'suis arrivé, vous étiez partie, alors j'ai forcé la porte de derrière. J'préférais attendre à l'intérieur. Comme ça on risquait moins de me voir.

— T'en fais pas, Tucker, je comprends, dit Irene gentiment. Navrée d'avoir perdu la boule. Je ne savais pas que c'était toi.

— J'aurais dû attendre dehors, j'sais bien, m'selle. Mais j'avais peur qu'on me voie rôder et qu'on appelle la police.

— Rentrons discuter à l'intérieur, proposa Luke.

Irene fit un grand sourire à Tucker.

— Je vais préparer du thé.

Dix minutes plus tard, Irene déposa trois tasses de son thé personnel sur la petite table de la cuisine. Il lui faudrait encore quelques heures avant de recouvrer son calme, mais déjà son cœur battait à un rythme normal.

Après avoir fait le tour du bungalow pour fermer les rideaux, Luke s'assit en face de Tucker. Il avait les traits tirés mais semblait calme. Il connaît bien Mills, se dit Irene, il sait qu'il faut être patient avec lui. Sous pression, le pauvre diable perd les pédales.

177

— Commencez par le début, dit Luke.

— D'accord.

Le visage de Tucker reflétait son inquiétude. Il était clair qu'il ne savait pas très bien par quoi attaquer.

— Commence où tu veux, intervint Irene, et prends ton temps.

— D'accord, dit-il en jetant un coup d'œil reconnaissant à Irene. C't'après-midi, alors.

— Que s'est-il passé ? demanda Irene.

— C'est quand j'ai vu m'sieur Danner au garage. J'nettoyais, comme tous les après-midi. M'sieur Danner est venu causer à M. Carpenter. J'ai entendu qu'il demandait après m'selle Webb, à savoir si elle avait un nouvel ami, enfin, vous voyez.

Luke fixa Tucker dans les yeux.

— Vous savez quelque chose ?

Tucker agrippa sa tasse de ses deux mains osseuses.

— J'travaille régulièrement chez les Webb, j'veux dire que je travaillais là-bas. Avant l'incendie. J'pense pas que j'aurai encore du boulot.

— Continue, l'encouragea Irene d'une voix aussi tranquille que possible, alors qu'elle aurait aimé lui crier de se dépêcher.

— M'selle Pamela m'a engagé y a des années pour m'occuper du jardin, tondre la pelouse, vérifier les tuyaux l'hiver pour qu'ils gèlent pas. Enfin, vous voyez.

— De l'entretien, quoi, fit Luke.

Tucker hocha la tête, heureux d'être compris.

— Exact. De l'entretien. J'y allais deux fois la

178

semaine. J'y étais le jour d'avant que vous l'avez trouvée. Le matin.

— Tu lui as parlé ? demanda Irene nerveusement.

— Sûr. Elle était toujours très gentille avec moi. Même dans le temps. Vous aussi, m'selle Irene. Vous m'avez jamais traité comme un bon à rien.

— Mais tu n'as jamais été un bon à rien, rétorqua Irene, scandalisée. Tu as travaillé dur pour gagner ta vie. Papa disait toujours que personne ne travaillait aussi dur que toi.

Une ombre de tristesse passa sur le visage décharné de Tucker.

— C'est vrai que le chef Stenson avait du respect pour moi. Il me faisait confiance. Pas comme tout le monde. Oh, bien sûr, ils m'engagent quand ils ont besoin de moi, mais s'il manque un truc, qui qu'on accuse tout de suite ? Moi ! Mais votre papa prenait pas ces gens au sérieux. Enfin, c'est un peu pourquoi j'suis venu vous voir ce soir. J'pensais que je vous devais quèque chose, vu que je devais quèque chose à votre papa et que j'ai jamais pu le rembourser, vous voyez.

— Merci, Tucker, dit Irene.

— Et qu'est-il arrivé la veille de la mort de Pamela Webb ? insista Luke.

Tucker fit un effort pour reprendre ses esprits.

— J'vous répète, j'étais là-bas, à travailler au jardin, comme d'habitude. M'selle Webb était à l'intérieur.

— Vous savez ce qu'elle faisait ? dit Luke.

— J'suis pas sûr. Mais quand elle m'a vu garer ma camionnette près du ponton, elle est sortie me

179

faire un p'tit bonjour. Et alors elle m'a dit qu'elle avait à finir quèque chose sur l'ordinateur et elle est rentrée. Plus tard, une voiture s'est garée dans l'allée.

— Quel genre ? demanda Luke.

— Une vraiment chouette. Étrangère, quoi. Le type au volant m'a pas vu, rapport que j'étais sur le côté de la maison. Et que j'avais parqué ma camionnette derrière pour pas avoir à transporter mes outils et mon équipement trop loin. Enfin, j'ai entendu le type taper à la porte.

— Pamela lui a ouvert ? voulut savoir Irene.

— Oui. J'crois bien qu'elle le connaissait mais elle était pas bien contente de le voir là, qu'elle a dit.

— Tu as entendu ce qu'il a répondu ?

— Non, mais il avait l'air vraiment en colère. Elle l'a laissé entrer quelques minutes. Oh, pas long-temps. J'sais pas de quoi ils ont causé, mais il se disputait avec m'selle Webb. J'ai traîné du côté de la buanderie, juste au cas qu'elle aurait besoin d'aide pour s'en débarrasser. Mais il est parti. Il a démarré à toute pompe. Sûr qu'il était furieux après elle.

— Vous l'avez bien regardé ? fit Luke.

— Ouais, assez bien.

— Vous l'avez reconnu ? insista Luke d'une voix qui n'avait rien de menaçant.

— J'l'avais jamais vu de ma vie.

Irene poussa un soupir de découragement. Pourtant, on en sait un peu plus qu'il y a vingt minutes, se raisonna-t-elle.

— Vous pouvez nous le décrire ? demanda Luke.

— Pas trop grand. Mou.

— Mou ? répéta Irene. Tu veux dire gros.

— Non, pas mou comme ça. J'connais des types forts qui sont pas mous. Il était pas gros, mais on aurait pu le faire tomber avec une pichenette. Pas fort comme vous, m'sieur Danner. Mou, quoi !

— D'accord, mou, concéda Irene. Tu peux nous en dire plus ?

— Brun. Des beaux vêtements. Comme sa voiture, quoi.

— Si tu ne l'as pas reconnu, c'est qu'il n'est pas du coin, c'est ça ? suggéra Irene.

— Sûr qu'il est pas d'ici. J'vous dis que c'était la première fois que j'l'ai vu.

Il avala une gorgée de thé.

Ils se turent un moment. Comment allons-nous identifier ce type avec une description aussi vague ? songea Irene.

Tucker reposa sa tasse.

— J'ai revu le type peu après ça.

Irene se redressa. Elle devina que Luke était en état d'alerte maximale sans qu'il ait pour autant bougé un cil.

— Quand l'avez-vous revu ? demanda-t-il d'un ton décontracté.

— Le lendemain du jour où vous avez trouvé son corps.

— Il faisait quoi ? fit Irene.

Tucker semblait perdu.

— J'sais pas ce qu'il faisait, pour être exact.

— Où était-il ? précisa Luke.

— Devant l'immeuble municipal. Il est entré dans une grosse limousine avec le sénateur Webb et une jolie femme. On raconte qu'il va la marier.

181

Le souffle coupé, Irene dévisagea Luke.

— Hoyt Egan, fit-il, l'adjoint de Webb !

25

Un peu plus tard, Luke et Irene regardèrent Tucker disparaître dans les bois.

— Ne vous emballez pas ! prévint Luke en passant son bras autour des épaules d'Irene.

Il s'aperçut à ce moment qu'elle était tendue comme un ressort.

— Egan avait peut-être une très bonne raison pour rendre visite à Pamela, continua-t-il.

— Pourtant, vous avez entendu ce que Tucker a dit.

— Oui, bien sûr. Mais ce n'est pas pour ça qu'il l'a assassinée. En revanche, il est possible qu'il sache ce qui la tracassait.

— Certainement, approuva Irene. Et s'ils étaient amants ? Elle a peut-être voulu rompre et Egan l'a mal pris ?

— Ce n'est pas impossible, mais c'est pure spéculation de votre part. D'autant plus que vous essayez de prouver que la mort de Pamela est liée à ce qui est arrivé à vos parents.

— C'est vrai.

— Je dois vous dire que je vois mal comment Egan pourrait être mêlé à la mort de vos parents. Il n'a pas plus de trente-cinq ans. Il devait encore faire ses études à cette époque. De plus, il n'est même pas de la région. À mon avis, il est hors du coup.

— Sans doute, admit Irene à contrecœur.

J'ai dû lui faire de la peine en détruisant le roman qu'elle s'était forgé, regretta Luke. Mais c'est pour son bien, qu'elle s'en rende compte ou non.

Il la serra contre lui.

— Écoutez, je ne veux pas dire que vous perdez les pédales. Souvenez-vous que j'étais avec vous quand la maison des Webb a été incendiée. J'admets qu'il se passe des choses graves. Mais je ne suis pas convaincu qu'elles aient un lien avec le passé.

— Comment expliquez-vous tout ça ?

— Étant donné qu'elle se droguait, je me demande si elle n'était pas en rapport avec de sales types.

— Brrrr. Vous voulez dire des trafiquants ?

— C'est une possibilité. Mais il en existe bien d'autres.

— Par exemple ?

— Si quelqu'un s'était servi de sa dépendance à la drogue pour la faire chanter ou la manipuler ? Ou encore…

Irene tourna vivement la tête pour le regarder.

— À quoi pensez-vous ?

— À quelqu'un qui, pour se procurer des renseignements confidentiels, n'aurait rien trouvé de mieux à faire que d'utiliser la fille d'un sénateur. Pamela fréquentait l'entourage de son père. Elle organisait des soirées pour ses collaborateurs, aidait à réunir des fonds, tutoyait les gens les plus puissants du pays.

— N'oublions pas qu'elle n'était pas seulement jolie, mais très sexy. Elle a dû coucher avec nombre d'entre eux.

— Ce qui débouche sur d'autres perspectives pas très ragoûtantes.

— Mon Dieu, soupira Irene. Elle aurait été tuée et la maison incendiée parce qu'elle en savait trop ? On aurait eu peur qu'elle révèle des secrets d'alcôve ou des trucs crapuleux ?

— Rien n'est sûr, avoua Luke. Pour le moment, je suis comme vous, j'imagine différents scénarios.

— Mais que dire de l'e-mail qu'elle m'a envoyé ? J'y reviens toujours. Elle devait avoir ses raisons pour prendre contact avec moi après toutes ces années.

— Elle savait sans doute que vous étiez journaliste. Imaginons qu'elle ait eu quelque chose à divulguer par voie de presse. Elle a décidé de vous contacter parce qu'elle vous faisait confiance.

Irene fit la grimace.

— Mais je travaille pour un journal local. Pour le moment, le grand débat qui agite la population de Glaston Cove porte sur un enclos pour chiens : le conseil municipal doit-il ou non approuver sa construction ? Grâce à son père, Pamela avait certainement des contacts avec les directeurs des journaux les plus importants du pays. Je la vois mal faire appel à moi avec une nouvelle à sensation.

— Bon, alors disons qu'elle vous a contactée pour une raison personnelle.

184

— Elle avait quelque chose à me dire au sujet de la mort de mes parents. J'en suis persuadée, Luke. C'est la seule explication qui tienne debout.

— Peut-être. Mais il est également possible qu'elle soit venue à Dunsley pour échapper à quelqu'un ou à quelque chose. Elle voulait se planquer pendant au moins une semaine.

— Elle devait se sentir en sécurité dans cette ville où elle connaissait tout le monde et où tout le monde la connaissait.

— Une idée bancale, si vous voulez mon avis. Elle était seule et isolée dans la villa familiale. Elle a facilité la tâche à celui qui voulait se débarrasser d'elle. Si elle avait eu peur, elle aurait voulu avoir quelqu'un de confiance auprès d'elle, non ?

— Sauf si elle ne faisait confiance à personne. Je comprends alors qu'elle m'ait envoyé ce message. J'étais quelqu'un de sécurisant, car j'appartenais au passé.

— De quoi avait-elle peur alors ?

— Je ne sais pas, mais je vais trouver.

Sans dire un mot Luke serra Irene encore plus fort.

— Je remarque avec plaisir que vous ne rejetez plus mes histoires de machination, dit-elle après une pause.

— Vous avez peut-être raison. Ce n'est pas bon signe, fit-il.

— Vous voulez dire que nous sommes mûrs pour une cure de repos dans une chambre capitonnée ?

— Quitte à choisir, je préférerais aller à Hawaii.

185

— Moi aussi. Mais en premier lieu, il faut que je parle à Hoyt Egan.

— J'y pensais, moi aussi. J'ai un plan, si ça vous intéresse.

— Envoyez !

— Le lendemain de l'anniversaire du Vieux, on pourrait aller tous les deux à San Francisco en voiture et coincer Egan. En le prenant par surprise, il pourrait nous fournir quelques réponses.

— J'aime votre plan. Un peu, beaucoup, à la folie.

Luke lui sourit et la fit tourner dans ses bras afin de regarder son visage. Les yeux d'Irene étaient voilés de tristesse.

— Quel dommage que Tucker vous ait effrayée.

— Il ne l'a pas fait exprès.

— Oui, mais ça ne change rien. Vous vous sentez mieux ?

— J'ai encore un peu la tremblote, avoua-t-elle en s'efforçant de rire. Quand j'ai vu que la chambre était plongée dans le noir, j'ai été paralysée pendant quelques secondes. Comme hypnotisée. En retrouvant l'usage de mes membres, je n'ai songé qu'à déguerpir au plus vite.

— C'était la chose à faire.

— J'ai dû vous paraître ridicule.

— Non, seulement paniquée. Mais en fuyant à toutes jambes, vous avez bien réagi. Beaucoup de gens sont incapables de bouger quand ils ont la frousse.

— J'avoue avoir été terrifiée.

— Je sais, fit-il en lui massant la nuque pour la décontracter.

Irene ferma les yeux.

— Comme c'est agréable.

Il sentit qu'elle se détendait un peu.

— Il y a longtemps que je voulais vous poser une question.

— Oui ?

— Les lampes, pourquoi les laissez-vous allumées toute la nuit ?

— Par mesure de sécurité personnelle.

— Je regrette d'aborder le sujet maintenant, mais il existe des moyens plus efficaces pour vous protéger des intrus. Une bonne alarme, par exemple. Ce soir, les lumières du bungalow n'ont pas empêché Mills d'entrer.

Quand Irene releva la tête, Luke découvrit une expression de détresse dans son regard.

— Les lumières de notre maison étaient éteintes, ce soir-là. Je suis rentrée tard. Bien après le couvre-feu. J'avais violé une des règles les plus strictes de mon père en laissant Pamela m'emmener en voiture jusqu'à Kirbyville. J'avais envie de retarder au maximum le moment où je serais confrontée à mes parents. Quand j'ai vu que tout était éteint, j'ai pensé qu'ils étaient couchés. J'ai fait le tour de la maison pour emprunter la porte de la cuisine.

Luke se rappela ce que Maxine lui avait dit : *Hugh Stenson a tué sa femme dans la cuisine puis il a retourné l'arme contre lui.*

Il prit Irene par les épaules.

— Désolé, je n'aurais pas dû vous poser la

187

question. Inutile d'en parler. En tout cas pas maintenant, pas ce soir.

Elle ne parut pas l'avoir entendu. C'était trop tard. Elle s'était replongée dans son passé.

— Je pensais pouvoir me glisser dans ma chambre en catimini. Si je ne faisais pas de bruit, si je n'allumais pas la lumière, ni papa ni maman ne se réveilleraient.

Ces souvenirs lui déchirent le cœur, comprit Luke. Mais il comprit aussi qu'il ne pouvait rien faire d'autre pour alléger sa peine que de la tenir serrée dans ses bras.

— J'ai déverrouillé la porte de la cuisine, mais quand j'ai voulu l'ouvrir, j'ai senti qu'elle était bloquée par quelque chose de lourd. J'ai poussé plus fort. Une odeur atroce, comme je n'en avais jamais senti, m'a sauté au visage. J'ai cru qu'une bête sauvage était entrée dans la maison après avoir fouillé dans les poubelles. Impossible ! Papa et maman l'auraient entendue.

— Irene, appela Luke tout doucement, je suis là.

— Je ne voyais rien, continua Irene d'une voix monocorde, il faisait trop sombre.

— Oui.

— J'ai trouvé à tâtons l'interrupteur mural près de la porte. J'ai allumé. Alors j'ai vu !

Elle frissonna des pieds à la tête.

— Irene, je vous en prie, ça suffit ! N'en dites pas plus. Je vous demande pardon. Je sais maintenant pourquoi vous devez allumer la nuit.

— J'ai eu l'impression d'entrer dans une autre dimension, continua-t-elle, le visage collé au torse de Luke. Je n'arrivais pas à rester seule avec eux. J'étais comme transportée ailleurs. Cela a duré un certain temps.

— Je connais ça, fit-il en lui caressant les cheveux, il m'est arrivé aussi d'aller dans cet ailleurs.

— Jason m'a dit que vous vous étiez trouvé dans des zones de combat.

— Oui.

— Vous avez vu leurs visages, n'est-ce pas ?

Luke comprit de quoi elle parlait.

— Oui.

— Des gens que vous connaissez, que vous aimez. Vous avez vu à quoi ils ressemblent... après. Vous me comprenez. Vous vous demandez : Pourquoi eux et pas moi ?

— Après, poursuivit Luke, tout est différent. Les choses ne sont jamais, au grand jamais, pareilles. Les gens qui n'ont pas été dans cet ailleurs ne peuvent comprendre combien le voyage de retour est douloureux, combien il est difficile de prétendre qu'il ne s'est rien passé.

Irene enlaça Luke de toutes ses forces.

Ils demeurèrent ainsi un long moment, sans rien se dire. Puis Luke entraîna Irene à l'intérieur. Il lui fit traverser le vestibule et ils pénétrèrent dans la chambre, où il prit soin d'allumer la lumière.

Elle s'écarta légèrement de lui, comme pour marquer une frontière. Elle lui adressa un sourire hésitant et s'essuya les yeux du revers de la main.

— Ne vous inquiétez pas, demain matin, ça ira mieux.

189

— Bien sûr, mais si vous n'y voyez pas d'inconvénient, je vais dormir sur votre canapé.

Irene écarquilla les yeux.

— Pour quoi faire ?

— Parce que vous avez eu très peur ce soir, parce que je vous ai posé des questions sur votre passé et parce que vous m'avez répondu. Vous n'avez pas envie de rester seule, n'est-ce pas ?

— Non.

La franchise d'Irene le surprit. Ce n'est pas dans ses habitudes de se confier ainsi, songea-t-il.

— Moi non plus.

Il ouvrit un petit placard et en retira un oreiller et une couverture de secours.

— Ça ne vous dérange pas que j'éteigne dans le salon ? Sinon, je peux dormir avec ma chemise sur les yeux.

— Mais non. Du moment que vous êtes là, je n'aurai pas peur du noir.

26

Une heure et demie plus tard, Irene se leva pour la seconde fois. Elle se mit à déambuler dans l'étroite chambre. Encore une mauvaise nuit. Encore le même rituel. À la lueur de la veilleuse qu'elle avait installée, elle regarda son lit défait et la petite commode. Elle n'avait pas beaucoup de place pour bouger.

Chez elle, la première partie de son rituel

consistait à vérifier les serrures des portes et des fenêtres. Pour chasser sa peur. Il ne lui restait ensuite qu'à tartiner des petits biscuits salés de beurre de cacahuètes.

Mais, puisque Luke occupait le salon, voilà qu'elle était confinée dans sa chambre, sans pouvoir se livrer à ses exercices habituels. D'où une tension accrue.

Pourtant je dois bouger, se dit-elle. Elle avait besoin de sa dose de beurre de cacahuètes et de biscuits salés.

Elle entrouvrit sa porte. De là, elle découvrit que l'entrée, le salon et la cuisine étaient plongés dans l'obscurité. Aucun bruit n'émanait du divan. Luke devait dormir profondément. Il lui suffirait de chercher ses provisions de bouche et de les rapporter dans sa chambre.

Le paquet de vêtements qu'elle avait reçu ne comportait pas de robe de chambre. Du coup, elle hésita un instant. Mais sa chemise de nuit en coton à manches longues qui descendait jusqu'au sol suffirait pour la protéger des regards indiscrets de Luke si jamais il se réveillait.

Sur la pointe des pieds, elle passa devant la salle de bains brillamment éclairée et vérifia que la fenêtre était bien fermée.

En arrivant dans le salon, elle jeta un coup d'œil au canapé et devina plus qu'elle ne vit le corps de Luke étendu sur les coussins.

Elle avança avec précaution jusqu'à la cuisine, ouvrit le placard sans faire le moindre bruit et attrapa le pot de beurre de cacahuètes.

— Vous avez l'intention de manger toute seule

ou de m'en donner un peu ? demanda Luke depuis le salon toujours plongé dans l'obscurité.

Irene sursauta si fort qu'elle manqua lâcher le pot.

— Je croyais que vous dormiez !

— Avec vous qui tournez en rond dans votre chambre ?

— Je suis désolée, dit-elle en prenant la boîte de biscuits. Mais quand je n'arrive pas à dormir, il faut que je marche. Et que j'avale des biscuits et du beurre de cacahuètes.

— Moi, je préfère faire une longue marche et descendre un grand verre de cognac. C'est aussi efficace.

Irene le regarda et faillit laisser tomber le pot une seconde fois.

Il portait un caleçon blanc et un tee-shirt noir mais aurait aussi bien pu être totalement nu. Il tâtonna pour trouver son jean, qu'il enfila. Il remonta la fermeture Éclair. Contre toute attente, Irene trouva ce bruit métallique particulièrement érotique.

Du calme. Respire à fond. Vois le côté positif de la chose. Tu n'auras sans doute pas besoin de tes provisions pour te calmer.

Mais le beurre de cacahuètes présentait moins de risques.

Irene détourna le regard et, ouvrant un tiroir, en sortit un petit couteau.

— Ai-je aussi droit à un biscuit salé ? demanda Luke en s'avançant vers elle.

— Mais oui, bien sûr !

192

Elle allait allumer quand elle se souvint qu'elle ne portait qu'une chemise de nuit.

Pas grave ! songea-t-elle. Je peux tartiner les yeux fermés.

— Il faut boire, sinon ça colle au palais, aux gencives et à la langue, fit Luke en pénétrant dans la cuisine. Ce n'est pas une blague !

— Attendez une seconde !

Trop tard ! Luke venait d'ouvrir le frigo et la lampe intérieure illumina Irene comme un projecteur de cinéma.

Elle se maudit de ne pas être vêtue d'une chemise de nuit plus sexy. Pourquoi ? La réponse était simple. Elle avait apporté, et on lui avait envoyé, des tenues strictes pour affronter les gens de Dunsley et son passé, mais n'avait pas prévu de dormir en galante compagnie.

Luke se retourna brièvement pour lui jeter un coup d'œil. Elle se figea, ne sachant ce qui allait se passer.

Elle n'eut pas à patienter longtemps : le regard que Luke lui lança était éloquent. Jamais elle n'avait vu une telle fougue dans les yeux d'un homme, un tel désir, un tel hommage à sa beauté. Elle se sentit fondre.

Sans un mot, Luke referma le frigo. D'un seul pas, il franchit l'espace qui les séparait. Puis il agrippa le comptoir derrière Irene et plaça une main de chaque côté de sa taille. Il lui murmura à l'oreille :

— Je m'étais juré de ne rien entreprendre ce soir, mais vous savez quoi ? Je ne vais pas tenir parole.

— Est-ce vraiment une bonne idée ?

— Vous en avez de meilleures ?

C'est bien là le problème, songea-t-elle. Elle n'avait rien de mieux à lui proposer. Embrasser Luke lui parut la meilleure idée qu'elle ait eue depuis des années. De toute sa vie, même.

Elle lui enlaça tendrement le cou.

— Non.

Il gémit doucement et pressa ses lèvres contre celles d'Irene. Elle se sentit comme électrisée, parcourue d'ondes de plaisir. D'autant que Luke se mit à l'embrasser longuement, savamment. Soudain, son envie de tartines au beurre de cacahuètes laissa place à un autre genre de désir.

Je pourrais l'embrasser ainsi pendant des semaines, des mois, songea-t-elle. Elle se détendit peu à peu, tout au bonheur de toucher le dos musclé de Luke. S'enhardissant, elle glissa les mains sous le tee-shirt pour explorer son torse. Et jouer avec sa toison bouclée.

— Je préfère ça à toutes les tartines du monde, fit Luke en s'écartant d'Irene pour enlever son tee-shirt.

L'instant suivant, il l'enlaça de nouveau mais délaissa ses lèvres pour embrasser la naissance de ses seins. De nouvelles ondes de jouissance la parcoururent. Elle s'était bien trompée en croyant ses sens anesthésiés. S'il avait continué à l'embrasser pendant des semaines ou des mois, elle ne l'aurait pas supporté. La frustration aurait été insoutenable. Elle allait avoir besoin de bien plus que ça. Elle ne tiendrait pas longtemps à ce régime.

Luke avait-il des dons d'extralucide ? Comme s'il lisait dans les pensées d'Irene, il descendit lentement ses mains vers sa taille, qu'il enlaça.

Ses mains sont si puissantes qu'il pourrait me briser en deux, songea Irene, tout en étant persuadée qu'il ne lui ferait jamais aucun mal.

En fait, il la tenait comme si elle était une poupée de soie, une sorte de fée aux pouvoirs magiques. Le pouvoir d'éveiller son désir au point de le faire trembler. Un pouvoir que jamais aucun homme ne lui avait donné l'occasion d'exercer.

Enhardie, elle glissa ses mains dans le jean de Luke jusqu'à découvrir son étonnante virilité.

— Si je n'étais pas une journaliste endurcie, je m'évanouirais de bonheur, dit-elle.

Il éclata d'un rire rauque et sensuel.

— Si je n'avais pas subi un entraînement intensif, j'en ferais autant.

Il souleva Irene dans les airs et l'emporta dans la chambre comme un fétu de paille. Pour la déposer sur le lit défait.

En un éclair, il enleva son jean et son caleçon, retira d'une de ses poches un sachet qu'il ouvrit d'un coup de dents.

Puis il s'allongea sur Irene, glissant une jambe entre ses cuisses pour qu'elle s'offre à lui.

Il releva la chemise de nuit, d'abord jusqu'à la taille puis par-dessus sa tête. Il l'envoya promener à l'autre extrémité de la pièce.

Victime consentante, très consentante même, Irene était déjà prête à le recevoir quand Luke commença par lui mordiller les seins. D'abord le gauche, puis le droit, comme s'il ne voulait pas faire de jaloux. Elle se surprit à pousser des petits gémissements de plaisir.

Mais qu'il se dépêche, songea-t-elle alors qu'il commençait à la caresser intimement. Elle se cambra, enfonça ses ongles dans le dos de Luke, suppliante.

— Il n'y a pas le feu, répondit-il en souriant, fier de l'effet qu'il lui faisait.

Luke l'embrassa encore longuement avant de chercher une autre oasis. Quand sa bouche prit possession de l'intimité d'Irene, elle crut exploser.

Il la contrôlait maintenant totalement, exigeant une complète reddition. Jamais elle ne s'était livrée ainsi. C'était impensable ! Elle le connaissait à peine. Et voici qu'il osait exiger d'elle une confiance totale !

L'instant d'après, c'était trop tard. Il s'enfonça en elle et elle l'accueillit avec toute la fougue de son désir, toute l'anticipation de son plaisir. Alternant la douceur et la puissance, changeant de tempo lorsqu'elle était sur le point de défaillir, Luke l'amena à la fusion totale : et c'est un seul, unique et merveilleux orgasme qui les subjugua tous les deux.

Luke fut le premier à reprendre connaissance. Il ne se pressa pas, heureux de sentir le corps d'Irene blotti contre le sien. Sa tête était nichée dans le creux de son épaule. Elle avait posé une main à plat sur son torse, une jambe sur sa cuisse.

Une sensation de plénitude l'envahit. Avait-il jamais connu rien de tel ? Il coinça un oreiller sous sa tête et sourit de bien-être.

— Hourra ! murmura-t-il.

— Je songeais à la même chose, fit Irene. Aucun homme ne m'a jamais emmenée ainsi au septième ciel.

Il réfléchit un instant.

— Et une femme ?

Elle fit non de la tête.

— Quand je suis d'humeur à batifoler, mon Grand Copain me comble en partie.

— Puis-je te demander qui est ton Grand Copain ?

— Mon vibromasseur. Mais il ne t'arrive pas à la cheville. Ce qu'il me procure serait plutôt un petit frisson.

— Tu veux dire que je suis meilleur qu'un vibromasseur et qu'un petit frisson ?

— Oui, mais que ça ne te monte pas à la tête.

— Tu en demandes beaucoup.

— D'après un de mes analystes, il m'était impossible d'atteindre l'orgasme parce que je ne faisais pas confiance aux hommes. J'avais peur de me livrer, disait-il.

— Tu as déjà été mariée ?

— Pendant dix-huit mois, après être sortie de l'université. Ma tante venait de mourir et j'étais atrocement seule.

Luke lui caressa l'oreille.

— Je comprends.

— Ça n'a pas marché. C'était ma faute. Mes obsessions ont commencé à me gâcher la vie. Rick les a supportées un moment mais, entre ma semi-frigidité, mes cauchemars, mes errances nocturnes, il a fini par craquer. J'étais alors entre les mains de mon troisième psy, qui insistait pour que je prenne des médicaments. Quand j'ai refusé, Rick m'a quittée. Je ne lui en ai pas voulu. C'était la meilleure solution pour nous deux.

— Tu étais « ailleurs ». Il ne pouvait pas te rejoindre.

— Moi non plus. Je savais que je devais faire un certain travail avant de retrouver un homme. Parvenir à enterrer le passé. Oh, j'ai bien essayé. J'ai consulté trois autres analystes depuis mon divorce. J'ai pris des médicaments qui m'ont un peu aidée. Mais, finalement, j'étais toujours en quête de réponses à propos de la mort de mes parents.

— Parfois on n'en obtient pas.

— Je le sais. D'où mon envie de devenir journaliste. J'avais l'excuse parfaite ! Puisque je ne découvrais pas ma vérité, j'allais fouiller dans la vie des autres.

— Quelle mauvaise idée de revenir à Dunsley ! Mais d'un point de vue purement égoïste, j'en suis ravi.

— Je me suis forcée, mais dans un sens c'était comme un voyage purificateur.

— Même si tu ne trouves pas toutes les réponses ?

— Je me bats ici avec mes démons. Je ne les dominerai peut-être pas tous, mais…

— Mais au moins tu les affrontes.

— Et crois-moi, c'est un progrès.

Quand il se réveilla, il fut surpris de voir que l'aube s'était levée. Irene dormait toujours à son côté. Elle n'avait pas bougé de toute la nuit. Il l'aurait senti.

Le fait d'avoir lui aussi dormi comme une souche le stupéfia.

27

Hoyt vérifia nerveusement sa montre comme il le faisait mille fois par jour. Un tic qui ne cessait d'irriter Ryland.

— Je vous ai organisé une conférence de presse après le service funéraire, dit-il en tendant un dossier au sénateur. J'ai également annulé votre déjeuner avec des hommes d'affaires ainsi que votre dîner de charité. Mais dès demain vous reprenez votre emploi du temps normal.

Ryland ouvrit le dossier et parcourut la déclaration que Hoyt avait rédigée. Elle contenait exactement ce qu'il voulait dire au sujet du chagrin d'un père éploré et de la loi de financement de la recherche sur les maladies mentales qu'il voulait faire passer.

Il referma le dossier et regarda Alexa. Assise sur le siège en face de lui, elle était d'une beauté à couper le souffle. Elle portait un tailleur noir strict et un voile de deuil. Comme toujours, elle ferait le bonheur des photographes.

Tant qu'il avait été sénateur, Pamela lui avait été utile. Mais maintenant qu'il se présentait à l'élection présidentielle, il avait besoin d'une

épouse. Les électeurs n'enverraient jamais un célibataire à la Maison-Blanche.

— Je te veux à côté de moi quand j'affronterai
la presse, dit-il à Alexa.

— Bien sûr, répondit-elle en croisant ses mains
gantées sur ses genoux.

Il tourna son attention vers Hoyt.

— Y a-t-il eu des réactions à l'article du *Glaston
Cove Beacon* ?

— Rien que nous ne puissions démentir grâce
à la déclaration que vous allez faire. Le *Beacon*
évoque une enquête, mais...

— Des conneries ! McPherson ne se livre à
aucune enquête. Je lui ai bien fait comprendre
que je n'en voulais pas.

— Je sais, mais cette foutue feuille de chou
laisse entendre que les autorités locales se posent
des questions sur la mort de Pamela. Heureusement, personne ne lit ce torchon. Pas de problème.

— Je souhaite que ça en reste là.

Selon toute probabilité, c'est ce qui se passera,
malgré les simagrées d'Irene Stenson, se dit-il.
Sam McPherson avait compris le message.

Quel bonheur d'avoir une ville à sa botte, chef
de la police inclus ! Dunsley n'était qu'un trou
perdu, mais il avait parfois son utilité.

La limousine s'arrêta lentement devant la
chapelle funéraire. Ryland, qui regardait à travers
les vitres fumées, se détendit en n'apercevant que
peu de cameramen.

— Nul signe d'Irene Stenson, fit remarquer
Alexa avec un soupir de soulagement. Tout va
bien se passer, Ryland. Ne te fais plus de souci.

Une fois l'enterrement terminé, la presse cessera de s'intéresser à ce drame.

— Je suis d'accord, intervint Hoyt. Rien ne clochera.

— Ton père est là, sur les marches de la chapelle, dit Alexa. Il est très élégant dans son costume gris.

— Il est arrivé de Phoenix par avion, dit Hoyt. J'ai vérifié que son vol était à l'heure.

Un mélange empoisonné de colère, d'amertume et d'appréhension envahit Ryland comme chaque fois que son père était dans les parages. Depuis toujours, il vivait sous cette contrainte : se montrer à la hauteur de ce que Victor Webb attendait de lui. Mais malgré tous ses efforts, il était impossible de satisfaire ce vieux salaud.

Plus vite il retournera à Phoenix, plus je serai heureux, songea Ryland. Quoi qu'il arrive, il faut que je m'arrange pour que cette ordure ne découvre pas qu'on me fait chanter. Sinon, il sera furieux et ça risque de me coûter cher.

Il devait donc trouver au plus vite le maître chanteur et s'en débarrasser avant que son père soit au courant. En attendant, il n'avait pas le choix : il continuerait à verser ces sacrés paiements sur un compte à l'étranger.

Depuis quelques années, un certain nombre de morts s'étaient révélées fort utiles : sa femme, les Stenson et maintenant Pamela. Chaque drame lui avait permis de sortir d'une situation délicate. Alors, un de plus ?

Cette éventualité le surprit lui-même. Éliminer Victor ?

Il avait toujours compté sur l'argent de Victor mais aussi sur ses relations et sur sa capacité à profiter des faiblesses de ses adversaires. Victor avait organisé ses campagnes électorales, mis au point leur stratégie. Une véritable éminence grise.

J'ai maintenant cinquante-trois ans, et je n'ai plus besoin de ce salaud. Je peux me débrouiller tout seul.

Ryland eut tout à coup l'impression de voir son avenir sous un jour nouveau.

Seul héritier de Victor, il n'aurait pas de soucis d'argent. D'autant qu'Alexa était elle-même très riche.

Un employé ouvrit la porte de la limousine. Ryland afficha l'expression qui convenait à un père dont la fille venait d'être victime d'une overdose. En compagnie d'Alexa, il s'avança vers la chapelle.

Victor Webb observa son fils aîné progresser lentement vers le premier rang. Une rage muette et de violents regrets lui serrèrent le cœur. Longtemps auparavant, il avait fait une lourde erreur. Aujourd'hui, il était trop tard pour faire machine arrière.

Apparemment, Ryland semblait être le fils idéal. Victor avait d'ailleurs tout fait pour pouvoir en être fier. Il lui avait offert une éducation internationale, donné de l'argent, des relations. Son grand rêve, celui de fonder une puissante dynastie qui s'étendrait sur de nombreuses générations, était sur le point de se réaliser.

Mais Victor se rendait compte aussi que ses pires craintes étaient légitimes. Malgré tout ce qu'il avait fait pour endurcir le caractère de Ryland, celui-ci manquait de volonté pour surmonter ses faiblesses. Quand il fallait se battre, son fils préférait la fuite.

C'est au début que j'ai commis une erreur magistrale, rumina Victor. J'ai eu deux fils mais j'ai tout misé sur le mauvais.

28

— J'ai parlé hier au docteur Van Dyke. Il paraît que tu ne l'as jamais rappelée, dit le Vieux en fixant Luke. Elle dit que tu refuses de faire face à tes problèmes. C'est grave, mon garçon.

Accoudé à la cheminée en chêne de la bibliothèque, Luke examinait les étagères bourrées de livres et de traités scientifiques. La totalité des ouvrages, magazines, journaux et autres publications, avaient pour unique sujet le vin. La viticulture et l'œnologie passionnaient tous les membres de la famille, sauf lui.

Certes, il avait essayé de suivre les traces de son père. Plusieurs fois dans sa vie, y compris six mois auparavant, il avait tenté de s'enthousiasmer pour la fabrication du vin. Mais il avait échoué. Finalement, il avait choisi de suivre son petit bonhomme de chemin, d'abord à l'université, puis chez les marines et enfin avec son Projet.

Dès qu'Irene et lui eurent mis les pieds dans la propriété d'Elena Creek, qui comportait les caves, les chais, les magasins de vente et les salles de réception, Luke avait su que son père aborderait le sujet.

Si Luke, Jason et Hackett avaient surnommé leur père « le Vieux », c'était par respect pour son rôle de patriarche, et non pour se moquer de son âge.

En fait, John Danner n'avait pas encore soixante-dix ans. Il gardait un visage racé et un regard perçant. Grâce à ses séances quotidiennes de culture physique, à un régime alimentaire approprié et à une bonne hérédité, il faisait bien plus jeune que son âge.

À le voir vêtu d'un élégant smoking sur mesure, un verre d'un de ses meilleurs crus à la main, on aurait pu croire qu'il était issu d'une riche famille patricienne. La vérité était bien différente. Gordon Foote et lui avaient prospéré à la force du poignet.

— J'ai été assez occupé, rétorqua Luke.

John Danner haussa les sourcils :

— Avec Irene Stenson ?

— Et le Lodge. De plus j'écris un peu.

John ignora cette dernière réponse.

— Irene ne manque pas de charme. Elle a l'air intelligente, vive. Elle a aussi beaucoup d'allure.

— Tu as remarqué sa robe ? Elle lui va bien, tu ne trouves pas ? C'est grâce aux exercices de Pilates qu'elle fait.

— Exercices de quoi ?

— Laisse tomber.

John grogna :

— Jason m'a dit qu'elle était journaliste et

qu'elle avait eu des problèmes psychologiques dans sa jeunesse.

À noter : étrangler jeune frère à la première occasion, se jura Luke.

— Jason a utilisé le mot « problèmes » ?

— Non, pas vraiment, mais je l'ai compris ainsi.

— Que t'a-t-il dit exactement au sujet d'Irene ?

— Pas grand-chose. Elle semble lui plaire. Mais il m'a expliqué que son père avait tué sa mère avant de se suicider et qu'elle avait échafaudé une histoire abracadabrante selon laquelle la fille du sénateur Webb aurait été assassinée.

— Tout n'est pas clair au sujet de la mort de Pamela Webb.

— Ah bon ? J'ai lu dans le journal qu'elle était morte d'une overdose de médicaments et d'alcool.

— Irene pense que ce n'est pas aussi simple. Et j'ai tendance à être de son avis.

— C'est bien ce que je craignais. Jason m'a aussi raconté que tu étais avec Irene quand elle a découvert le corps de cette fille.

— Exact.

— Une terrible épreuve pour toi, lorsqu'on sait ce qui est arrivé à ta mère quand tu étais petit.

Luke avala une grande gorgée de vin.

— Je vois que tu as trop parlé au docteur Van Dyke.

— Tu devrais lui parler, toi aussi.

— Je te l'ai déjà dit, je suis très occupé en ce moment.

John fronça les sourcils, mécontent.

— Et cet incendie de la maison du sénateur ?

Luke fit la grimace.

205

— Jason t'a vraiment mis au courant de tout. Il faut que je lui fasse un petit sermon.

— Ce n'est pas sa faute. Je lui ai posé des questions et il m'a répondu. Écoute, je sais bien que personne n'aime avouer ses problèmes psychologiques. C'est d'autant plus vrai pour les hommes qui ont fait la guerre, et encore plus pour les anciens marines. Mais, d'après le docteur Van Dyke, ta névrose est une blessure, comme un éclat d'obus dans la jambe. On risque une gangrène si on ne la soigne pas.

— Comment peut-elle établir un diagnostic sans jamais m'avoir vu !

— Justement, elle veut que tu prennes rendez-vous avec elle. Elle veut t'examiner en profondeur. Même si tu refuses d'en parler, nous savons tous que tu as vécu des moments terribles pendant tes deux dernières années avec les marines. Personne ne peut s'en tirer indemne.

— Je ne prétends pas le contraire. Mais je m'en occupe tout seul.

— Tu parles ! Après avoir quitté les marines, tu t'es montré incapable de travailler dans l'affaire. Tu n'as pas réussi à avoir une relation normale avec la femme que tu devais épouser et tu as fini par rompre tes fiançailles…

— Papa, ce n'est pas le moment.

— Puis tu te retrouves dans un trou perdu où tu achètes un hôtel pouilleux et tu te lies avec une jeune femme qui fantasme sur la mort de la fille d'un sénateur. Je n'ai pas besoin d'être grand clerc pour trouver ton comportement anormal.

La porte s'ouvrit avant que Luke réponde à son père.

Gordon Foote entra. Il sentit la tension entre les deux hommes.

— Désolé de t'interrompre, dit-il à John. Je peux revenir plus tard si tu préfères.

— Inutile. Tu fais partie de la famille. Ce n'est pas la première fois que tu assistes à une de nos bagarres.

C'est vrai, songea Luke. Gordon était déjà l'associé et le plus proche ami de son père bien avant sa naissance et celles de ses frères. Les deux hommes s'étaient connus sur les bancs de l'université de Californie quand ils étudiaient l'œnologie. Ensemble, ils avaient réalisé leur rêve. Elena Creek avait survécu aux récessions, aux changements de mode, aux tremblements de terre. Si le vignoble prospérait aujourd'hui, c'était grâce au dévouement et aux efforts de ces deux hommes.

À bien des égards, ils n'auraient pu être plus différents. Gordon était facile à vivre, enjoué, d'un abord aisé. En quelques minutes, il pouvait conquérir une salle pleine d'inconnus. Les femmes l'adoraient, les hommes recherchaient sa compagnie. Les maîtresses de maison se bousculaient pour l'inviter tant il avait de charme.

Même son ex-femme continuait à l'aimer. Pourtant elle l'avait quitté à un moment où les cours du vin chutaient, quand elle avait cru qu'Elena Creek était voué à la faillite. Le temps de s'apercevoir qu'elle s'était lourdement trompée, elle était déjà remariée.

207

Gordon était resté célibataire, partageant son existence entre le vignoble et sa fille Katy. Et d'après ce que savait Luke, ce n'étaient pas les bonnes amies qui lui manquaient.

Gordon traversa la bibliothèque pour se servir un verre de vin. Il adressa un sourire ironique à Luke.

— Qui gagne la partie ? demanda-t-il.

— Pour le moment nous sommes à égalité. Chacun campe sur ses positions.

— Rien de nouveau, quoi ! s'exclama Gordon en levant son verre comme s'il portait un toast. Mais ne vous gênez pas pour moi. J'adore les feux d'artifice.

— Changeons de sujet, fit John. J'imagine que tu es venu me chercher.

— Exactement. La cérémonie commence dans un quart d'heure. Tu vas avoir des millions de bougies à souffler. Puis, comme chaque année, tu vas valser avec ta femme.

— Je déteste toutes ces bougies, grommela John.

— Il faut respecter la tradition. Et ne te fais pas de souci. Je veillerai à ce qu'il y ait un extincteur tout près.

Luke sauta sur l'occasion pour filer. Il s'avança vers la porte.

— Je dois retrouver ma copine.

— La dernière fois que j'ai vu Mlle Stenson, elle était sur la terrasse à bavarder avec Vicki, qui semblait enchantée.

— Tout ce que je voulais éviter, se plaignit Luke.

— Tu ne peux pas en vouloir à Vicki d'avoir envie d'en savoir plus sur cette fille.

— Ton père a raison, intervint Gordon, l'air sérieux soudain. D'après ce que Jason nous a raconté sur elle, il semble qu'elle sorte de l'ordinaire. Pour ne pas dire plus.

— Elle me convient, rétorqua Luke.

Et il sortit.

Le visage de John se transforma lentement : de petites rides apparurent au coin de ses lèvres, un léger tremblement de peur envahit son regard. C'était imperceptible mais Gordon connaissait trop bien son vieil ami pour ne pas s'en apercevoir.

Il remplit le verre de John.

— Calme-toi !

— Tu en as de bonnes ! Luke a de gros ennuis. Ce n'était déjà pas gai quand il s'est écroulé après avoir rompu ses fiançailles. Mais là, il est tombé sur une fille qui va encore plus mal que lui !

— Arrête donc de t'en mêler, laisse-lui le champ libre et donne-lui le temps.

— Si je t'écoutais, je risquerais de le perdre. Van Dyke pense que cette maladie est imprévisible. Il doit se faire traiter si on veut éviter le pire.

Gordon posa sa main sur l'épaule de John.

— Tu penses à Sarah ?

— Et comment ! s'exclama John en bondissant de son fauteuil et en arpentant la pièce. Luke est son fils. Van Dyke me dit que la dépression et les tendances au suicide peuvent être héréditaires. Ajoute à ça les traumatismes de la guerre et ce qui est arrivé pendant ce fameux week-end avec Katy et tu obtiens un mélange détonant.

— N'oublie pas qu'il est également ton fils et qu'il a hérité de tes gènes. Luke n'est pas la copie conforme de Sarah.

— Je sais, mais je ne peux pas prendre le risque de le laisser se débrouiller seul. Van Dyke pense qu'il ne s'agit que d'une question de temps avant qu'il explose.

— Je sais que c'est douloureux pour toi. Pour moi aussi, figure-toi. Je l'ai vu naître. Tu crois que je ne me fais pas de souci pour lui ? Mais Luke n'est plus un enfant. Tu peux lui donner des conseils, mais pas le forcer à voir Van Dyke.

— Que ferais-tu à ma place ? Feindre de croire qu'il se remettra d'aplomb tout seul ? Négliger tous ses symptômes, comme je l'ai fait pour sa mère ?

— Sarah était dépressive. Tu n'es pas responsable de son suicide.

— Tu as peut-être raison. Mais je ne m'en remettrais pas s'il arrivait la même chose à Luke.

— Luke n'en fait toujours qu'à sa tête. Et il peut être têtu comme une mule. Après tout, il tient ça de toi !

— Cet après-midi, j'ai encore discuté avec Van Dyke, fit John, l'air plus déterminé que jamais. Je lui ai dit que Luke serait là ce soir et demain matin. Elle est prête à essayer quelque chose. Mais elle a besoin de la collaboration de toute la famille. Toi compris.

— Si tu veux mon avis, ce n'est pas une bonne

idée. Mais, comme je suis ton ami, je vais t'aider. Pas besoin de me le dire deux fois.

29

Vicki Danner avait de la classe et l'assurance qui va de pair. Sa beauté aristocratique était savamment entretenue par les meilleurs instituts de beauté de la région. Bien sûr, songea Irene, ses jolies pommettes ne gâtent rien. Habillée d'une robe fourreau grise, des diamants étincelant à ses oreilles et à son cou, elle incarnait l'image même dc l'élégance et de la richesse.

Ainsi qu'Irene s'en était aperçue un peu plus tôt dans la soirée, Vicki Danner pouvait être irrésistible. Mais, à l'instant précis, elle n'était pas d'humeur à faire du charme. Elle voulait des réponses à ses questions.

— Êtes-vous impliquée dans la nouvelle aventure financière de Luke ? demanda-t-elle avec un sourire coincé.

— Une aventure financière ? répéta Irene sans bien comprendre.

— Ce motel ridicule qu'il a acheté à Dunsley ?

— Ah ! Le Lodge !

Irene but une gorgée de sauvignon blanc le temps de trouver la réponse adéquate :

— En toute franchise, je n'appellerais pas ça une aventure financière. Enfin, tant que Luke en est le patron. Mais pour vous répondre, je vous dirai que je n'y suis pas impliquée. Ma vie me plaît beaucoup au *Beacon*. Et les doughnuts y sont meilleurs.

— Pardon ?

— Rien, une plaisanterie.

— Comment avez-vous fait la connaissance de Luke ?

— Disons que ça m'a coûté un certain prix.

Vicki fronça les sourcils.

— J'ai pris un bungalow au Lodge, s'empressa d'ajouter Irene.

— Il n'y a donc rien de sérieux entre vous ?

Irene passa en revue l'avalanche d'événements qui avaient eu lieu depuis qu'elle avait rencontré Luke et se remémora leur extraordinaire fusion sexuelle.

— Ce n'est plus tout à fait exact, répliqua-t-elle gaiement.

Sans doute les effets bénéfiques de son verre de vin !

Vicki continua à fixer Irene d'un œil froid.

— Quand avez-vous appris que le père de Luke possédait la moitié d'Elena Creek ?

— Jason en a parlé quand il est venu à Dunsley l'autre jour.

— Et, sans crier gare, Luke vous convie à une fête de famille. Surprenant, non ?

Irene jeta un coup d'œil à la foule élégante qui déambulait dans les immenses pièces de réception.

— À mon humble avis, une soirée qui réunit quelques centaines d'invités aurait du mal à passer pour une réunion familiale intime.

L'arrivée de Katy évita à Vicki de relever le sarcasme.

— Je crois que vous avez déjà fait connaissance.

— Oui.

Irene se prépara à accueillir avec chaleur la jeune femme.

Blonde, les yeux d'un bleu subtil, Katy Foote faisait partie de ces femmes éthérées qui donnent envie aux hommes d'enfiler leur armure et d'éventrer quelques dragons. Mais au bout de cinq secondes, Irene décida qu'elle lui était sympathique.

Katy portait une robe en soie bleu azur qui venait, à l'évidence, de chez un grand couturier.

Mal fagotée dans une modeste robe noire qu'elle avait dénichée dans une petite boutique de la ville, Irene songea que, à côté de cette jolie princesse de conte de fées, elle devait passer pour la vilaine sorcière de Glaston Cove.

Si les robes finissent par être soldées, ce n'est pas par hasard, se dit Irene. Simplement, personne n'en veut.

Mais elle avait refusé de faire un trou dans son budget pour acheter une superbe robe qu'elle ne mettrait qu'une fois.

— Bonsoir Katy, fit Vicki. Je parlais avec Irene de sa rencontre avec Luke. Elle habite le Lodge.

— Je sais, fit Katy en riant. Je dois avouer que j'ai du mal à imaginer Luke en aubergiste. Distribue-t-il à ses clients de longues listes d'interdictions ?

À ce moment, Irene repéra Luke qui s'avançait en compagnie de son père, de Jason et de Hackett.

— Disons que certaines règles inhérentes au couvre-feu sont rigoureusement appliquées.

Elle observa les quatre hommes. En arrivant, Luke lui avait présenté Hackett et John et elle avait salué Jason. Mais c'était la première fois qu'elle les voyait tous ensemble. Pris séparément, chacun était impressionnant. En groupe, avec leur smoking bien coupé, ils avaient tout pour épater la gent féminine.

En fait, si les trois fils avaient le regard d'aigle de leur père, leur ressemblance s'arrêtait là. Jason et Hackett avaient hérité leur air aristocratique de Vicki. Cela ne faisait aucun doute.

Les quatre hommes s'immobilisèrent. Irene remarqua que Hackett et Katy échangeaient un regard, une sorte de message muet. Puis Katy, son joli visage voilé de tristesse, détourna lentement les yeux.

— Je n'arrive pas à croire qu'une année entière s'est écoulée, dit John en prenant la main de Vicki et en mêlant ses doigts aux siens. Comment le temps passe-t-il si vite ?

— Ne faites pas attention au Vieux, expliqua Jason à l'intention d'Irene. Chaque année il répète la même chose.

— Car c'est vrai tous les ans, reprit John en déposant un petit baiser sur la joue de Vicki. Mais au moins ces satanées fêtes me donnent l'occasion de danser avec la plus belle femme du monde.

Les traits de Vicki s'adoucirent. Elle l'aime, se dit Irene, et il l'aime aussi. Papa et maman se regardaient de la même façon.

— Tu ne vieillis pas, fit Vicki d'un ton rieur. Tu deviens de plus en plus distingué.

— J'en doute, ricana Jason. Tu m'as l'air bien vieux !

— Ce n'est pas un jeune blanc-bec qui va apprendre à un vieux singe à faire la grimace ! répondit John du tac au tac.

— Ah, vous voilà tous ! fit Gordon Foote en prenant le bras de sa fille. On va allumer les bougies et les musiciens vont attaquer la valse. Dépêchons !

Flanqué de Vicki, John se dirigeait vers la salle de réception quand il se retourna vers Luke :

— Au fait, je voulais te prévenir que nous prendrions notre petit-déjeuner ensemble demain matin avant ton départ. Viens au Vineyard : Hackett, Jason, Gordon et moi-même y serons. Tu connais ce restaurant. Il est en face de ton hôtel. Ils nous ont réservé un salon.

Irene se raidit. L'invitation de John sonnait faux. Un peu trop suave, un peu trop désinvolte. Elle regarda Luke pour voir sa réaction.

— Irene et moi avions prévu de partir de bonne heure, dit-il sans se rendre compte de rien.

— Pas de problème, on se retrouvera à l'heure qui te conviendra, fit John, conciliant.

— Quelle bonne idée ! intervint Vicki avec un enthousiasme soudain. Pour vous, les hommes, ce sera une bonne occasion de passer un moment ensemble. Pendant ce temps, Katy et moi, nous emmènerons Irene dans la partie restaurant.

— De toute façon, Luke, il faut que tu manges

le matin, rappela Jason gaiement. Tu sais combien tu tiens à ton petit-déjeuner.

— Autant le prendre avec nous avant de t'en aller, ajouta Hackett.

Luke haussa les épaules.

— Irene, ça ne te dérange pas ?

— Ne t'occupe pas de moi.

C'est une histoire de famille, songea-t-elle. Mieux vaut ne pas s'en mêler.

— On s'occupera bien d'elle, insista Vicki. N'est-ce pas, Katy ?

— Bien sûr ! Quelle bonne idée !

— Merci.

— Bon, alors tout est arrangé, fit John en entraînant Vicki. Prête ?

Elle lui saisit le bras et le serra fort :

— Absolument.

Il la guida vers les portes-fenêtres. Gordon, Katy, Hackett et Jason les suivirent de près.

Irene se retrouva seule avec Luke.

— C'était quoi, ce cirque ? demanda-t-elle.

— Je n'en sais fichtrement rien. J'en saurai plus demain matin. Ça ne peut pas être tellement atroce, si j'ai droit à un petit-déjeuner.

— Sois sérieux !

— Je le suis. J'ai l'impression qu'on va me faire une proposition alléchante pour que je revienne travailler au vignoble.

Irene se détendit un peu.

— Ce n'est pas impossible. Ta famille a l'air de se faire beaucoup de souci pour toi.

— Je sais, mais je n'y peux rien, dit-il en lui

prenant la main. Pour le moment, allons manger du gâteau, boire et danser. Qu'en penses-tu ?

— Je n'y vois pas d'objection.

30

Quelques heures plus tard, Luke suivit Irene dans leur chambre d'hôtel. Avant de sortir, elle avait laissé la chambre et la salle de bains allumées et branché deux veilleuses. Elle se détendit en voyant que la lumière brillait partout.

— Tout compte fait, je trouve que les choses se sont plutôt bien passées, dit-elle en se laissant tomber sur le bord du lit. Mais j'ai des questions à te poser.

Luke ne la quitta pas des yeux tandis qu'elle enlevait ses sandales à hauts talons. La scène avait quelque chose d'intime qui le ravit. Tout est en ordre, se dit-il. Revenir ici ensemble, la regarder se déshabiller.

— Que veux-tu savoir ? fit-il en ôtant sa veste de smoking.

— D'abord, que manigancent Hackett et Katy ?

Luke se figea.

— Hackett et Katy ?

— Ils ont des problèmes ?

— Pas que je sache. Qu'est-ce qui te le fait croire ?

Irene se redressa et croisa le regard de Luke dans la glace :

— La façon dont ton frère l'a surveillée toute la soirée. Et l'attitude de Katy quand il était près d'elle. J'ai eu l'impression qu'ils n'étaient pas naturels.

— Ça me dépasse. Mais il n'y a pas de souci à se faire. Ces deux-là se connaissent depuis toujours. Ils trouveront une solution.

— Tu dois avoir raison, fit-elle en penchant la tête pour enlever une boucle d'oreille. De toute façon ce ne sont pas mes oignons.

Luke se retourna et s'avança vers Irene.

— Tu as tort, ça te concerne.

— Comment ça ? dit-elle, étonnée.

— Désormais, tu es avec moi, fit-il en la prenant dans ses bras. Que tu le veuilles ou non, tant que nous sommes ensemble, tu es concernée par ma famille. Ce qui te donne le droit de faire des remarques.

— Sûr ?

— Certain !

— Bon, eh bien je trouve que ta famille est très sympa.

— Vraiment ? s'étonna-t-il en riant. Moi, je trouve qu'elle fourre son nez partout !

— C'est vrai aussi. Mais toutes les familles sont ainsi.

Lentement, il descendit la fermeture Éclair de la robe noire d'Irene, découvrant son dos nu.

— Heureusement, nous n'avons pas de témoins en ce moment. Alors, tu portes toujours du noir ?

— Non, parfois je ne porte rien.

— Voilà qui me convient parfaitement.

Irene s'étira. Après avoir fait l'amour, elle s'était sentie heureuse, calme et sereine. Une impression qui, hélas ! n'avait pas duré.

À la lumière des veilleuses, elle vit que Luke dormait sur le ventre. Le drap blanc, légèrement froissé, recouvrait le bas de son corps. Sa tête reposait sur un oreiller. Il avait l'air mystérieux, viril, excitant, l'amant dont elle avait rêvé et qui était soudain apparu dans sa vie.

Elle caressa les courbes de son dos.

— Tu es réveillé ? murmura-t-elle.

— Maintenant, oui.

Il roula sur le dos et croisa les mains derrière sa tête.

— Qu'est-ce qui se passe ? Tu ne peux pas dormir ?

— J'ai d'autres questions.

— Vas-y !

— Je sais que je ne devrais pas aborder ce sujet, surtout maintenant. J'ai lu partout qu'il ne fallait pas parler du passé amoureux dans un lit.

Il prit la main d'Irene et la porta à ses lèvres.

— Ça concerne Katy ?

— Oui, je suis curieuse. Ce soir, j'ai remarqué que vous étiez bons amis. Aucune trace d'hostilité entre vous. En fait, vous aviez même l'air d'être assez complices. Je ne peux donc pas m'empêcher de te demander : qu'est-ce qui a cloché entre vous ?

Pendant un moment, Irene crut que Luke ne lui répondrait pas. Il fixait le plafond comme s'il y cherchait l'inspiration.

— C'est ma faute, finit-il par dire.

— Comment ça ?

— Comme je te l'ai dit, quand j'ai quitté les marines, j'avais conçu une stratégie pour m'insérer dans le monde réel.

— Oui, tu m'as dit qu'épouser Katy en faisait partie.

— Il m'a fallu un certain temps pour m'apercevoir qu'elle n'avait accepté de m'épouser que par charité, pour ne pas me faire l'affront d'un refus.

— Tu en es sûr ?

— Dans la famille tout le monde a applaudi à l'idée de ce mariage. Katy a été soumise à une énorme pression. Elle a dû croire que je me jetterais par la fenêtre si elle me repoussait.

— Et tu t'en es rendu compte pendant ce malheureux week-end au bord de la mer ?

— Oui, pourtant j'avais planifié ce week-end de bout en bout. J'avais même retenu la suite nuptiale.

— Seigneur !

— Tu aurais vu ça ! On aurait dit un de ces satanés gâteaux de mariage. Bleu, blanc et des dorures partout. Le lit était rond et surmonté d'un baldaquin en dentelle. La salle de bains était en marbre et les robinets en or.

— L'image même de la suite nuptiale du Sunrise Lodge !

Luke n'apprécia pas l'interruption :

— Tu veux que je te raconte ou pas ?

Irene s'installa confortablement, les jambes ramenées contre elle.

— Dis-moi vite la suite. Alors ?

220

— Je suis allé me déshabiller dans la salle de bains, voilà la suite.

— Et ?

— Je me suis regardé dans la glace et j'ai constaté que j'étais trop vieux pour elle. Je l'ai compris en un éclair.

Prise d'un fou rire, elle posa sa main sur sa bouche.

— Je vois le tableau !

— Tu as entendu parler de la mariée qui est trop nerveuse pour sortir de la salle de bains le soir de ses noces ?

— Oui.

— Eh bien ce n'est pas drôle du tout quand celui qui se cache derrière la baignoire, c'est le marié. Ou, dans mon cas, le fiancé.

Irene pouffa, enfouissant la tête dans ses mains.

— Ça te fait rire, hein ? dit Luke d'un air résigné. Ça devait arriver.

— Je suis désolée. Comme ç'a dû être pénible pour vous deux.

— Tu as un sacré sens de l'humour, mon petit !

— Alors, t'as fait quoi ?

— Qu'est-ce que tu crois ? J'ai ouvert la porte de la salle de bains et j'ai dit à Katy que ça n'allait pas marcher. J'ai eu l'impression qu'elle était soulagée. Oh, elle ne me l'a pas montré. Mais elle a immédiatement pensé que j'avais une raison cachée pour mettre fin à nos prétendues fiançailles : mes troubles psychologiques m'avaient rendu impuissant.

— Et tout est parti de là ?

— Certainement.

— Tu n'as pas essayé de la détromper ?

— Comment lui prouver que je n'avais pas de problèmes à cet égard, dans la mesure où elle ne m'excitait pas ?

— Je vois.

— J'ai préféré lui dire que je n'étais pas prêt à vivre avec une femme. Il me fallait de l'espace, du temps pour me retrouver. Enfin tout le bla-bla ! Elle m'a assuré qu'elle me comprenait et nous avons décidé de tout annuler.

— D'après ce que j'ai pu voir, elle n'a pas l'air amoureuse de toi.

— Je te l'ai dit, elle était heureuse que nous en ayons terminé. J'aurais dû me rendre compte plus tôt qu'elle n'avait agi que parce qu'elle se faisait du souci pour moi. Mais j'étais trop obsédé par ma propre stratégie.

— Et maintenant ? Tu as encore le béguin pour elle ?

— Katy est comme une petite sœur. En fait, c'était le plus gros problème entre nous. En tout cas, quand nous sommes revenus à la maison après ce week-end foireux, toute la famille m'est tombée sur le dos. Là-dessus j'ai démissionné, déménagé à Dunsley et acheté le Lodge. Et tout de suite, sans me donner le temps de souffler, le docteur Van Dyke a commencé à me bombarder de coups de téléphone.

— Qui est-ce ?

— Une psy qui se trouve être une vieille amie de la famille. Mon père m'avait emmené la voir plusieurs fois après la mort de ma mère. Après le

222

désastre du week-end, Vicki et le Vieux ont pris contact avec elle pour qu'elle s'occupe de moi.

— Tu ne peux pas leur en vouloir de s'être fait du souci pour ta virilité.

— Ça n'en est pas moins sacrément agaçant.

— Je te comprends, mon pauvre chéri !

Le sourire de Luke s'épanouit. Attrapant Irene par la taille il la coucha sur ses genoux.

— Tout n'est pas négatif dans cette histoire ! Je peux affirmer que depuis ce fiasco je me suis rétabli dans un domaine.

— Je viens de le remarquer, dit Irene en glissant sa main sous le drap et en s'emparant du domaine en question. Mais en apporter la preuve à tes proches n'est pas la chose la plus aisée au monde !

— Je n'ai aucune envie d'en discuter, ni avec ma famille, ni avec un psy, ni avec qui que ce soit. Moins on en parlera, mieux ça sera.

— Compris, fit-elle en déposant un léger baiser sur les lèvres de Luke. De quoi veux-tu parler à la place ?

Il la coucha sur le lit et plaqua ses mains au-dessus de sa tête. Puis il lui rendit son baiser.

— Je vais trouver !

31

Le lendemain matin, un léger crachin tombait sur les collines autour de Santa Elena. Les vignobles qui entouraient la ville et grimpaient sur les collines étaient noyés dans le brouillard.

Quel monde calme et confortable, se dit Luke, un petit monde que je connais depuis le berceau. Dommage que je n'aie pas pu m'y habituer, comme l'ont fait Jason et Hackett. Produire du vin procure une bonne qualité de vie. Encore faut-il être passionné, ce que je n'ai jamais été. Mais j'ai d'autres passions. La belle Irene est même en tête de ma liste.

Ils sortirent ensemble de l'hôtel et Irene ouvrit son parapluie.

— Il y a un truc qui cloche ? fit-elle.

— Non, je réfléchissais.

— À quoi donc ?

— Que je n'étais pas fait pour être viticulteur.

— Tu te vois comment ?

— C'est drôle que tu me poses la question !

Il prit Irene par les épaules. Un geste qui lui sembla plus possessif que protecteur.

— Je suis en train de découvrir la réponse à ta question, dit-il en observant les fenêtres brillamment éclairées du Vineyard, de l'autre côté de la rue. Allons prendre notre petit-déjeuner. Je leur accorde quarante-cinq minutes pile et ensuite on file.

— Seulement trois quarts d'heure ?

— Je veux prendre la route aussi vite que possible. J'écouterai leur nouvelle offre. Je la refuserai poliment, et voilà.

— Ça me va. Mais ta famille risque de trouver ça un peu court.

— J'ai prévenu le Vieux que je n'allais pas

traîner ici. Il faut une heure pour se rendre à San Francisco. Et, souviens-toi, on veut attraper Hoyt Egan avant qu'il sorte de son appartement.

— Je m'en souviens, fit-elle, avec une expression tendue.

Malgré l'heure matinale, le Vineyard était déjà plein. Une jeune femme en jean et en chemisier blanc les accueillit avec un grand sourire.

— Bonjour, Brenda, dit Luke. Je te présente Irene Stenson. Irene, Brenda Brains. Son père est le propriétaire du Vineyard.

— Ravie de vous connaître ! dit Irene.

— Moi de même, fit Brenda en tendant un menu à Luke. Votre père, vos frères et M. Foote vous attendent dans la salle à manger privée au fond.

— Je connais le chemin.

— Mademoiselle Stenson, si vous voulez bien me suivre. Mme Danner et Katy sont à une table près de la fenêtre.

— Merci.

— Quarante-cinq minutes pile, lui rappela Luke.

Elle lui lança un sourire espiègle et se rendit vers la salle à manger.

Luke admira l'élégant balancement de sa croupe puis il attrapa un journal qui traînait sur une table et jeta un coup d'œil aux gros titres tout en se dirigeant vers le salon privé.

L'équipe des relations publiques qui travaille pour Webb a fait du bon boulot, songea-t-il. La mort de Pamela, mentionnée seulement en page 3, était illustrée par une photo du sénateur et d'Alexa Douglass sortant de l'église, main dans la main. Tous deux, en noir, avaient un air digne et recueilli.

Derrière eux se tenait un homme plus âgé, aux cheveux gris. La légende indiquait qu'il s'agissait de Victor Webb, le grand-père de Pamela. Luke se souvint alors de ce que Maxine lui avait dit : à Dunsley, tout le monde aimait Victor Webb, bienfaiteur de la ville.

Luke n'apprit rien en parcourant le court article :

… À la fin de la messe, le sénateur Webb s'est adressé aux journalistes. Il leur a demandé de respecter la douleur de la famille. Il a également déclaré qu'à son retour à Washington il entendait faire voter une loi qui viendrait en aide aux drogués et aux malades mentaux : « Ce genre de drames touchent bien trop de gens dans notre pays. Il est temps que le gouvernement intervienne… »

Luke s'arrêta devant la porte du salon privé, coinça le journal sous son bras, et poussa la double porte.

Le Vieux, Jason, Hackett et Gordon Foote étaient assis autour de la table en acajou verni. Pas de café à l'horizon. Ni tasses, ni assiettes, ni serviettes, rien. Ça commence mal, se dit Luke.

On le dévisagea d'un air soucieux ou déterminé.

Une femme mince entra par une autre porte. Elle portait un tailleur en tweed et des chaussures plates. La monture de ses lunettes, trop épaisse pour son visage, lui donnait une mine grave. Elle regarda Luke d'un air à la fois sévère et compatissant.

— Bonjour Luke, je suis le docteur Van Dyke. On en a mis un temps, pour se rencontrer.

— Vous voulez dire que je n'aurai pas de petit-déjeuner ?

— Cela s'appelle une « intervention », dit Vicki.

— Une quoi ? demanda Irene en s'étranglant à moitié avec son muffin beurré.

— C'est une technique qui oblige une personne victime de troubles du comportement à faire face à ses problèmes. Et dans un deuxième stade à lui apporter de l'aide.

— Je sais de quoi vous parlez, fit Irene en regardant Vicki et Katy d'un air indigné. Mais vous ne comprenez pas la situation. Luke croit qu'on va lui proposer un job pendant son petit-déjeuner.

— Une sacrée perte de temps en perspective ! s'exclama Vicki. John a déjà essayé une fois. Un vrai désastre.

— Lui tendre un guet-apens et le forcer à voir une psy, ce n'est pas mieux !

— Ne soyez pas ridicule ! Ce qui se passe dans le petit salon n'a rien d'un guet-apens. John et les autres tentent de sauver Luke malgré lui. L'ultime recours pour qu'il accepte d'affronter ses problèmes.

— Nous avons tout essayé, renchérit Katy, mais il refuse de parler de ses ennuis. Il nie même en avoir.

— Le docteur Van Dyke a dit que l'« intervention » était l'option de la dernière chance.

Irene fit signe à un serveur, qui se précipita.

— Vous désirez ?

— Je voudrais une omelette aux épinards et à la feta à emporter. Demandez qu'on me la prépare en urgence.

— Certainement, fit le garçon, et pour ces dames ?

— Juste une tasse de café pour le moment, commanda Vicki, désarçonnée.

— La même chose, dit Katy.

Vicki attendit que le serveur se soit éloigné pour jeter un regard noir à Irene.

— Pourquoi lui avoir demandé de vous servir en urgence ?

— J'ai l'impression que je ne vais pas faire long feu ici.

Irene avala la dernière bouchée de son muffin et, se tournant vers Vicki, dit en souriant :

— Pourriez-vous me passer le panier de pain ?

— Luke, votre famille et vos amis ont organisé cette réunion parce que tous se font beaucoup de souci pour vous, déclara le docteur Van Dyke. Ils ne sont pas les seuls.

— J'ai une règle, rétorqua Luke. Je ne parle jamais de mes problèmes psychologiques le ventre vide.

Il alla ouvrir la double porte.

John frappa la table de son poing.

— Bon sang, Luke, je te défie de quitter cette pièce.

— Je ne vais nulle part. Enfin pas pour le moment. C'est amusant, enfin, si on veut.

Il repéra un serveur dans la salle et lui fit signe.

— Bruce, auriez-vous la gentillesse de m'apporter une tasse de café ?

— Avec plaisir, monsieur Danner. Tout de suite.

— Merci bien.

Luke referma la double porte.

— Alors, comment avez-vous appelé ce guet-apens ?

Jason fit la grimace.

— Une « intervention ». Mais j'aimerais qu'on note que j'étais contre car je savais que ça ne marcherait pas.

Hackett se balança sur sa chaise et enfonça ses mains dans ses poches.

— J'ai dit la même chose. Je crois avoir utilisé l'expression « une idée à la con », pour être exact.

Le Vieux, Gordon et la psy n'eurent pas l'air heureux de la tournure des choses.

— Vous avez besoin d'aide, là-dessus nous sommes tous d'accord, déclara Van Dyke.

— Elle a raison, fit Gordon. Tu ne vas pas bien depuis que tu as quitté les marines. Tu le sais pertinemment.

— Tu t'enfonces chaque jour davantage, soupira John. Nous faisons en sorte que tu ne tombes pas au fond du précipice. Le docteur Van Dyke a un plan.

— J'aime les plans. J'en fais moi-même.

Un coup frappé à la porte l'interrompit. Il alla ouvrir à Bruce qui portait un plateau.

— Votre café !

— Merci, dit Luke en lui prenant le plateau.

Bruce regarda à l'intérieur du salon.

— Dois-je apporter autre chose ?

— Non, fit Luke en refermant la porte de la pointe du pied. Ces personnes n'ont pas envie de café. Elles sont bien trop occupées.

Luke repoussa l'autre porte et reprit place à la table.

— C'en est assez, s'écria John, courroucé. Tu as des problèmes. Autant l'admettre !

Luke remplit sa tasse.

— Tout le monde a des problèmes.

— Pas comme les vôtres, intervint le docteur Van Dyke d'une voix ferme mais claire. Étant donné votre vécu, il est possible que vous souffriez d'un traumatisme accompagné d'angoisses, de dépression, d'impuissance et de fébrilité.

— Ah oui ! Je bois du café pour ça !

Jason et Hackett se regardèrent et levèrent les yeux au ciel, Gordon prit un air pincé et John s'enfonça dans son fauteuil.

Ils commencent à lâcher prise, constata Luke. Mais la psy n'était pas du genre à se décourager facilement. Sans tenir compte du changement de climat, elle reprit.

— La meilleure façon d'agir est de commencer une analyse immédiatement. À partir d'aujourd'hui, nous nous verrons trois fois par semaine. De plus, je vais vous prescrire de quoi soulager vos angoisses et votre état dépressif. Il existe aussi des médicaments pour soigner votre impuissance.

— C'est bon à savoir, fit Luke en avalant une gorgée de café.

Irene dévisagea Vicki.

— Je comprends que, en tant que mère de Luke, vous vous fassiez du souci à son sujet.

— Je ne suis pas sa mère.

— Je veux dire, belle-mère, rectifia Irene immédiatement.

Les doigts finement manucurés de Vicki se crispèrent sur l'anse de sa tasse.

— Qu'une chose soit claire entre nous ! Je ne sais pas ce que Luke vous a dit sur nos rapports, mais il ne me considère ni comme sa mère ni comme sa belle-mère. À ses yeux je suis la femme de son père.

— Oui, bien sûr, mais…

— Dès le premier jour, Luke m'a fait comprendre qu'il n'avait pas besoin d'une mère. Je me souviendrai toujours de l'impression que j'ai eue quand John me l'a présenté. Ce gamin de dix ans avait l'air d'en avoir quarante !

Katy fronça les sourcils.

— Luke t'aime beaucoup, Vicki, tu le sais bien.

— Pas au début, se souvint Vicki d'un air pincé. J'avais fait l'erreur de vouloir prendre la place de la mère qu'il avait perdue. Mais Luke, son père et Gordon formaient une équipe de mâles depuis un moment et Luke ne voulait rien changer à cet état de choses. Je me suis souvent demandé s'il avait quitté la famille à cause de moi.

— Que voulez-vous dire ? demanda Irene en reprenant un muffin.

231

— Si je n'étais pas intervenue dans sa vie, si je n'avais pas accaparé son père, si je ne lui avais pas donné deux demi-frères, Luke ne se serait pas senti obligé de faire de longues études puis de s'engager dans les marines. Il n'en serait pas là où il en est aujourd'hui.

— Allons, allons, arrêtez ! fit Irene en agitant sa serviette devant le visage défait de Vicki. Ressaisissez-vous ! Vous parlez de Luke. L'indépendance même. Il prend ses propres décisions tout seul, comme un grand ! Vous n'êtes responsable de rien. Ni des marines, ni de l'achat du Lodge, ni d'aucun de ses actes.

— Mais John se fait tellement de souci, murmura Vicki.

— Bien à tort.

Vicki regarda Irene, cherchant à être rassurée.

— Vous êtes sûre ? Vous croyez qu'il reviendra dans notre affaire ?

— Si Elena Creek avait de sérieuses difficultés et qu'il pensait pouvoir aider à redresser la situation, il reviendrait. Il sait combien la famille est attachée à ce vignoble. Étant donné son sens des responsabilités et sa fidélité, il ferait tout pour sauver la situation. Mais seulement dans ce genre de cas. Sinon, il a d'autres projets, vous savez.

— Comme de diriger le Sunrise Lodge ? Voilà qui est ridicule. Luke n'est pas un aubergiste. Il appartient au vignoble.

Katy intervint, l'air songeur :

— Irene n'a pas tort. Il y a six mois, j'étais comme tout le monde déterminée à aider Luke à s'intégrer dans la vie d'Elena Creek. Oncle John et papa étaient persuadés que c'était pour son bien. Avec le recul, je crois que nous avons eu tort de le forcer à revenir et à se marier. On lui mettait la pression alors qu'il avait justement besoin qu'on lui laisse la bride sur le cou.

Cette fois-ci, Irene agita sa serviette devant le nez de Katy.

— Arrêtez, vous aussi ! Vous n'avez rien à vous reprocher. À l'époque, Luke avait peut-être envie de réintégrer l'affaire et d'avoir une famille. Faites-moi confiance, s'il n'avait pas été d'accord, les choses n'auraient pas été si loin. N'avez-vous pas remarqué qu'il n'est pas facile à manœuvrer ?

Katy eut un petit sourire désabusé.

— Comme tous les hommes de cette famille.

— Des vraies têtes de mule, renchérit Vicki. Pas un pour rattraper l'autre.

Irene remit sa serviette sur ses genoux.

— Luke sait ce qu'il fait.

À cet instant, elle l'aperçut qui traversait le restaurant en sa direction.

— Oh ! Je dois m'en aller. Voici mon chauffeur !

— Comment ? fit Katy.

En se retournant, elle vit Luke.

— L'« intervention » n'a pas dû bien se passer !

Vicki jeta à Luke un coup d'œil angoissé.

— Le docteur Van Dyke avait dit à John que l'« intervention » durerait une heure et serait suivie, si tout allait bien, par une séance d'analyse.

— Quelqu'un aurait dû prévenir le docteur Van Dyke que Luke n'en faisait qu'à sa tête, dit Irene.

Luke se planta devant la table.

— Bonjour, mesdames. Journée parfaite pour une intervention n'est-ce pas ?

Il se tourna vers Irene.

— En tout cas, moi, je me suis bien amusé. Et toi ? Bon, il est l'heure de partir.

— Je l'avais deviné, dit Irene en sautant sur ses pieds et en prenant une serviette propre. Attends une seconde.

Elle étala la serviette sur la table et la remplit des muffins qui restaient dans le panier. Puis elle en noua les quatre coins.

Le serveur apparut, l'omelette dans un carton.

— Voilà, j'ai emballé également des couverts en plastique et des serviettes en papier.

— Parfaite synchronisation !

Elle prit son manteau sur le dossier de sa chaise, glissa son sac sur son épaule et sourit à Luke.

— Prête !

— Allons-y !

Jason, Hackett, Gordon, John et le docteur Van Dyke traversèrent la salle à grandes foulées.

— Luke, je te prie de m'attendre ! cria John.

— Désolé, papa, mais nous avons des choses à faire en ville.

La psy se dirigea droit sur Irene, l'œil menaçant.

— Et c'est vous qui l'encouragez !

— Pas vraiment. Luke est maître de ses mouvements.

— Je sais que vous ne voulez que son bien. Comme nous tous. D'où ma présence ici.

Devant tous ces visages tendus, Irene se demanda ce qu'elle pourrait leur dire pour les rassurer. Soudain, l'inspiration lui vint :

— Si ça peut vous tranquilliser, je peux vous certifier que Luke n'a aucun problème d'impuissance.

— Irene, murmura Luke, si tu veux bien…

— Dans ce domaine, il est tout à fait normal. En fait, je dirais qu'il est plus gros que la normale.

Le silence tomba sur le restaurant. Il sembla à Irene que la salle entière l'écoutait, bouche bée.

Jason éclata de rire.

— Ça promet !

« Gros » n'est pas le mot adéquat, songea Irene.

— Je voulais dire *mieux* que la normale, ajouta-t-elle rapidement.

Elle eut le sentiment de s'enferrer davantage.

— Je me sens un peu faible, dit-elle à Luke.

— C'est drôle, mais j'ai l'impression d'être un personnage de spot télé vantant les mérites d'un viagra quelconque. Dans ce cas, la retraite est la meilleure défense.

— Bonne idée.

Il la poussa vers la sortie, stoppant seulement pour récupérer leur parapluie.

Le crachin tombait toujours.

— J'imagine que tu n'as eu ni petit-déjeuner ni proposition de job ?

— Rien.

— Quelle poisse !

— Désormais, fit Luke, la journée ne peut aller qu'en s'améliorant.

— En voilà, un propos plein d'optimisme !

— Y a quoi dans le carton ?

— Une omelette aux épinards et à la feta. Quand on m'a parlé de l'intervention, j'ai pensé qu'on partirait rapidement. Attention que la pluie ne mouille pas les muffins !

Luke lui fit un grand sourire.

— Tu sais, tu n'étais pas obligée d'évoquer mes problèmes d'impuissance en public. Mais j'avoue que j'ai le plus grand respect pour une femme qui peut me fournir un copieux petit-déjeuner en toutes circonstances.

32

Le brouillard matinal enveloppait encore la ville quand Luke gara son 4 × 4 dans la banlieue résidentielle de San Francisco. Il coupa le contact, posa ses bras sur le volant et étudia les environs.

La rue où habitait Hoyt Egan était bordée d'immeubles destinés à des célibataires aisés et à des locations de courte durée. Les façades à l'italienne dissimulaient de banals blocs de béton.

— On est à la bonne adresse ? demanda Irene en ouvrant sa portière.

— Je l'ai trouvée sur internet.

— Tu es certain qu'il est encore chez lui ?

— Sa secrétaire m'a gentiment donné son emploi du temps pour la journée.

— Comment as-tu réussi un tel exploit ? En lui promettant de contribuer généreusement à la campagne électorale de Webb ?

— Je l'ai, en effet, laissé entendre.

Une grille en fer forgé ceinturait l'immeuble. La

porte d'entrée était surmontée d'une inscription en lettres gothiques indiquant : LE PALLADIUM.

Irene s'arrêta devant l'interphone.

— Tu crois vraiment qu'il va nous recevoir ?

— Ne t'en fais pas, il nous ouvrira si vite que tu en auras le tournis.

— Pourquoi ?

— La trouille. Ça marche à tous les coups.

— Il aura peur de toi, si je comprends bien !

Luke parut amusé.

— Non, tu te trompes. J'apprécie la confiance que tu as en moi, mais je ne la mérite pas. Egan a, dans ce cas précis, peur de la contre-publicité. Il a la responsabilité de mener à bien la campagne électorale d'un homme qui veut conquérir la Maison-Blanche. Il doit gérer les incidents de parcours.

— Je vois. Et nous représentons un sérieux danger.

— Absolument.

Luke appuya sur le bouton de l'interphone.

Après une seule sonnerie, une voix impatiente et rocailleuse répondit :

— Vous êtes au 201. C'est pour une livraison ?

— C'est une façon de parler. Ici Luke Danner. Je suis avec Irene Stenson. Vous vous souvenez de nous ?

Un silence glacé suivit.

— Que voulez-vous ?

— Vous parler. Si vous n'avez pas le temps...

La grille s'entrouvrit.

— Montez ! fit Hoyt.

Ils traversèrent une petite cour pavée décorée

237

d'une fontaine et de plantes vertes dans des pots en terre cuite. Deux portes vitrées donnaient sur un hall en faux marbre. La porte marquée DIRECTION était fermée.

Irene se dirigea vers l'ascenseur. Luke la retint par la manche.

— Prenons plutôt l'escalier.

— D'accord. Mais pour quelle raison ?

— On se rend mieux compte de la disposition des lieux.

— Mais pour quoi faire ?

— Une vieille habitude. Quand on est en rapport avec des gens qui n'ont pas de raisons de vous aimer, mieux vaut être bien renseigné.

— Ah oui ! Le fameux renseignement ! Le domaine des espions !

La moquette du couloir amortissait le bruit des pas.

Pourtant, ils n'eurent pas à sonner à la porte du 201. Hoyt, qui devait les guetter par l'œilleton, leur ouvrit immédiatement.

— De quoi s'agit-il, bon sang ? demanda-t-il en les faisant entrer dans un petit vestibule. Je suis débordé.

Il portait une chemise blanche sur mesure et un pantalon noir. Ses chaussures étincelaient. Il n'avait pas encore eu le temps de mettre une cravate.

— Nous serons brefs, promit Luke.

— Par ici, fit Hoyt en les précédant dans son salon.

Visiblement, la façade italianisante de l'immeuble n'avait pas influencé la décoration de l'appartement. Luke l'aurait qualifiée, au mieux de minimaliste, au pire de tristement fonctionnelle. Le style parfait pour un bourreau de travail.

Hoyt disposait de quatre lignes de téléphone, sans compter le portable accroché à sa ceinture, un fax et une photocopieuse. Les murs étaient couverts de coupures de journaux et de magazines représentant le sénateur avec différentes VIP.

Plantée au centre de la pièce, Irene enfonça ses mains dans les poches de son trench-coat.

— Nous aimerions savoir pourquoi vous vous êtes querellé avec Pamela le jour où elle est morte.

Hoyt la regarda comme si une Martienne avait débarqué chez lui.

— De quoi voulez-vous parler, grand Dieu ?

— Nous savons que vous avez été la voir à Dunsley.

Luke, qui avait l'air de se perdre dans la contemplation d'une photo de Ryland Webb sortant d'un musée, accompagné d'Alexa Douglass et d'une petite fille d'environ neuf ans, se retourna pour lâcher :

— Nous savons que vous vous êtes querellés.

Hoyt se figea, le cerveau en ébullition. Il était évident qu'il envisageait différents scénarios pour faire face à ce problème inattendu.

— Rien ne vous le prouve, dit-il enfin.

— Dunsley est une petite ville, lui rappela Irene. Vous ne pensiez tout de même pas rendre visite en pleine journée à une célébrité sans être vu ?

— Là-bas, on ne me connaît pas et on ne sait pas ce que j'ai comme voiture.

239

Il rectifia aussitôt cette réponse qui ressemblait trop à un aveu de culpabilité.

— Je ne cherchais pas à me cacher ! Écoutez, ça ne vous regarde pas, mais je suis effectivement allé la voir. Et alors, la belle affaire ? En tout cas, je n'étais plus à Dunsley quand elle a pris son overdose. Elle était en parfaite santé quand je l'ai quittée.

— Vous vous êtes disputés à cause de quoi ? insista Irene.

— Pourquoi vous le dirais-je ?

Luke le fixa dans les yeux.

— Si vous ne nous répondez pas, nous allons en tirer nos propres conclusions, des conclusions qui pourraient paraître dans le journal d'Irene. C'est ça que vous voulez ?

— Vous essayez de me faire peur ?

— Évidemment. Je ne connais pas de meilleure méthode.

Irene intervint brutalement :

— Assez, vous deux ! Hoyt, je vous en prie, c'est important. J'ai besoin de savoir pourquoi vous vous êtes disputé avec Pamela.

— Vraiment ? Pour pouvoir me coller sa mort sur le dos ? Laissez tomber !

Irene l'observa de la tête aux pieds.

— Vous avez couché avec elle, hein ?

Hoyt hésita, le temps de passer en revue diverses réponses.

— Oui, on a eu une courte liaison. De quelques semaines. Beaucoup de gens sont au courant. Et alors ?

— Pamela y a mis fin, n'est-ce pas ? Quand elle

était gamine, c'est elle qui larguait les garçons. Elle n'avait pas dû changer.

Hoyt rougit jusqu'à la racine des cheveux. Luke crut même qu'il allait exploser. Au contraire, il eut l'air de se dégonfler.

— Je savais bien que ça ne durerait pas. Travaillant depuis deux ans pour Webb, j'ai eu l'occasion de voir Pamela à l'action. Je connaissais ses habitudes. Comme tous les hommes qui l'approchaient, j'ai espéré que j'étais différent. Elle était comme le lampadaire qui attire les papillons de nuit. Quand elle en avait assez, elle éteignait, vous laissant dans le noir sans aucune idée de ce qui vous arrivait.

— Quand en a-t-elle terminé avec vous ? demanda Irene.

— Deux jours avant de venir à Dunsley. Je n'ai eu droit à aucun préavis. Ce soir-là, nous avons assisté à un dîner de charité. Je l'ai raccompagnée, croyant passer la nuit avec elle, quand, sur le seuil de son appartement, elle m'a m'annoncé que la fête était finie. En me claquant la porte au nez. Je suis tombée des nues, si vous voulez tout savoir.

— Et ensuite ? fit Luke.

— Que font les mecs dans cette situation ? Je suis rentré ici et je me suis servi un grand verre de whisky. Le lendemain, j'ai essayé de lui téléphoner. Pas de réponse. Finalement, j'ai essayé le numéro de leur villa d'été. Elle m'a fait clairement comprendre qu'elle ne reviendrait pas sur sa décision.

— Mais vous avez pris votre voiture et vous êtes allé à Dunsley ?

— J'aurais mieux fait de m'abstenir. Elle m'a dit de rentrer à San Francisco, qu'elle avait des choses à faire.

— Quoi, par exemple ?

Hoyt cessa de regarder par la fenêtre :

— Sans doute les choses que font les gens qui ont l'intention de se suicider.

— Vous croyez qu'elle a fait exprès de prendre une overdose ? demanda Luke. À votre avis, ce ne serait pas plutôt un accident ?

Hoyt secoua violemment la tête.

— Comment diable le saurais-je ? J'imagine que c'était intentionnel car je vois mal Pamela se trompant de dose à ce point-là. Elle se droguait gentiment depuis des années. Pourquoi faire une telle erreur tout à coup ?

— Vous avez soupçonné qu'elle allait se suicider quand vous l'avez quittée, l'autre jour ?

— Bien sûr que non. Si j'avais eu le moindre doute, je serais intervenu !

— En faisant quoi ?

— J'aurais commencé par appeler son père, qui aurait pris contact avec le médecin de Pamela. Ils auraient trouvé le moyen de la faire admettre dans une clinique privée. Je n'ai pas imaginé une seconde qu'elle voulait mettre fin à ses jours. Juré ! Je me suis dit qu'elle en avait marre de moi et qu'elle était prête pour quelqu'un d'autre. C'était bien son genre.

Irene fronça les sourcils.

— Vous lui avez demandé si elle voyait quelqu'un d'autre ?

— Évidemment. Elle m'a répondu que non. Qu'elle se donnait un moment de répit. Et voilà. Je l'ai quittée et je suis revenu ici. Il était trois heures du matin quand Webb m'a réveillé pour m'annoncer qu'il venait d'être prévenu de sa mort par le chef de la police de Dunsley. Je devais organiser la levée du corps, les funérailles et une entrevue avec le chef de la police McPherson. Ensuite, j'ai fait mon boulot, en évitant au maximum que la mort de Pamela soit à la une des journaux à scandale.

Luke examina une photo du sénateur et d'Alexa en conversation avec le président des États-Unis :

— Qui a eu l'idée d'inviter la fiancée de Webb à Dunsley ?

— Elle a insisté pour nous accompagner. Elle a considéré comme de son devoir d'être à côté du sénateur au moment de ce grand deuil. Elle a eu raison. La presse en a fait ses choux gras à l'enterrement.

Luke eut un sourire ironique.

— Je vois le tableau : la loyale fiancée soutenant son promis tandis qu'il pleure la mort tragique de sa fille chérie et désaxée.

— En politique, tout est une question d'apparences, commenta Hoyt. Comme dans la vie.

— Vous voulez insinuer qu'Alexa n'est pas vraiment loyale ? demanda Irene.

— Au contraire, fit Hoyt en sursautant. Alexa ne désire qu'une chose au monde : que Webb se présente à l'élection présidentielle. À mon avis, elle a déjà acheté sa robe de première dame et inscrit Emily dans une école chic de Washington, là où les présidents et les ambassadeurs envoient leurs enfants.

— Emily ? répéta Irene.

— Sa fille. Alexa est veuve.

— Mais elle est bien plus jeune que Ryland.

— Elle a trente-trois ans, exactement. Bah, un écart d'une vingtaine d'années ne gêne personne du moment que la femme est plus jeune !

— Un mariage d'amour ?

— Un mariage politique. Webb a besoin d'être marié s'il veut arriver à la Maison-Blanche. Les électeurs ne voteraient pas pour un célibataire, n'est-ce pas ?

— Je n'y avais pas pensé, avoua Irene. Mais je vois maintenant que ce serait un énorme atout pour Webb.

— Alexa lui va comme un gant. Bonne famille, bonnes études, aucun scandale attaché à son nom. Elle est intelligente et s'exprime bien. De plus, c'est une très riche veuve. Et puis...

Hoyt s'arrêta là.

— Et puis ? l'encouragea Luke.

— Depuis des années, Victor Ryland harcèle son fils pour qu'il se marie et lui donne un héritier mâle. Il est de notoriété publique que Victor Webb veut avoir un petit-fils qui perpétue le nom. Entre nous, Alexa a dû subir un examen gynécologique avant l'annonce de ses fiançailles. Le contrat de mariage stipule qu'elle fera tout ce qui est nécessaire pour être enceinte dans les douze premiers mois.

— En voilà du forcing ! s'exclama Irene. Je n'aimerais pas être à sa place.

Elle examina une photo d'Alexa.

— Pamela avait le même âge qu'elle. Comment s'entendaient-elles ?

— Au début, Pamela la traitait comme toutes les maîtresses de son père. C'est-à-dire qu'elle faisait comme si Alexa n'existait pas. Pourtant, quand Webb a annoncé ses fiançailles, elle a changé d'attitude.

— C'est-à-dire ?

— Comme si elle avait soudain décidé qu'elle n'aimait pas Alexa. Il semblerait qu'elles se soient engueulées dans les toilettes d'un grand hôtel, il y a quelques semaines. Personne ne sait pourquoi, mais tout le monde a pensé que Pamela ne voulait pas entendre parler de ce mariage.

— Par jalousie ? demanda Irene. C'est vrai qu'elle avait beaucoup à perdre. Alexa allait la remplacer auprès de son père. Une fois mariée, la première dame serait la plus proche conseillère du Président et maîtresse de la Maison-Blanche.

Hoyt prit un air résigné :

— Qui peut dire ce que Pamela pensait ? Je n'ai jamais réussi à la comprendre.

Dix minutes plus tard, Luke et Irene se retrouvèrent dans le 4 × 4.

— Eh bien ? demanda Luke en mettant le contact, qu'en penses-tu ?

— Si Pamela et Alexa étaient à couteaux tirés, nous avons là un sérieux suspect. La belle Alexa semble avoir les dents longues.

— Au point de se débarrasser de Pamela de peur qu'elle ne lui mette des bâtons dans les roues ? Au point de forcer son père à annuler le mariage ?

— Ce n'est pas impossible, répondit Irene.

Luke démarra lentement.

— Mais quelle raison aurait-elle eue d'incendier la maison ? On imagine mal ce qu'elle aurait voulu détruire.

— Tu as raison, ça ne colle pas. L'assassin a sans doute brûlé la villa pour éliminer les preuves qu'il n'avait pas trouvées à l'intérieur.

— Quelque chose de petit, suggéra Irene.

— Ou de bien caché.

— Tu sais, j'ai du mal à faire confiance à Hoyt Egan.

— Je suis bien d'accord avec toi. Il parlait beaucoup trop pour quelqu'un qui n'avait rien à nous dire.

— J'aimerais en savoir plus sur lui. Je pourrais faire des recherches sur internet.

— Je connais quelqu'un qui sera bien plus efficace et plus rapide que toi ou moi.

— Qui ça ?

— Ken Tanaka, un type que j'ai connu dans les marines. Il est maintenant détective privé. Il travaille surtout pour des grosses boîtes, mais il me doit un service.

Irene demeura songeuse un moment.

— Tu as beaucoup d'amis qui sont passés par où tu es passé ?

— Quelques-uns seulement.

— Vous évoquez ce que vous avez vécu ?

246

— Très peu.

— Parce qu'il n'y a plus rien à en dire ?

— Exactement.

33

Luke se présenta à cinq heures et demie devant le bungalow numéro 5. En lui ouvrant, Irene vit qu'il n'arrivait pas les mains vides. Il apportait une trousse de toilette, un sac de couchage et un ordinateur portable.

— Je me trompe peut-être, fit-elle en plaisantant, mais on dirait que tu ne t'attends pas seulement à dîner.

Luke ne broncha pas. Irene eut cependant l'impression qu'il se terrait derrière une muraille infranchissable. Fini de plaisanter, se dit-elle.

— Nous avons passé les deux dernières nuits ensemble, dit-il. Aurais-je mal compris la situation ?

Lui demandait-il de prendre une décision qui allait changer sa vie ? Après tout, pas de quoi fouetter un chat ! Leur histoire était d'autant plus intense qu'ils avaient partagé d'incroyables mésaventures. Tant qu'elle durerait – et rien n'était moins certain –, Luke continuerait à la traiter en bombe sexuelle. Ce qui était tout à fait nouveau pour elle.

— Non, répondit-elle, tu ne t'es pas trompé.

Elle se recula pour le laisser entrer. Luke se détendit. La muraille disparut.

Il pénétra dans le salon, de l'air satisfait de l'homme qui rentre chez lui.

Irene se réveilla au milieu de la nuit, au moment où il se glissait hors du lit. En ouvrant les yeux, elle le vit se diriger vers le salon, son jean à la main.

Quand il eut disparu, elle regarda la pendule électronique : deux heures et demie.

Elle lui laissa le temps de se préparer un sandwich ou d'aller aux toilettes. Mais comme il ne revenait pas, elle écarta les couvertures et se leva.

Il a le droit d'avoir ses petits secrets, songeat-elle. Mais c'était bizarre. S'il ne pouvait pas dormir, elle non plus. Elle enfila ses pantoufles et se rendit au salon.

À la lumière de la lampe qu'elle avait laissé allumée, elle vit que Luke s'était assis au bord du canapé et avait posé son ordinateur portable sur la table basse. Il était concentré sur ce qu'il écrivait.

— Si tu as l'habitude de faire la causette sur le Web, dis-le-moi maintenant !

Il releva la tête. Pendant une seconde ou deux, il parut surpris de la voir debout. Puis il lui sourit.

— Je ne voulais pas te réveiller. Une ou deux idées me sont venues. Je devais les noter avant qu'elles s'envolent.

— Quel genre d'idées ? Sur l'état du monde ?

— Non !

Il se cala dans les coussins, étendit ses jambes

sous la table basse et coinça ses pouces dans la ceinture de son jean.

— Le livre que j'écris !

— Un livre ! s'exclama-t-elle toute curieuse. Un roman ?

Il hésita pour lui faire comprendre qu'il n'avait pas l'habitude d'en parler.

— Non, un document. On pourrait appeler ça un livre éducatif ou un manuel.

— Vraiment ? Et ça parle de quoi ?

— De la façon de penser et de mettre en œuvre une stratégie.

— La stratégie militaire ?

— La stratégie est la stratégie, quel que soit son champ d'application. Personne ne me croit quand je dis que mon unité et moi-même avons été sauvés plus d'une fois, non par l'entraînement, mais par les études philosophiques que j'ai entreprises avant de m'engager.

Irene comprit soudain :

— La philosophie ne t'a pas appris que penser, mais la manière de penser !

— Et la guerre m'a appris… d'autres choses. J'essaye d'en tirer des leçons.

— Impressionnant !

— Je cherche à résoudre ce problème. Je ne veux pas que les gens croient que le livre est trop hermétique ou trop ésotérique.

— En voilà des mots compliqués ! Jason m'avait prévenue que derrière ton côté simplet se cachait un homme plein d'érudition. Pourquoi as-tu quitté le monde universitaire pour rejoindre les marines ?

Luke fixa l'écran de l'ordinateur comme s'il allait y découvrir la réponse.

— Difficile à expliquer. D'un côté, j'étais attaché à mes études. De l'autre, je me sentais… incomplet. J'avais besoin d'un contrepoids. Enfin, de quelque chose.

— Tu sais ce que tu es ?

— Quoi ?

— La version moderne d'un homme de la Renaissance, un érudit-guerrier.

— En voilà un nom compliqué !

— Et ton livre, continua Irene, tout à fait sûre d'elle à présent, est le fruit de tes efforts pour réunir les deux côtés de ta nature ! Ta thérapie personnelle !

— Bon sang, fillette, tu as peut-être mis le doigt sur quelque chose.

Elle s'enfonça dans le canapé près de Luke.

— Tu es venu à Dunsley pour trouver la paix. Un endroit tranquille où écrire.

— C'était l'idée.

— Pourquoi as-tu acheté le Lodge ? Sûrement pas pour l'argent, car tu n'essaies même pas d'en tirer profit.

— Je n'ai pas de soucis financiers. J'ai fait de bons placements au cours des années. Quant au Lodge, tu sais ce qu'on dit : on ne peut pas se tromper en investissant dans une propriété au bord de l'eau.

— Sauf à Dunsley. Quand ma tante a vendu la maison de mes parents, elle n'en a rien retiré.

— Merci pour cette bonne nouvelle !

— Qu'est-ce qui t'a pris de jouer à l'hôtelier ?

— Ce n'était pas mon but ! Je devais vivre dans un bungalow et fermer les autres. Mais il y a eu des impondérables.

— Par exemple ?

— Maxine et son fils Brady. Et Tucker Mills, dans un autre genre.

Irene prit la main de Luke dans la sienne.

— Je vois. Maxine a besoin de travailler ici pour vivre.

— Oui, les jobs sont rares, surtout pendant la morte saison. Dès que j'ai emménagé ici, j'ai compris que si je fermais le Lodge, Maxine et Brady seraient dans la mouise.

— Et Tucker ?

— Oh, il aurait pu s'en tirer. Mais il aime travailler ici. Il en a l'habitude, depuis longtemps.

— Et Tucker a besoin de ses petites habitudes.

— Comme nous tous, non ?

— Bien sûr. En fait, tu n'as pas fermé pour éviter que trois personnes en souffrent.

— L'affaire est rentable. Grâce à la clientèle de l'été, le Lodge peut continuer à gagner un peu d'argent. Et avec Maxine aux commandes, il pourrait même en gagner beaucoup.

— Tu t'es montré vraiment généreux.

— Oh, tout compte fait, c'était la stratégie la plus simple.

— Espèce de menteur ! Tu n'as touché à rien car tu te sentais responsable des gens qui travaillaient ici. Je me rappelle ce que mon père m'a dit.

— Quoi donc ?

— Un bon officier veille toujours sur ses hommes.

Elle se pencha sur Luke et l'embrassa.

Il l'embrassa à son tour. Puis il éteignit l'ordinateur et l'entraîna dans la chambre.

34

Ken Tanaka téléphona à sept heures et demie du matin, au moment précis où Luke allait servir à Irene son fameux pain perdu.

— Je n'ai pas fini d'examiner les comptes de Hoyt Egan, mais tu devrais voir ce que j'ai découvert. Des anomalies à répétition. Pas joli joli !

— Tu peux m'envoyer ça par mail ?

— Pas envie. Il s'agit d'une sale histoire pouvant concerner l'homme qui veut devenir président. Inutile de laisser des traces. Je préfère t'en parler de vive voix. Et je dois te montrer certains chiffres.

Du Ken tout craché, se dit Luke. Toujours prudent, le gars. Cela lui avait permis de survivre pendant la guerre et de devenir un détective apprécié.

Luke consulta sa montre.

— Je serai en ville dans deux heures.

— Je t'attends.

Luke raccrocha et retourna à sa poêle.

— C'était Tanaka. Il a trouvé un truc intéressant qui concerne les finances d'Egan. Ça pourrait toucher Ryland Webb.

— Un scandale politique ? demanda Irene tout excitée.

— Possible.

— Un scandale suffisamment important pour justifier un meurtre ?

— Du calme ! répondit Luke en saupoudrant les tranches dorées à point d'un zeste d'orange. Pour le moment nous n'avons que de nouveaux indices. Je vais en ville après le petit-déjeuner. Tu as envie de m'accompagner ?

— Oui, ou plutôt non ! Je vais te laisser avec ton copain. J'ai autre chose à faire aujourd'hui. En se séparant, on avancera plus vite.

— Faire quoi ? fit-il un peu tendu.

— Relax ! En fait, j'ai eu une idée en m'habillant ce matin. J'allais t'en parler quand le téléphone a sonné.

— Je t'écoute.

— Il s'agit de la clé que j'ai découverte dans la cachette de Pamela.

Elle jeta un coup d'œil à l'assiette de pain perdu que Luke venait de poser sur la table.

— Vingt dieux ! comme dirait Jason. Le service du petit-déjeuner s'améliore.

35

Peu après neuf heures du matin, Irene prit la route de Kirbyville, s'arrêtant au passage dans deux serrureries pour éclaircir le mystère de la clé.

Elle n'avait pas trouvé utile de chercher dans Dunsley, car si Pamela avait quelque chose à cacher elle aurait évité le principal quincaillier de la ville, où on l'aurait reconnue immédiatement.

La chance lui sourit dans une petite rue ombragée de Kirbyville. Le serrurier se nommait Herb Porter. Il avait dans les soixante-dix ans et exerçait son métier depuis un demi-siècle. Il connaissait jusqu'au bout des doigts l'art et la manière de fabriquer des clés.

— Elle sort bien de chez moi, annonça-t-il en examinant la clé qu'Irene lui présenta. Haut de gamme. Et chère. Je suis le seul dans le coin à faire ces clés de luxe. Vous voyez ce *P* suivi d'un chiffre, c'est mon code.

Irene se força à se calmer. Elle avait prévu de faire le tour des serruriers de la région sans arriver à rien. Et voilà que tous les espoirs lui étaient permis.

— Vous souvenez-vous de la personne qui vous l'a commandée ?

— Bien sûr. La fille du sénateur Webb.

Secouée, Irene s'appuya contre le comptoir.

— Elle vous a donné son nom ?

— Pas sur le moment. Elle m'a dit s'appeler Marjorie quelque chose et elle a payé en espèces. J'ai cru que c'était une estivante ou une touriste venue pour le week-end. Plus tard, quand elle s'est tuée, j'ai reconnu sa photo dans le journal. Quel malheur ! Elle était vraiment jolie. Élégante. Elle aurait pu être mannequin, vous savez ?

— Je suis bien d'accord.

Irene eut besoin de tout son self-control pour ne

pas sauter par-dessus le comptoir, prendre Herb Porter par les revers de sa blouse grise et le secouer afin de lui soutirer ce qu'elle voulait savoir.

Du calme, se dit-elle. Ne le bouscule pas ! Il risque de ne plus rien te dire.

— À propos, quand Mlle Webb est-elle venue ?

— Un instant.

Herb consulta le vieux calendrier orné d'une pin-up. Il contempla longuement la rousse aux gros seins qui portait un chapeau claque et un short ultracourt et marmonna :

— Il y a quelques jours. J'ai pris rendez-vous pour le lendemain. Regardez ! La date est entourée de rouge.

Irene crut que son cœur allait exploser. Le lendemain du jour marqué en rouge, Pamela avait cessé de vivre.

— Elle vous a demandé de changer toutes les serrures de sa maison ? demanda Irene, soudain perplexe. Il doit y avoir une erreur. Pamela n'a pas changé ses serrures. J'ai utilisé une vieille clé pour entrer dans sa villa, il y a seulement quelques jours.

Herb fronça le nez.

— Vous parlez de la villa au bord du lac ? Celle qui a brûlé ?

— Oui.

— Ce n'est pas la maison dont j'ai changé les serrures.

Irene retint son souffle.

— Comment ça ?

— Non. Elle m'a payé pour m'occuper d'une maison à l'autre bout de la ville. Une location.

C'est pour ça que j'avais cru qu'elle était une touriste de l'été.

Irene fit marcher ses cellules grises. Pourquoi Pamela aurait-elle loué une maison alors qu'elle en avait déjà une ?

— Vous auriez la gentillesse de me donner son adresse ? demanda Irene tout en sachant qu'Herb refuserait.

Il haussa les épaules et ouvrit un vieux classeur.

— Ça ne peut faire de mal à personne. Maintenant que Mlle Webb est morte, ce n'est plus un secret. À ma connaissance, la maison est vide.

Il fouilla dans une pile de factures et de fiches de travail.

— Nous y voilà. Au bout de Fine Lane. Pas de numéro. La seule maison de la route.

Irene crut qu'elle allait suffoquer. Elle respira à fond plusieurs fois avant de pouvoir parler :

— Fine Lane ? Vous en êtes certain ? insista-t-elle avec une voix de fausset.

— Ouais. C'était même pas facile à trouver. Je me suis trompé deux fois avant d'arriver. Fine Lane est un chemin privé qui va de la route principale au lac. Il y en a des dizaines comme ça. En général, elles n'ont pas de nom.

— Je sais, murmura Irene.

Il plissa les yeux en la voyant tellement tendue.

— Je peux vous écrire l'adresse, si vous voulez.

— Non, merci, dit-elle en lui reprenant la clé. Vous avez été très gentil.

— Y a pas de quoi. Mais c'est vraiment dommage pour Mlle Webb. Pourquoi une aussi jolie fille s'est-elle suicidée ?

— Je me le demande bien.

Irene fit un immense effort de concentration pour sortir de la boutique, se mettre au volant et quitter le parking. Elle traversa la ville en roulant presque au pas.

Après avoir laissé derrière elle les boutiques, les restaurants et les stations-service qui formaient le cœur de Kirbyville, elle se gara dans un petit parc isolé. Elle sortit de sa voiture et marcha jusqu'au bord de l'eau.

Pendant un long moment, elle resta là sans bouger, à contempler les vaguelettes à la surface du lac. Peu à peu, elle cessa de trembler et son cœur se calma.

Lorsqu'elle fut capable de réfléchir clairement, elle s'efforça de regarder la réalité en face, sans tenir compte des fantômes qui s'agitaient dans sa tête.

Il n'existait qu'une maison sur Fine Lane, du moins il n'y en avait qu'une, dix-sept ans plus tôt. La maison où elle avait grandi, celle dans laquelle elle avait trouvé les cadavres de ses parents gisant sur le sol de la cuisine.

36

Elle prit le chemin des écoliers pour rentrer à Dunsley, longeant l'étroite route qui suivait le bord du lac. Il lui fallait du temps pour cogiter. En fait, ce n'était qu'une excuse pour retarder le moment où elle devrait pénétrer dans cette maison, tissue de sang et de ténèbres, qui la hantait depuis dix-sept ans.

Un gros 4 × 4 gris argent, aux vitres presque noires, surgit dans son rétroviseur à la sortie d'un virage, au moment où elle s'engageait dans la partie la plus isolée de Lakefront Road. L'irruption soudaine du véhicule lui fit prendre conscience qu'elle roulait comme un escargot. L'absence de trafic et une sorte de triste rêverie lui avaient fait perdre la notion des choses. Elle avait conduit tel un automate. La route étroite et sinueuse ne permettait pas de doubler, ce qui rendaient fous furieux les conducteurs pressés.

Se redressant sur son siège, elle appuya sur l'accélérateur : les virages suivants se succédèrent rapidement. Pourtant, quand elle regarda de nouveau dans le rétroviseur, le 4 × 4 lui collait toujours au train et n'avait pas l'intention de se laisser distancer.

Quel imbécile ! se dit-elle. Allait-il la pousser à commettre une imprudence pour la punir d'avoir roulé trop lentement ? Elle avait bien besoin de ça ! Un jeune coq fier de son gros moteur !

Soudain, elle eut peur. Cette portion de la route surplombant le lac pouvait être dangereuse. Plus d'une fois, son père avait constaté qu'un conducteur ivre avait terminé son trajet et sa vie dans les eaux du lac après un vol plané fatal. Quelques années plus tôt, alors qu'elle enquêtait sans relâche sur les événements du passé, elle avait appris que Bob Thornhill avait eu une crise cardiaque sur cette même route et avait péri noyé.

Le 4 × 4 se rapprocha encore. Pour tenter de le calmer, Irene donna un ou deux coups de frein. En vain. Au lieu de ralentir, il accéléra encore.

Son estomac se noua. Elle prit conscience des battements saccadés de son cœur. Une peur abjecte l'envahit. Mais, en même temps, l'instinct de survie sembla se déclencher. Si le chauffeur du 4 × 4 voulait la terroriser, il était en train de réussir.

Elle appuya sur le champignon. Son père lui avait appris à conduire sur cette route. Si les enfants des villes savaient se débrouiller dans les embouteillages, les enfants des campagnes connaissaient d'autres astuces. En dix-sept ans, elle n'avait pas oublié ce que Hugh Stenson lui avait inculqué. Un prof hors du commun. Et formé à la meilleure école du monde, les marines.

Elle possédait un atout. Sa petite auto tenait la route comme une voiture de sport. Le 4 × 4, lui, ressemblait plus à un camion. Les virages en épingle à cheveux ne lui convenaient pas. Et plus la vitesse augmentait, plus la marge d'erreur risquait de lui devenir fatale. Ce qui ne mettait pas Irene à l'abri d'une faute d'attention.

Elle sonda sa mémoire pour se souvenir de la topographie des lieux. Un peu plus loin, elle allait arriver à une section boisée qu'un promoteur immobilier avait voulu aménager. Sans grand succès. Seules quelques villas bon marché avaient été construites. Avec un peu chance, le Domaine Ventana n'avait pas dû prospérer en dix-sept ans.

Elle entendit le crissement aigu de pneus

derrière elle, mais elle n'osa pas lever les yeux de la route. C'était trop risqué.

En sortant du virage, elle aperçut le panneau délavé du Domaine Ventana. On ne s'était pas donné la peine de le repeindre. Ce qui était de bon augure pour ce qu'elle avait en tête.

Mais d'abord, elle devait ralentir. Heureusement, le 4 × 4 avait pris quelques secondes de retard.

Elle freina sec, tourna le volant vers la gauche et écrasa l'accélérateur. La première partie de la route du Domaine avait été asphaltée pour faire bonne impression auprès d'éventuels acheteurs, mais au fil du temps personne n'avait comblé les nids-de-poule. Ce qui fit plaisir à Irene.

Les pneus de la voiture lancée à sa poursuite gémirent bruyamment. Le salaud n'abandonnait pas la partie.

Irene eut peur à nouveau. Elle avait espéré que le chauffeur du 4 × 4, satisfait de l'avoir chassée de la grand-route, l'aurait laissée en paix.

Le plan A ayant échoué, il était temps de passer au plan B.

Tout dépendait d'une chose : la route du Domaine était-elle goudronnée jusqu'au bout ?

La partie bitumée cessa soudain. La petite voiture bondit en l'air et fit quelques embardées en passant sur le chemin de terre.

Irene ralentit et jeta un rapide coup d'œil dans le rétroviseur. Tel un fauve affamé sentant sa proie se fatiguer, le 4 × 4 accéléra de plus belle.

Elle le laissa approcher. Le monstre sembla aiguiser ses crocs, prêt à dévorer la petite voiture.

Ou du moins à la forcer à regagner Lakefront Road.

C'est maintenant ou jamais, se dit-elle. Elle écrasa l'accélérateur. Ses pneus arrière soulevèrent des nuages de gravillons, de cailloux, de mottes de terre.

Irene n'eut pas à regarder dans ses trois rétroviseurs pour voir le 4 × 4 ralentir sous l'effet de la surprise. Il lui suffit d'entendre la pluie de détritus se déverser sur le pare-brise et le toit du 4 × 4.

Le résultat de ce mitraillage ne se fit pas attendre. Le poursuivant hésita puis se laissa semer. Irene continua sur sa lancée et retrouva la grand-route à l'extrémité du Domaine. Une fois sur Lakefront Road, elle osa se retourner. Le 4 × 4 avait disparu ! Il devait soigner ses plaies quelque part dans le Domaine.

Sa dangereuse poursuite va lui coûter cher, songea Irene avec satisfaction. La peinture avait dû être écaillée par les gravillons, le pare-brise était sans doute éclaté.

Elle ralentit. Conduire vite quand on tremble des pieds à la tête peut se révéler dangereux.

37

Luke retrouva Ken Tanaka dans un petit café près d'Union Square qui, d'après Ken, proposait les meilleures pâtisseries de San Francisco. Après deux bouchées d'un croissant, Luke admit qu'il avait raison.

Ken attaqua une brioche tout en se penchant vers les notes manuscrites qu'il avait posées devant Luke :

— Tu vois pourquoi je ne voulais pas laisser de traces sur Internet.

— Absolument.

Luke observa Ken, assis en face de lui. Il ne s'était jamais demandé à quoi pouvait ressembler un détective privé, mais Ken n'avait pas la tête de l'emploi. Il n'avait pas non plus le profil d'un expert en financement illicite.

Il était facile de sous-estimer Ken. Les gens se laissaient prendre par le calme et la gentillesse de ce garçon. Il avait eu pour spécialité l'interrogatoire des civils capturés dans des zones de combat. Plus d'une fois, un jeune garçon ou une femme terrorisée lui avait donné des renseignements qui avaient évité à Luke et à son unité de tomber dans un piège.

C'était évident : Ken savait manipuler les gens. Mais il excellait surtout dans l'art de suivre l'argent à la trace. Souvent, le FBI faisait appel à sa société pour récupérer les fonds des trafiquants de drogue ou des organisations terroristes.

Luke jeta un coup d'œil aux notes.

— Fais-moi un résumé !

— Pendant ces quatre derniers mois, il y a eu quatre transferts d'argent dans une banque des Caraïbes au profit de Hoyt Egan.

— Comment as-tu réussi à les retrouver ?

Ken releva un sourcil.

— T'occupe !

— Bon, continue !

— À mon humble avis, soit Egan touche des pots-de-vin pour une raison inconnue, soit il fait chanter quelqu'un. Je pencherais pour l'extorsion de fonds.

— Des grosses sommes sont en jeu, commenta Luke. Il tiendrait le sénateur ?

— Ça me paraît le plus plausible. Un type qui veut devenir président a sûrement des choses à cacher. Mais il y a d'autres possibilités.

— La fiancée ? Alexa Douglass ?

Ken étala de la confiture sur sa brioche.

— J'ai fait quelques vérifications. Webb sort avec elle depuis six mois. Tout porte à croire qu'elle est ambitieuse et déterminée à épouser Webb. Si Egan a découvert un truc qui risquerait d'empêcher son mariage, il est possible qu'elle le paye pour le faire taire.

— Il joue vraiment avec le feu. Et il prend de gros risques. Le chantage est une occupation dangereuse. Mais je me demande en quoi Pamela Webb était concernée.

— Tu commences à croire qu'elle a été assassinée ?

— C'est de plus en plus logique.

— Tu as toujours aimé la logique. Et maintenant ?

— Il faut que je réfléchisse. Et je dois parler à Irene. C'est son enquête. Je ne suis que numéro 2.

— Je serais ravi de faire sa connaissance. Elle a l'air fascinante.

— Tu vas l'adorer !

— Ah, j'allais oublier, fit Ken en fouillant dans sa poche. Voici le passe-partout que tu m'as demandé.

— Tu es formidable. Je ne t'avais pas donné beaucoup de délai pour me le procurer.

Ken fit semblant d'être vexé.

— C'est un immeuble d'habitations. Il y a un employé qui s'ennuie dans le bureau de la direction. Tu crois que j'ai eu du mal pour créer une diversion le temps de faire un faux passe ?

— Facile pour toi !

Ken ne fit aucun commentaire. Il prit seulement un sac en plastique qu'il avait posé sur la banquette en arrivant.

— Voici ta tenue.

— Merci beaucoup. Tu as jeté un coup d'œil à l'immeuble quand tu as fait la clé. Tu as un conseil à me donner ?

— Ne te fais pas prendre !

38

Le soleil avait beau briller, Irene trouvait que la maison de ses cauchemars était aussi sombre qu'au milieu de la nuit, dix-sept ans plus tôt.

Elle arrêta sa voiture au bout de Fine Lane et resta un moment tranquille, à rassembler son courage pour accomplir la tâche qu'elle s'était fixée. Retourner dans son ancienne maison serait pénible, sans doute ce qu'elle avait à faire de plus douloureux depuis l'enterrement de ses parents.

Comme toutes les maisons de Dunsley, celle-ci lui parut plus petite et plus patinée que dans son souvenir. À part ça elle n'avait guère changé. Sa tante Helen l'avait vendue aussi vite que possible après le drame. Elle n'en avait pas retiré grand-chose car personne ne voulait d'une maison où des événements aussi violents avaient eu lieu. Finalement, un client vivant à San Francisco et qui ne savait rien du drame l'avait achetée pour la louer pendant l'été.

Quand Irene y vivait encore, l'extérieur était couleur caramel avec des cadres de porte et de fenêtre marron. Désormais tout était gris, sauf les portes et les fenêtres, qui étaient noires.

L'intérieur serait différent, selon le goût des acquéreurs successifs. Nouvelles moquettes et nouveau mobilier. Ça ne pouvait pas être pareil. Si c'était le cas, elle ne le supporterait pas.

Elle eut du mal à respirer. Pourquoi n'avait-elle pas fait une pause, le temps de reprendre ses esprits après la terrifiante chevauchée ?

Mais elle n'avait pas voulu remettre la visite à plus tard. Il fallait qu'elle sache pourquoi Pamela avait pris la peine de louer cette maison et de changer les serrures.

Elle ouvrit la portière avant de se donner mille bonnes raisons pour repartir et revenir une autre fois. En tout cas, elle ne passerait pas par la porte de la cuisine !

Elle monta les marches du perron et inséra la clé

dans la serrure en tremblant. Puis, prenant une profonde respiration, elle entra.

Elle frissonna en pénétrant dans le vestibule. Sans y penser, elle alluma la lumière. Et frissonna de plus belle en se rendant compte qu'elle avait trouvé l'interrupteur sans même le chercher.

Elle referma derrière elle et s'obligea à aller dans le salon. Tous les rideaux étaient tirés. La pièce était plongée dans la pénombre mais elle aperçut le mobilier.

Elle fut soulagée de constater que la décoration avait changé. Les tableaux de sa mère avaient disparu des murs. Le divan, les fauteuils, la table basse étaient typiques des locations. Bref, elle ne reconnaissait rien.

Ne reste pas plantée là, tu dois continuer. En fait, Irene savait qu'elle avait une excellente raison de se dépêcher. On ne devait pas la surprendre dans la maison, même si elle y avait habité dans son enfance. Si quelqu'un remarquait sa voiture dans l'allée et appelait la police, elle risquait de sérieux ennuis. Sam McPherson n'était pas vraiment son ami. Elle était même la principale suspecte de l'incendie chez les Webb.

Elle pénétra lentement dans la salle à manger.

Comment procéder à une fouille quand on ne sait pas ce qu'on cherche ? Réfléchis. Si Pamela s'est arrangée pour que tu trouves la clé, elle a aussi fait en sorte que tu identifies ce qu'elle voulait que tu trouves.

La table et les chaises étaient nouvelles. Les rideaux tirés. Parfait, se dit-elle. Elle ne voulait surtout pas regarder la vue. Cela lui aurait rappelé tous les repas qu'elle avait pris dans la salle à manger, son père siégeant à un bout de table, sa mère à l'autre extrémité, elle au milieu, face au lac et au vieux ponton.

Elle chassa ses souvenirs comme elle le faisait depuis longtemps. Opérant un demi-tour, elle s'obligea à aller jusqu'à l'entrée de la cuisine.

Arrivée sur le seuil, prise de nausées, elle fut contrainte de s'arrêter. Incapable de respirer, elle resta plantée là.

Au prix d'un immense effort de volonté, elle contempla la pièce où elle avait trouvé les corps de ses parents. Elle jeta un coup d'œil aux comptoirs, ne remarqua rien d'insolite et se détourna avant d'être réellement malade.

Si l'objet qu'elle devait trouver était dans la cuisine, il y resterait. Pour rien au monde elle ne mettrait les pieds là. Mais Pamela avait dû s'en douter.

Elle traversa en courant la salle à manger et le salon et stoppa dans le vestibule. La panique continuait à la faire haleter.

Détends-toi. Sois logique, sinon tu ne trouveras rien.

Elle gagna son ancienne chambre. Comme toutes les autres pièces, elle avait été refaite. Les affiches colorées avaient été décrochées, les murs que sa mère l'avait aidée à peindre en jaune étaient devenus beigeasses.

Sur le lit, une boîte blanche en carton. Un livre était posé dessus. Elle reconnut immédiatement l'ouvrage. C'était un roman à l'eau de rose qui avait paru dix-sept ans plus tôt.

Frissonnant d'impatience, elle souleva rapidement le couvercle de la boîte : elle contenait une robe blanche dans un sac en plastique hermétiquement fermé. Elle songea d'abord à une robe de mariée. Mais elle était trop petite. Une robe de baptême ? En la soulevant, elle découvrit une cassette vidéo.

Elle remit le couvercle en place et saisit le roman. La couverture, quoique défraîchie, représentait une superbe blonde dans les bras de son héros. Tous deux portaient des costumes du XIXe siècle. Les pages étaient jaunies.

Elle lut la note rédigée sur la page de titre :

Joyeux seizième anniversaire, Pamela.
Tu ressembles à l'héroïne de la couverture. Je suis sûre que tu trouveras un jour ton héros.

Je t'adore,
Irene

Irene soupesa le livre. Peu de gens auraient remarqué qu'il était un peu trop lourd.

39

— C'est trop grand pour une robe de baptême, déclara Tess en examinant le vêtement dans son sac hermétique. Peut-être un vieux costume qu'elle a porté pour une fête ou une pièce de théâtre.

Irene cessa de regarder le jardin de son ancienne prof d'anglais. Elle était venue la consulter sans réfléchir, par une sorte de réflexe, déterminée à ne pas regarder seule la cassette. Et sans avoir à attendre le retour de Luke. Tess Carpenter était la seule personne en ville qui lui inspirait suffisamment confiance pour qu'elle lui fasse partager ses secrets.

Certes, les liens qui s'étaient noués quand Irene était une de ses élèves existaient toujours. Mais ce n'était pas tout. Par le passé, la mère d'Irene avait toujours vu dans Tess l'une de ses plus sûres amies.

— Je ne sais pas, avoua Irene. J'ai du mal à imaginer que Pamela ait été sentimentale au point de conserver un costume d'enfant.

Tess fronça les sourcils, cherchant à se concentrer :

— Elle ne te l'a jamais montrée pendant l'été où vous étiez si copines ?

— Non, je ne l'avais jamais vue.

— Mais tu as reconnu le roman ?

— Oui. Je le lui avais offert pour son anniversaire, dit-elle en s'asseyant dans le canapé à côté de Tess. En tout cas, merci de m'avoir permis de vous apporter ces trucs.

— Tu n'as pas à me remercier, fit-elle en leur servant du café. J'admets que je suis curieuse comme une chouette. Par où commencer ?

— Le livre. Pamela a éclaté de rire quand elle a ouvert mon cadeau et vu la couverture. Elle m'a dit qu'elle n'était pas du genre romantique. Puis, plus tard, qu'elle l'avait utilisé à bon escient.

— Ce qui veut dire ?

Irene posa le livre sur la table, feuilleta les premières pages et s'arrêta au chapitre 2.

Toutes les autres pages avaient été collées ensemble pour former un seul bloc. La partie centrale, évidée, formait une cachette que l'on ne soupçonnait pas quand le livre était fermé. À l'intérieur, Irene et Tess découvrirent une petite chaîne.

— Voilà qui était commode pour transporter des drogues, des cigarettes ou des préservatifs, dit Irene. Pamela prétendait que toutes les filles auraient dû en avoir.

— Elle a fait ton éducation !

— J'étais tellement demeurée. On n'avait rien en commun. Je n'ai jamais compris pourquoi elle avait voulu être ma copine cet été-là.

Tess examina ce qu'elle avait retiré du livre.

— À quoi sert cette chaîne ?

— Ce n'est pas une chaîne mais une mémoire d'ordinateur, fit Irene en ouvrant son portable.

— Tu sais ce qu'elle contient ?

— Non, mais j'ai l'impression que ça ne sera pas joli joli !

40

Luke roula lentement devant l'immeuble de Hoyt Egan puis tourna un peu plus loin. Il trouva une place pour se garer dans une rue où trois 4 × 4 étaient déjà parqués. Satisfait de constater que sa voiture ne se ferait pas remarquer, il coupa le moteur et appela Hoyt sur son portable puis sur son fixe. Sans obtenir de réponse.

Il sortit d'un sac en plastique la casquette et le coupe-vent que Tanaka lui avait fournis. Ils portaient le logo d'une société de livraison. Il y avait peu de chances qu'Egan, adjoint d'un sénateur, soit chez lui et ne réponde pas au téléphone, mais le risque existait.

Luke prit la boîte vide qu'il avait apportée et sortit de son 4 × 4.

En route pour San Francisco, il avait songé à jeter un coup d'œil à l'appartement d'Egan. Maintenant qu'il savait que le jeune assistant se livrait au chantage, une visite s'imposait. Luke ne disposait encore d'aucune preuve contre lui, mais son sixième sens ne l'avait jamais trahi.

Quand il sonna à l'interphone de la grille, la rue était déserte. N'obtenant pas de réponse, il attendit quelques secondes avant d'utiliser le passe-partout.

Il pénétra dans le hall, sa boîte sous le bras, et grimpa l'escalier jusqu'à l'étage d'Egan.

Le palier était vide. Il frappa doucement. Là encore, pas de réponse. Il introduisit le passe dans la serrure, mais il n'eut pas à s'en servir : la porte n'était pas verrouillée !

Des types comme Egan, chargés de responsabilités et de secrets d'État, n'oubliaient pas de fermer à clé avant de sortir.

Luke poussa la porte. L'odeur pestilentielle qui

se dégageait de l'appartement lui rappela d'atroces charniers.

Luke n'eut pas besoin de voir le cadavre d'Egan gisant face contre terre dans une mare de sang pour savoir que l'assassin l'avait précédé.

41

Le sang se figea dans les veines d'Irene quand elle lut ce qui s'inscrivait sur l'écran de son portable. Elle eut même l'impression d'entendre la voix de Pamela qui dictait son message d'outre-tombe :

Irene, si tu trouves ce document, c'est que le plan a échoué. Voici donc mon plan B. À propos, merde à celui qui le lit si ce n'est pas Irene. La suite du document a été codée pour s'autodétruire si les mots de passe exacts ne sont pas utilisés.

Irene, si c'est toi, tu dois te souvenir des mots magiques. Voici pour te mettre sur la voie : tu es la seule personne au monde à part moi qui les connaisse. Rappelle-toi de nos serments éternels.

— Vous croyez qu'elle dit la vérité au sujet des codes ? demanda Irene.

L'air soucieux, Tess étudia l'écran.

— Tout dépend du système de cryptage qu'elle a utilisé. Mais, d'après mon mari, il est à peu près impossible d'effacer totalement les mémoires.

— Mais il faut être un expert pour les récupérer. Un utilisateur normal n'arriverait à rien. Bon, on va bien voir !

Elle tapa *orange vanille.*

— Ce n'est que ça, s'étonna Tess. Le super-code !

— Nous étions des ados. On a dû trouver ça génial !

L'écran se vida. Irene n'osa plus bouger.

— Le mauvais code ? s'enquit Tess d'une voix nerveuse.

— Je ne me souviens de rien d'autre. S'il est faux, j'ai sûrement tout détruit.

Une liste de quatre fichiers apparut soudain sur l'écran.

Irene retrouva son souffle.

— Autant commencer par le numéro 1.

Elle l'ouvrit.

— Un extrait de film ! s'exclama Tess en se penchant en avant.

Pamela apparut : elle était assise sur un canapé dans la villa d'été des Webb.

— Mon Dieu, murmura Irene, ça va être très, très bizarre.

— Tu as raison. Et regarde la date du tournage. Pamela l'a fait la veille de sa mort.

— Le jour où les serrures de la maison de Fine Lane ont été changées.

Pamela portait un pantalon sombre et un pull douillet très décolleté. Elle tenait un verre de vin à la main. Elle avait un sourire désenchanté et les traits tirés.

Bonjour, Irene. Ça fait un bail. Hélas ! si tu regardes ce clip, c'est que j'ai manqué de courage et que je ne peux t'affronter. Tu as sûrement reçu mon second mail qui t'indiquait où trouver la clé de l'ancienne maison de tes parents.

— Je ne l'ai jamais reçu car elle ne l'a jamais envoyé, commenta Irene. Elle n'a pas manqué de courage, elle a été assassinée.

À l'heure qu'il est, je suis sans doute dans une île ensoleillée des Caraïbes où je bois des cocktails ornés de parasols en papier. Navrée. J'espérais avoir le cran de t'avouer la vérité en personne. Mais agir correctement et dire la vérité n'ont jamais été mon fort. Je suis plutôt du genre faible, comme chacun sait.

Pamela s'interrompit pour boire une gorgée de vin.
— Elle ne boit pas de martini ! fit remarquer Irene.
Pamela reposa son verre et continua à s'adresser à la caméra :

J'ai souvent pensé à toi au cours des années. Tu ne vas pas me croire, mais tu as été la fille dont j'ai été le plus proche. Pas de quoi me mettre à pleurnicher. D'autant que l'heure de la confession a sonné. J'en viens au vif du sujet.
Je sais que tu n'as jamais cru que ton père avait tué ta mère ni qu'il s'était suicidé ensuite. Eh bien tu avais raison. Tu sais qui est responsable ? Moi !

Irene ouvrit de grands yeux.

— Qu'est-ce qu'elle raconte ! C'est impossible. J'étais avec elle ce soir-là. Elle n'a pas pu matériellement abattre mes parents.

— Chut ! Écoute ! fit Tess.

Non, je n'ai pas appuyé sur la détente, mais le résultat est le même. Car ce qui est arrivé est ma faute. Mais avant que je t'explique, tu dois regarder le prochain clip. Je t'avertis, ce n'est pas un spectacle pour les enfants !

La scène de Pamela sur le divan s'évanouit. Un autre salon apparut.

— Le décorateur qui a arrangé cette pièce a dû être chef pâtissier, commenta Tess.

— Ou alors il s'est spécialisé dans les chambres de jeunes filles.

La pièce, toute rose et blanc, ressemblait à un décor de conte de fées. Des rideaux en velours rose, de la moquette blanche, des meubles drapés de satin rose. Mais l'ambiance ne collait pas, songea Irene. Elle avait quelque chose de malsain et de vieillot.

— Il n'y a pas de poupées, fit-elle observer.

— Des poupées ?

— Ça ressemble à une chambre de fille, mais il y manque les poupées, le service à thé, les peluches, les livres d'enfant. C'est irréel.

— Je le répète, le décorateur a dû se faire la main en préparant des gâteaux de mariage.

— Vous ne trouvez pas que l'atmosphère a quelque chose d'européen et d'avant-guerre.

— Que veux-tu dire ?

— Oubliez les couleurs pastel. Regardez la taille et l'emplacement des fenêtres ainsi que les moulures. On dirait une maison 1800, quelque part en Europe.

— Maintenant que tu m'en parles, je vois ce que tu veux dire.

Irene n'eut pas le temps de faire d'autre commentaire. Un homme envahit l'écran. Il n'y avait pas de bande-son. L'homme se déplaçait comme dans un film muet.

À cause de l'angle de la caméra, seul le bas de son corps fut d'abord visible. Puis il s'assit dans un des fauteuils roses. Son visage se découvrit.

— Ryland Webb ! murmura Irene.

— Que diable fait-il là ?

Webb se cala confortablement, plia une jambe sur l'autre. Il était selon toute évidence familier des lieux et il y avait ses aises.

Il fixa quelqu'un hors champ, lui sourit et lui adressa la parole. Un instant plus tard, une femme en jupe noire, en blouse blanche et en tablier empesé lui apporta un verre. On ne vit pas son visage.

Webb remua le pied. Irene eut l'impression qu'il manifestait son impatience et son excitation. De la sueur perla à son front. Il défit sa cravate et regarda de l'autre côté de la pièce.

Irene sursauta en entendant la sonnerie de son portable. Pourtant elle ne détacha pas ses yeux de l'écran en décrochant.

— Irene ? dit Luke de son ton pète-sec.

— Ça ne va pas ?

— Hoyt Egan est mort !

— *Mort ?*

Tess pivota la tête vers Irene, soudain inquiète :

— Qui est mort ?

Irene lui fit signe de se taire pour qu'elle entende ce que Luke avait à lui dire.

— Je viens de le trouver. On l'a assommé avec un objet lourd et contondant. Les flics sont là. Ils pensent qu'Egan a surpris un cambriolage.

— Mon Dieu ! gémit Irene en essayant de rassembler ses esprits. Attends, Luke. Comment ça, tu l'as trouvé ? Où es-tu actuellement ?

— Dans le couloir, devant sa porte. La police a bouclé l'appartement. Je t'appelle parce que j'en ai encore pour au moins deux heures. Le détective chargé de l'enquête m'a prévenu. Il désire me parler.

— Bien sûr, vu que tu as trouvé le corps. Mais que diable faisais-tu dans l'appartement d'Egan ?

— L'inspiration ! Écoute, je te raconterai toute l'histoire à mon retour. En attendant, je ne veux pas que tu restes seule au Lodge.

— Je n'y suis pas. Je suis chez Tess Carpenter.

— Qu'est-ce que tu fabriques là-bas ?

— Pour le moment nous visionnons des fichiers d'ordinateur que Pamela m'avait laissés.

— Où les as-tu récupérés ?

— Dans mon ancienne chambre de la maison que mes parents habitaient.

— Tu y as été toute seule ?

— Je t'expliquerai. Le principal, c'est que je les

aie trouvés. Il y a aussi des morceaux de film. On les regarde en ce moment. Le sénateur Webb est dans une chambre blanc et rose. Il n'a pas l'air de savoir qu'il est filmé.

— Que fiche-t-il ?

— Il boit un verre mais il semble attendre quelqu'un.

— Irene, fais attention ! J'ai appelé Phil Carpenter avant de te téléphoner. Il est en route pour le Lodge. Je vais le rappeler et lui dire où tu es.

— Mais pourquoi ?

— Je veux qu'il reste avec toi jusqu'à mon retour à Dunsley.

— Je ne comprends pas.

Tess suivait les paroles d'Irene d'un air éberlué.

— Tu n'as pas écouté ce que je t'ai dit ! ronchonna Luke. Egan a été assassiné !

— Par un cambrioleur !

— Ça, c'est la version de la police. Mais je refuse de prendre le moindre risque, étant donné ta théorie sur la mort de Pamela.

— Vu ! fit Irene en déglutissant avec difficulté.

À cet instant une fille pénétra dans la chambre de conte de fées. Elle était blonde, gracile, âgée de neuf ou dix ans.

— On dirait une demoiselle d'honneur, fit Tess à voix basse.

Elle portait une longue robe en satin blanc. Un voile très léger recouvrait son visage. Elle s'arrêta à quelques pas de Webb.

Irene se glaça. Son portable faillit lui échapper des mains et elle le retint in extremis.

— Pas une demoiselle d'honneur, dit-elle, une mariée !

— Oh, oui, tu as raison.

— Irene ? cria Luke dans l'appareil, tout va bien ?

— Le film est horrible ! Une petite fille habillée en mariée. Avec Webb. Je n'arrive pas à le croire. Non ! Je le crois. Voilà bien le drame.

— Je dois joindre Phil. Je te rappelle dès que je l'ai eu.

— Très bien.

Elle entendit vaguement Luke raccrocher, mais seul l'écran la captivait.

Webb se leva. Son érection était bien visible, gonflant son pantalon. Il tendit la main, prit celle de l'enfant et lui dit quelque chose, comme s'il faisait semblant d'être son chevalier servant. La gamine ne réagit pas.

Soit elle est droguée, soit on l'a endoctrinée, songea Irene. Ou les deux.

Webb entraîna sa victime vers la porte. Elle se laissa conduire sans résister, la traîne de sa robe frottant la moquette.

Le film s'arrêta là. Une nouvelle scène apparut.

Le décor en était la chambre rose et blanc. Compte tenu de l'angle de prise de vues et du mauvais éclairage, il était évident que la séquence avait été tournée en cachette.

L'enfant se tenait immobile, au pied du lit, son bouquet à la main. Webb pénétra dans le champ de la caméra. Il était nu. Son corps grassouillet et

279

flasque avait quelque chose d'obscène. Il souleva le voile de la mariée.

— Je ne supporte pas d'en voir plus, s'écria Irene.

Elle se détourna de l'écran avant d'être malade.

— Moi non plus, ajouta Tess en basculant l'écran.

Le portable d'Irene sonna.

— Luke ?

— Phil va arriver. Que se passe-t-il dans le film ?

Irene regarda la masse sombre du lac.

— Je sais pourquoi Pamela a été tuée.

42

Pamela fixa la caméra. Elle était toujours assise dans le canapé, un verre à la main. Son sourire ironique contredisait son regard glacial.

Ce film a été tourné lors du dernier voyage de papa à l'étranger. C'est pas terrible, hein ? Hoyt Egan mérite un coup de chapeau. Il a accompagné papa dans ses périples et s'est rendu compte de ce qui se passait. Il a soudoyé un employé de bordel pour qu'il tourne cette vidéo. En la visionnant il y a quelques semaines, j'ai compris qu'Egan faisait chanter papa, et surtout que mon père n'avait jamais cessé de s'en prendre aux petites filles. Simplement, il faisait ça en dehors des États-Unis. Quel patriotisme !

Irene se cramponna au téléphone :

— Tu as entendu, Luke ?

— Très bien. Webb, tout pédophile qu'il est, veut conquérir la Maison-Blanche. Tu as raison, cette vidéo est un sacré mobile de meurtre, de deux meurtres, même.

— Pamela et Hoyt Egan.

— Il faut que j'appelle Tanaka pour savoir où se trouve Webb à l'heure actuelle. S'il est loin de Dunsley, je serai soulagé. En attendant, ferme bien la porte de chez Tess à clé.

Entendant la conversation, Tess bondit sur ses pieds.

— Je m'en occupe.

— J'arrive dès que je peux me dégager d'ici, poursuivit Luke. Ne laissez entrer personne sauf Phil.

— Compris !

Luke raccrocha.

Tess revint dans le salon et reprit place sur le canapé :

— On est à l'abri, comme dirait Phil.

Sur l'écran, Pamela reposa son verre.

D'après les reçus de carte bancaire et les billets d'avion que j'ai reportés dans un des fichiers, papa a beaucoup voyagé à l'étranger ces dernières années. Il aimait surtout se rendre en Asie du Sud-Est. Les bordels y abondent.

Mais ils ne sont pas les seuls. L'année dernière, papa a déniché en Europe celui qui était sur la cassette. Actuellement, c'est son chouchou. J'ai joint

281

l'adresse. Je sais que les journalistes aiment les renseignements précis.

Tess se tourna vers Irene.

— Ça va faire l'effet d'une bombe. La campagne électorale de Ryland Webb va partir en fumée dès que les médias seront au courant.

— Bien sûr.

Irene, si tu en es arrivée là, tu as compris que je veux que tu révèles à tous le passe-temps favori de papa. Je te dois ça.

— Elle savait donc que tu étais journaliste, constata Tess. Elle a suivi ta carrière.

— Sûrement.

Sur l'écran, Pamela s'allongea sur le canapé.

Mais avant que tu diffuses cette histoire, je dois te raconter ce qui est réellement arrivé à tes parents. Je t'ai dit que j'étais responsable de leur mort, et c'est vrai. Tu vois, au cours de cet été-là, ta mère a subodoré que j'avais été victime d'abus sexuels.

— Webb a osé violer sa propre fille ! s'exclama Tess, folle de rage.

Tu as dû te demander pourquoi ta mère ne te laissait jamais passer la nuit chez nous quand mon père était là. Elle n'aurait pas dû s'inquiéter. À cette époque-là, papa ne venait plus dans ma chambre au milieu de la nuit. À seize ans, j'étais trop vieille pour lui ! Il me préférait quand j'étais plus jeune. Il a commencé quand j'avais dix ans. Et s'est arrêté quand j'en avais treize.

— Pauvre Pamela, murmura Irene, soudain toute triste. Je ne m'en serais jamais doutée. Elle semblait tellement sophistiquée et cool.

J'ai toujours fait semblant de rien. Les enfants réagissent ainsi dans ce genre de situations. Ils gardent tout pour eux et se cachent même la vérité parfois. Ainsi, je n'en ai jamais parlé à aucun psy. Une façon de compartimenter les choses... En fait, une façon de survivre. En tout cas, j'étais excellente à ce petit jeu.

— Je me demande comment ma mère a deviné, dit Irene.

Ta mère avait beaucoup d'intuition. Cet été-là, elle a commencé à me parler, à me poser des questions. D'abord, je l'ai envoyée paître. Puis un jour, j'ai eu envie de lui laisser découvrir la vérité. Je n'ai pas eu le courage de le faire directement, bien sûr. Mais je savais où papa conservait les vidéos qu'il avait faites de nous.

— Elle a dû donner la vidéo à ma mère, qui en a ensuite parlé à mon père.
— Qui, à son tour, a pris des mesures, conclut Tess.
— Je vois, fit Irene en respirant profondément.
Sur l'écran, Pamela fixait la caméra.

Je me suis arrangée pour que ta mère trouve la vidéo. Le même soir, j'ai fait en sorte que tu sois avec moi. Je ne voulais pas être seule quand les choses éclateraient.

— Voilà pourquoi elle ne voulait pas me ramener à la maison. Elle m'a retenue après l'heure autorisée. M'a emmenée jusqu'à Kirbyville. J'étais furieuse contre elle. Je savais que mes parents seraient en colère.

Je croyais avoir tout prévu. Mais j'ai fait une horrible, une affreuse erreur. Je ne peux pas t'en donner la raison, si ce n'est qu'après m'être confiée à ta mère je ne pouvais plus prétendre qu'il y avait un secret. Tout s'est mis à bouillir en moi. Donc, avant de venir te chercher pour aller au cinéma, j'ai parlé à quelqu'un en qui j'avais confiance de l'existence de la vidéo et de ce que j'en avais fait.

Quand, plus tard, j'ai appris ce qui était arrivé à tes parents, j'ai compris que cette personne avait appelé papa à San Francisco.

— Qui n'était qu'à deux heures de là, murmura Tess.

— Ryland Webb connaît le maniement des armes, dit Irene. Tous les ans, il va chasser avec son père.

Pamela battit des paupières plusieurs fois. Irene eut l'impression qu'elle réprimait son envie de pleurer.

284

*Tu n'arriveras jamais à prouver que papa a tué
tes parents, j'en suis désolée, Irene. Mais beaucoup
d'eau a coulé sous les ponts et les preuves éventuelles
ont toutes disparu.*

Le bruit d'une clé dans la serrure fit sursauter
Irene et Tess. Phil se glissa dans l'entrée, un sac de
marin à la main. Sa présence rassura Irene.

— Luke aimerait que je veille sur vous en
attendant son retour, dit Phil en tirant le verrou. Y
a un problème ?

— Tu ne vas pas en croire tes yeux, dit Tess en
se rapprochant d'Irene pour laisser de la place à
son mari. Regarde ça !

Pamela reprit la parole.

*… Il est trop tard, tu n'obtiendras pas justice pour
tes parents. Mais tu peux faire en sorte que mon père
ne prenne jamais possession de la Maison-Blanche.
Tu peux l'anéantir. Ne t'en fais pas, cette fois-ci je
n'ai pas commis la même erreur que par le passé. Je
n'ai rien dit à la personne à qui je m'étais confiée le
soir où tes parents ont été tués. Tu auras le temps de
diffuser la nouvelle en toute sécurité. Après, quelle
importance ?*

Pamela marqua une pause, le temps de remplir
son verre.

*Voilà, je crois en avoir terminé. Oh, j'allais oublier
la petite robe de mariée. Je l'ai portée pour papa. Il
ignore que je l'ai conservée pendant toutes ces années.
Il l'a sans doute oubliée. Ne l'enlève pas de son*

plastique. Donne-la telle quelle à un laboratoire qui procédera à des tests ADN. Il ne faut pas jouer avec les preuves.

J'ai fait des doubles de la vidéo, des extraits de film et des billets d'avion, mais pas de la robe. Je voulais te la donner quand nous nous serions vues. Mais en y réfléchissant, j'ai préféré la laisser avec les doubles dans ton ancienne maison. Pure précaution. Tout sera à l'abri, même si je prends peur. Quand j'aurai fini cet enregistrement, j'apporterai le tout dans ton ancienne chambre de Fine Lane.

Au fait, j'ai loué la maison sous un autre nom. Personne à Dunsley n'est au courant.

Adieu, Irene. Je regrette de ne pas avoir eu le courage de te voir en tête à tête. Mais ça ne me surprend pas. J'ai toujours été très bonne quand il s'agissait de fuir.

L'écran devint noir.

Personne ne parla pendant un moment.

Phil siffla doucement entre ses dents :

— Irene, tu avais donc raison. Quelqu'un l'a tuée.

— Ryland Webb, fit Tess. Ça doit être lui. Il a assassiné sa propre fille ! Incroyable !

— Mais non, ça n'a rien d'incroyable, s'écria Irene. Il a été capable de violer sa fille. Qui sait où peut s'arrêter un tel monstre ?

— Après l'avoir tuée, il a dû prendre la vidéo d'origine et l'ordinateur de Pamela en croyant qu'il n'existait pas de doubles, dit Tess. Sans se douter de ce qu'il y avait dans la maison de Fine Lane.

— Je me demande comment il a trouvé le mot de passe de l'ordinateur de Pamela, déclara Phil.

Irene haussa les épaules.

— Il n'en a peut-être pas eu besoin. S'étant rendu compte que le portable contenait des informations dangereuses, il l'a simplement jeté dans le lac.

— Oui, ajouta Phil, je ne serais pas surpris s'il avait mis le feu à la villa pour détruire les preuves qui risquaient de l'accabler.

Irene regarda la boîte blanche.

— Ou bien, il s'est souvenu de la robe.

— Mais comme il n'a pas réussi à la retrouver, il a incendié la maison pour tout détruire, suggéra Tess.

Soudain, Irene recouvra son énergie coutumière. Elle décrocha son portable.

— Je dois appeler ma chef.

Mais elle n'eut pas le temps de composer le numéro. L'appareil sonna à cet instant précis.

— Allô ? répondit-elle.

— On a le champ libre pour un petit moment, dit Luke. Tanaka a localisé Ryland Webb. Il discute dans son bureau de San Francisco avec de gros donateurs. Demain, il doit tenir une importante réunion électorale. Il ne va pas quitter la ville de sitôt. Reste avec Phil et Tess jusqu'à mon arrivée.

— Je t'attends.

Irene appela Adeline Grady aussitôt après. En attendant qu'elle décroche, elle vit Phil entrouvrir son sac. La crosse d'un revolver brilla brièvement. Pas étonnant qu'il possède une arme, se dit-elle, Dunsley fait partie de la Californie agricole. Il doit y avoir une arme dans chaque maison. Mais elle frissonna en constatant que Phil s'était senti obligé de garder le revolver à portée de mains. Luke se faisait vraiment du souci pour elle.

— Il était temps que tu te manifestes, attaqua Addy. Alors, je t'écoute.

— J'ai de quoi faire du *Glaston Cove Beacon* le journal le plus célèbre de la région en moins de deux jours. Mais d'abord, il faut qu'on s'organise.

Peu après huit heures du soir, Luke se rangea devant la maison des Carpenter.

— Il arrive, annonça Irene à Phil et à Tess. C'est pas trop tôt.

Elle jeta ses cartes à jouer sur la table et bondit sur ses pieds.

Phil et Tess sourirent en ramassant les cartes. Irene comprit qu'elle se conduisait comme une femme impatiente qui attendait l'homme de sa vie parti pour des contrées lointaines.

Tu ne le connais que depuis quelques jours, essaye de te calmer.

Mais elle ouvrit la porte à la volée, ravie et soulagée par le retour de Luke. Celui-ci, le regard dur et froid, la toisa d'un air las.

— J'allais te rappeler pour savoir où tu étais, dit-elle.

— Longue route et longue journée. Tu vas bien ?

— Oui. Et puis inutile de jouer la comédie.

Elle se précipita dans les bras de Luke, qui l'accueillit tendrement après un instant de surprise.

288

— Prête à rentrer à la maison ?
— Oui.

43

— Je n'arrive pas à croire que tu sois allée seule dans ton ancienne maison, se plaignit Luke en traversant le salon de son bungalow.

Il jeta sa veste sur une chaise et pénétra dans la cuisine.

— Tu aurais dû m'attendre.

— Quand j'ai su où se trouvaient les serrures qui correspondaient à la clé, je n'ai plus eu le choix. Je ne pouvais pas attendre. Il fallait que je sache.

— Tu as dû passer un sale quart d'heure.

— La maison a été rénovée. Moquette, peinture, mobilier, tout a été changé. Mais je n'ai pas eu le courage d'entrer dans la cuisine.

— Normal !

Luke but une gorgée de l'eau minérale qu'il avait sortie du frigo et regarda Irene avec compréhension.

— Tu as digéré ce que tu as découvert aujourd'hui ?

— Je ne sais pas encore. J'étais persuadée depuis longtemps qu'il existait une réponse à mes questions. Maintenant, je suis un peu…

Elle s'arrêta, cherchant le mot exact :

— … désorientée, ou quelque chose comme ça.

Irene se tut, incapable de penser à quoi que ce soit. Quand elle avait appris la vérité de la bouche de Pamela, elle avait d'abord été folle de joie. Puis elle s'était sentie coupée de la réalité. Pourquoi ce malaise alors qu'elle connaissait toutes les réponses ?

— Les réponses ne suffisent pas, dit Luke comme s'il lisait dans ses pensées. Il te faut du temps pour les assimiler.

— Hum, tu as sans doute raison.

— Tu n'aurais pas dû y aller seule.

— Tu radotes !

— Je suis fou de rage et j'essaye de me calmer. Tu ne savais pas que les hommes réagissaient ainsi ? Ils s'énervent ou ils baisent !

— Qu'est-ce que je t'ai fait ?

— Réfléchis, il y a eu encore un mort. Sur la route du retour j'étais obsédé à l'idée que Tess et toi aviez en votre possession de quoi faire sauter un sénateur. Et que ce sénateur était prêt à tuer pour garder ses petits secrets.

— Tu es donc furieux parce que tu te faisais du souci pour moi, c'est ça ?

— Ce n'est pas si simple, bon sang ! s'exclama-t-il en s'approchant d'Irene. On n'est pas ensemble depuis longtemps, mais j'ai cru que c'était du sérieux. Que ce ne serait pas juste un coup d'un soir ? Ou si ?

— Mais non !

— Sans être expert en relations amoureuses, je croyais que les gens dans notre situation devaient se parler. Tu aurais dû m'attendre avant de t'aventurer dans cette maison.

— J'ai l'habitude de me débrouiller toute seule.

— Justement, tu n'es plus seule. Tâche de t'en souvenir, ajouta Luke en la prenant par les épaules.

— Je crois que je vais pleurer ! C'est idiot !

— Non, simplement le contrecoup.

Il serra Irene contre lui.

— Laisse-toi donc aller.

— Je pensais que les hommes détestaient les femmes qui pleurnichent.

— Souviens-toi ! Je suis un ex-marine, habitué à faire face à toutes les situations.

Elle se mit à rire, puis, soudain, à sa grande honte, elle éclata en sanglots. Des torrents de larmes coulèrent de ses yeux.

Elle s'abandonna.

Luke ne desserra son étreinte que lorsqu'elle s'arrêta.

Puis il lui fit une tasse de thé. Assise à une petite table qui donnait sur le lac, Irene se sentit enfin comme apaisée.

— Ça va mieux ? demanda-t-il.

— Oui, répondit-elle en souriant pour la première fois depuis longtemps.

Irene était encore couchée quand Luke sortit de la douche. Il s'arrêta sur le seuil de la chambre, une main sur la poignée de la porte, l'autre retenant la serviette qui enserrait ses hanches.

Elle m'attend, constata-t-il. Un désir fou s'empara de lui. En un clin d'œil, la fatigue avait disparu et il se sentait en pleine forme.

Ce n'est pas le moment, se dit-il. Irene en a vu de toutes les couleurs aujourd'hui.

Il se rappela qu'il était maître des opérations. Et qu'il devait le rester.

Il fit deux pas en direction du lit et s'arrêta de nouveau.

— Luke ? Tu as un problème ? demanda Irene d'une voix inquiète.

— Il serait plus sage que je dorme sur le canapé, dit-il, espérant qu'elle allait l'en dissuader.

— Vraiment ?

— Je suis un peu énervé et j'aurai du mal à m'endormir. Tu as eu une dure journée et tu dois te reposer.

Elle fixa attentivement la protubérance qui gonflait sa serviette. Quand elle releva la tête, elle avait une expression friponne.

— Tu as besoin d'un somnifère. Heureusement, j'ai ce qu'il te faut.

Luke sentit une décharge électrique au creux des reins.

— Quel genre ?

Elle eut un petit rire coquin.

— Rapproche-toi et tu verras !

Il éteignit la lampe de chevet et laissa tomber sa serviette. Mais quand il se coucha et voulut embrasser Irene, elle le repoussa gentiment.

— Ça ne va pas ? fit-il un peu inquiet.

— Souviens-toi, je t'ai promis de t'aider à t'endormir.

— Je n'ai vraiment plus envie de dormir.

— On va bien voir si tu n'as pas changé d'avis quand j'en aurai terminé avec toi !

Elle l'obligea à se coucher sur le dos. Puis, d'un mouvement lent et voluptueux, telle une liane exotique, elle descendit sur lui.

Il croisa les mains derrière sa tête, ravi de ce qui lui arrivait.

— Et maintenant ?

Elle ne répondit pas et prit possession de sa virilité.

— Bonne idée, fit-il.

— Je m'en rends compte.

Quand ses lèvres entrèrent en jeu, il crut défaillir. Il enserra la tête d'Irene dans ses mains.

— Vas-y doucement, réussit-il à murmurer.

Elle le regarda à travers ses cheveux ébouriffés :

— Les marines doivent pouvoir tout encaisser, non ?

— Il y a toujours des exceptions à la règle.

— Pas toi !

Elle l'amena au point de fusion et le libéra. Le temps de changer de position et de le prendre en elle. Il tenta de résister, de retrouver le contrôle des opérations.

— Non, laisse-toi faire pour une fois. Ne pense qu'à toi.

— Mais tu n'es pas prête.

— T'occupes ! On verra demain.

Emporté par une formidable vague de jouissance, il cessa de discuter.

Bien plus tard, Luke recouvra ses esprits. La chambre sentait l'amour et le plaisir.

— Je comprends, dit-il, que tu sois si sexy dans ton trench-coat et tes bottes de cuir. Il faut que je t'offre un petit fouet pour ton anniversaire. Ça complétera ta panoplie.

Irene se lova amoureusement contre lui.

— Ma conseillère d'éducation ne m'a jamais suggéré de devenir une fouetteuse.

— Ce qui prouve qu'elle n'avait aucune vision de l'avenir.

— Alors, soldat, on a pris son pied ?

— Et comment ! Je n'en aurai jamais assez.

— Tant mieux, fit-elle avec un large sourire. Tu es prêt à faire un grand dodo, maintenant ?

— Quelle question ! Après cette séance, je devrais être dans le coma !

— Quelle journée ! dit-elle en bâillant.

— Oui, nous n'avons été épargnés ni l'un ni l'autre.

Il retrouva soudain son sérieux en se souvenant des récents événements.

— Même si j'ai râlé, tu as bien fait de te rendre chez ce serrurier de Kirbyville.

— Adeline Grady m'a appris à aller jusqu'au bout des choses. Pourtant, j'ai failli avoir un sérieux accident sur la route du retour.

— De quoi parles-tu ? demanda Luke en se relevant sur un coude.

— Je pensais tellement à l'histoire de la clé que je n'ai pas fait attention en conduisant. Je roulais tout doucement sur la route en lacets du lac. Un connard dans un gros 4 × 4 m'a serrée de près pendant un bon bout de temps.

— Et alors ? fit-il, les sens en alerte.

Irene lui raconta en détail sa manœuvre dans le Domaine Ventana, la façon dont elle avait réussi à couvrir de gravillons et de boue le pare-brise de ce fou du volant.

— Tu l'as revu après être sortie du Domaine ?

— Non. J'ai gardé les yeux collés au rétroviseur jusqu'en ville. Il n'a jamais réapparu.

— Tu reconnaîtrais son 4 × 4 ?

— Je ne crois pas. Il a foncé sur moi par-derrière et j'ai eu si peur que je ne me suis occupée que de la route.

— Quelle couleur ?

— Gris argent, comme le tien et des centaines d'autres. Un gros modèle avec des vitres teintées très foncées. C'est tout ce que j'ai remarqué.

— La plaque d'immatriculation ?

— T'es fou ! Je ne l'ai jamais vue.

Luke se tut un moment.

— Tu penses que je n'ai pas eu simplement affaire à un fou du volant ? finit-elle par dire.

— C'est bien possible. Pamela Webb et Hoyt Egan sont morts. Si tu avais atterri dans le lac, on aurait parlé d'un malheureux accident. Et le sénateur Ryland Webb serait un peu plus relax, sachant que la vieille amie de sa fille a débarrassé le plancher.

— Ce salaud ne va pas s'en tirer facilement, si j'ai mon mot à dire, promit Irene. Demain, à la soirée de financement de sa campagne électorale je vais le clouer au pilori. Le scandale fera la première page du *Glaston Cove Beacon* et sa carrière va partir en fumée.

44

Le lendemain soir, Irene, Luke, Adeline Grady et Duncan Penn, l'unique photographe du journal, se tenaient à l'ombre d'un palmier en pot. Ils surveillaient la foule pressée dans la salle de bal de l'hôtel.

— Du beau monde ! commenta Luke.

Costumé et cravaté, il tenait un ordinateur portable sous son bras.

— Personne n'a sourcillé en nous voyant entrer, continua-t-il.

— Nos badges de journaliste nous ont bien servi. Au fait, Adeline, tu te les es procurés comment ?

Petite, rondelette, vêtue d'un tailleur-pantalon écarlate, perchée sur des talons aiguilles, Adeline avait l'air contente d'elle-même.

— Rien de plus facile que d'obtenir des badges pour des soirées électorales. Les politiciens adorent la présence de journalistes. Pourquoi crois-tu qu'ils nous régalent avec ce magnifique buffet ?

— Un choix appétissant, intervint Duncan.

Jeune, mince, il semblait près de crouler sous le poids des appareils photos qui lui pendaient au cou. Il étudia les canapés, les tranches de fromage, les petits sandwichs qu'il avait sur son assiette.

— Je donne au traiteur un sept, voire un huit sur dix.

— J'ignorais que le *Glaston Cove Beacon* était en odeur de sainteté auprès de l'équipe de Webb, alors que nous avons sorti l'histoire de la mort de Pamela, dit Irene.

Adeline avala sa coupe de champagne.

— Ils ont sans doute mal compris le nom du journal que je leur ai donné au téléphone.

Luke regarda attentivement ce qui était écrit sur son badge :

— Je vois que nous faisons partie du *Beacon Hill Banner*.

— Une erreur que je suis ravie de corriger, fit Adeline en sortant de son sac quatre cartes de presse qu'elle distribua à la ronde. Voici vos accréditations officielles.

— L'erreur est humaine, conclut Luke en retirant la carte du *Beacon Hill Banner* de sa pochette en plastique.

— Absolument, approuva Adeline. Duncan, je vais tenir ton assiette pendant que tu changes ta carte.

— Merci.

Adeline en profita pour lui piquer un petit sandwich puis un second.

— Personne ne semble porter le deuil de Hoyt Egan, constata Irene en regardant la salle.

Adeline haussa les épaules et piocha encore une fois dans l'assiette de Duncan.

— Le nouveau directeur de campagne de Webb vient de diffuser un communiqué. Il qualifie la mort d'Egan d'horrible tragédie et déclare qu'il est temps de combattre plus sévèrement le crime, ce qui est au programme du sénateur Webb.

— Une vieille rengaine, dit Duncan, effaré par l'assiette presque vide qu'il venait de récupérer.

Sa grimace n'empêcha pas sa patronne de subtiliser une dernière saucisse.

— Ça te plaît, d'être une grande journaliste d'investigation ? demanda Luke en se tournant vers Irene.

— Passionnant ! Je ne suis pas aussi excitée quand je dois suivre les réunions du conseil municipal ou choisir la recette de la semaine.

Adeline se frotta les mains.

— Tu n'es pas la seule sur des charbons ardents. J'avoue que nous sommes sur un gros, gros coup !

Irene fouilla dans sa besace et accrocha son petit magnétophone à la bandoulière de son sac. Elle vérifia qu'il marchait.

— Ces engins ont la mauvaise habitude de tomber en panne quand on a besoin d'eux. Tes appareils sont chargés ? demanda-t-elle à Duncan.

— Prêts à l'emploi, répondit-il en lorgnant le buffet. J'ai encore le temps de me resservir ?

Une bousculade se produisit au fond de la salle. Flanqué d'Alexa, Webb fit son apparition. Un petit bonhomme s'agita non loin d'eux. Le remplaçant de Hoyt Egan, sans doute.

— Duncan, tu n'as plus le temps de te goinfrer ! fit Irene. Webb vient d'arriver.

Pleine d'énergie, Adeline annonça :

— Allons-y, mes enfants !

Irene cessa de se dissimuler derrière son palmier.

— Suivez-moi !

— Les deux mots les plus effrayants de notre langue, dit Luke.

Irene ne lui prêta pas attention. Elle était trop

occupée à fendre la foule. Ryland Webb, bien qu'entouré d'amis et de généreux donateurs, était facile à repérer grâce à sa haute taille.

Alexa Douglass fut la première à voir Irene. La surprise puis la crainte se lurent sur son visage. Elle se ressaisit très vite et murmura quelque chose à l'oreille de Ryland tout en affichant un sourire de circonstance.

Le sénateur scruta la salle des yeux. Apercevant Irene et sa suite, il s'adressa brièvement à son assistant.

Le petit bonhomme se projeta en avant dans l'intention de leur barrer le chemin.

— Mademoiselle Stenson ? fit-il en se plantant devant elle, je dois vous demander de partir. Vous et vos amis.

— J'ai des questions à poser au sénateur ! rétorqua Irene.

— Il ne donne pas d'interviews ce soir. Il doit s'occuper de ses invités.

— Dites au sénateur que je détiens une vidéo qui a été tournée en Europe récemment. Expliquez-lui bien que ce voyage et quelques autres du même acabit feront l'objet d'un article dans le *Glaston Cove Beacon* de demain. Demandez-lui s'il a des commentaires à faire.

L'assistant sembla ahuri. Il pivota la tête vers Webb, qui tournait le dos à Irene.

— Cette décision n'est pas de votre ressort, dit Adeline. C'est trop important.

Le petit bonhomme hésita un instant.

— Attendez ici !

Il se fraya un chemin jusqu'à Ryland et lui fit la commission à voix basse.

Ryland sursauta comme s'il avait reçu une décharge électrique et, faisant demi-tour, fixa Irene. Il a du métier, se dit-elle en voyant que ses traits ne trahissaient rien de la fureur qu'elle lisait dans ses yeux.

— Si un regard pouvait tuer, nous serions tous morts, murmura Adeline.

— Bon sang, il a l'air vraiment furax, dit Duncan en le filmant avec sa caméra vidéo. Ça sera superbe sur la Toile.

Ryland donna des instructions à Alexa et à son assistant avant d'avancer vers Irene.

— Le spectacle commence ! dit-elle doucement en faisant un pas à sa rencontre.

— Monsieur le sénateur, que pouvez-vous nous dire de votre dernier voyage en Europe ?

— Pas ici, répondit-il en jetant un coup d'œil à Luke, Adeline et Duncan. Je te parlerai, mais en privé.

Il continua à marcher sur sa lancée, sans attendre de réponse. Irene le suivit, consciente que les autres ne la lâchaient pas. Elle vérifia son magnétophone, Duncan changea d'appareil photo.

Ryland traversa le hall d'un pas alerte et s'engouffra dans une petite salle de réunion. Il claqua la porte dès qu'Irene, Luke, Adeline et Duncan furent entrés.

— C'est quoi ce cirque ? demanda-t-il, ivre de rage.

— Mon journal possède des fichiers

d'ordinateur et des vidéos qui vous montrent en train de violer des mineures dans un bordel européen, énonça Irene. Vous avez des commentaires ?

— Espèce de conne, comment oses-tu proférer de telles insanités ? Je n'ai jamais violé personne de ma vie. Si tu as un film, je te jure que c'est un montage. Si tu le publies, je ferai en sorte de te ruiner, toi et ton canard. Tu m'entends ? Tu seras lessivée ! Vous tous aussi !

Irene fit signe à Luke :

— Montre-lui ce que nous avons.

Luke posa sur la table son portable, qu'il mit en marche. Ryland semblait de plus en plus horrifié.

— Tu ne peux pas me faire ça ! Tu sais à qui tu t'attaques. Je peux faire de ta vie un enfer !

Adeline lui adressa son plus beau sourire.

— J'adore les menaces. Ça fait des citations formidables. Tu as branché ton magnétophone, Irene ?

— Oui, chef !

Ryland remarqua la petite boîte noire sur l'épaule d'Irene.

— Arrête-le tout de suite. Tout de suite, vous m'entendez ?

— Mon journal possède également une vidéo faite par votre fille, Pamela, poursuivit Irene en prenant fébrilement quelques notes. Elle déclare que vous êtes pédophile et que vous l'avez violée quand elle était petite.

— Un mensonge ! s'exclama Ryland en serrant les poings et en s'avançant vers Irene. Je t'ai dit que ma fille était désaxée. Si tu publies ces ordures, je te jure que...

Luke vint se placer derrière Irene.

— Il ne faut pas menacer une journaliste !

Ryland se tourna vers lui.

— Vous êtes idiot de vous mêler de ça !

— Bah, je n'ai rien de mieux à faire pour le moment.

Duncan mitrailla le sénateur tandis qu'Irene prenait encore quelques notes :

— Pamela savait que vous parleriez de faux et de montages. Aussi m'a-t-elle fourni des doubles de vos billets d'avion et des reçus de votre carte bancaire. Tout prouve que vous vous êtes rendu dans la ville où se trouve ce bordel. Mon journal est prêt à m'envoyer sur place pour continuer l'enquête.

Du coin de l'œil, elle vit qu'Adeline avait cillé en entendant ce mensonge éhonté.

— Je ferai un procès à ton journal, qui ne s'en remettra pas. J'avais des raisons officielles pour entreprendre ces voyages. Des contrats commerciaux à discuter.

Sur l'écran, Pamela se mit à parler. Ryland se figea, comme hypnotisé.

— Éteignez-le ! Vous m'entendez ? Éteignez-le !

— Sénateur, intervint Adeline, nous avons fait plusieurs copies de ces dossiers. Nous ne voulions prendre aucun risque.

— Mes avocats vont vous réduire en poussière, dit-il.

Duncan filma cette scène captivante où le grand Ryland menaçait la petite Adeline.

Le sénateur se rendit compte de la situation et fit un bond en arrière.

— Pamela vous accuse aussi d'avoir participé au meurtre de Hugh et Elizabeth Stenson il y a dix-sept ans, déclara Irene. Vous avez des commentaires ?

— Je n'ai en aucune façon été mêlé à ces meurtres. Tout le monde sait que ton père était cinglé. Il a tué ta mère et s'est suicidé.

Ryland reprit un peu de sa superbe.

— Et tu es aussi folle que lui !

— Que dire alors du meurtre récent de votre assistant, Hoyt Egan ? Pamela prétend que c'est lui qui a filmé les scènes dans le bordel et qu'il vous faisait chanter. Alors ?

— Toute cette histoire est un coup monté. Tu essayes de m'abattre parce que tu crois que j'ai tué tes parents. Tu délires et tu as fabriqué tout un tas de merde à l'aide d'une caméra vidéo et d'un ordinateur. Eh bien, je ne te laisserai pas faire. Je ne te laisserai pas détruire ce que j'ai entrepris. Mon pays a besoin de moi.

La porte s'ouvrit et Alexa Douglass entra. Elle s'arrêta net.

— Qu'est-ce qui se passe ici ?

— Ces gens veulent me détruire par tous les moyens. Ne crois pas un mot des mensonges qu'ils veulent publier. Je vais immédiatement appeler mes avocats. Ils vont leur clore le bec.

Mais Alexa regardait l'écran et n'en croyait pas ses yeux.

— C'est toi, Ryland ? Que fabriques-tu ?

— Un affreux montage. Une suite de faux !

Sur l'écran, Ryland avait accepté un verre. La petite mariée entra. Ryland se leva et lui prit la main.

La caméra se déplaça dans la chambre. Il était nu.

— Mon Dieu, murmura Alexa, abasourdie, je ne l'ai pas crue. Elle a essayé de me parler mais je ne l'ai pas crue.

Ryland lui prit la main.

— Pamela t'a menti. Tout ce qu'elle a pu te dire était faux. Elle était très perturbée. Tu le sais bien.

— Je ne parle pas de Pamela ! s'exclama Alexa en retirant sa main, mais de ma fille Emily. Elle m'a dit que tu avais essayé de la toucher d'une façon sale voilà quelques semaines. J'ai pensé qu'elle avait inventé cette histoire pour ne pas avoir un nouveau papa. Mais elle disait la vérité, n'est-ce pas ?

— Je vais être le père d'Emily, fit Ryland d'une voix grave. Normal que je sois tendre avec elle. J'essaye de créer des liens d'affection entre nous.

— Il est évident qu'Emily a mieux compris que moi ce que tu manigançais, poursuivit Alexa, encore sous le choc, en se tenant le ventre. Je crois que je vais être malade. Il faut que je sorte. Et que je trouve Emily. Je dois lui parler, lui dire que je la comprends et que je ne te laisserai plus la toucher. J'ai été complètement aveugle !

Elle ouvrit la porte à toute volée et s'enfuit.

Ryland se retourna vers Irene. Maintenant, il était blanc de rage.

— Je vais te le faire payer. Tu n'as aucune preuve concrète. Personne ne s'intéressera à ces vidéos truquées.

— Je crois que si, mais en tout cas j'ai encore une chose à vous montrer.

Irene sortit de son sac un paquet de photos que Duncan avait prises un peu plus tôt et les étala sur la table.

— Pamela s'est assurée que j'avais suffisamment de preuves pour étayer mes accusations. Elle m'a laissé cette petite robe de mariée qu'elle avait conservée sous plastique. Vous avez des commentaires ?

Ryland étudia les photos. D'abord, il parut étonné. Puis la mémoire lui revint. Il resta bouche bée et pâlit.

— Où avez-vous trouvé cette robe ? demanda-t-il, à la fois terrifié et furieux.

— Pamela l'a gardée. Elle affirme que vous l'obligiez à la porter quand elle était petite. Ça vous faisait jouir de la violer dans cette tenue.

— Vous ne pouvez rien prouver, rien de rien !

— Pamela m'a conseillé de l'envoyer dans un labo qui fera un test ADN. Il y a plein de choses intéressantes dessus.

Ryland poussa un cri inintelligible et se rua sur Irene, le visage déformé par la haine.

Elle se recula instinctivement, consciente que Duncan ne perdait rien de la scène.

Soudain, Luke s'interposa si vite qu'elle ne comprit ce qui s'était passé qu'au moment où elle vit Ryland étendu par terre.

— Je vous avais dit de ne pas menacer les journalistes, fit Luke en se penchant sur sa victime.

— Je veux voir mon avocat, déclara Webb en recouvrant son sang-froid. Je vais vous réduire en poussière, les uns et les autres.

45

Deux jours plus tard, Irene était assise dans un box à côté de Luke au Ventana View Café. Tess et Phil étaient installés en face d'eux. Ils venaient de terminer des piles de pancakes.

Irene se rendit compte qu'elle ne passait pas inaperçue. Le café s'était rempli rapidement dès qu'elle et ses amis avaient pris place à l'intérieur.

— Bravo, Irene, tu as réussi ! s'exclama Tess en prenant un exemplaire du *Glaston Cove Beacon* qu'Adeline venait d'envoyer en express et en l'agitant comme un drapeau. Tu as torpillé le sénateur Webb. Ce matin, j'ai entendu à la radio qu'il allait sans doute renoncer à sa candidature d'ici la fin de la semaine. Non seulement il ne va pas conquérir la Maison-Blanche, mais il n'a pratiquement aucune chance d'être réélu au Sénat.

Irene relut les gros titres du *Beacon*. Elle les avait découverts sur le site du journal, mais les voir imprimés était plus jubilatoire.

WEBB RUINÉ PAR DES ACCUSATIONS
DE VIOL SUR MINEURES

Le scandale battait son plein. Les principaux journaux de Californie, ceux de San Francisco, de Los Angeles et de San Diego, avaient sauté sur l'histoire et emboîté le pas au *Beacon*. Deux quotidiens s'étaient lancés dans des enquêtes personnelles. Les talk-shows ne parlaient que de ça. De nouvelles preuves voyaient le jour. Adeline avait appelé Irene à trois reprises pour se réjouir des tirages supplémentaires.

— Pour une fois, la fidèle compagne du sénateur ne va pas soutenir son grand homme, dit Tess en montrant la photo que Duncan avait prise d'Alexa.

On la voyait sortant d'une voiture de luxe en compagnie de sa fille devant un élégant hôtel particulier. La légende disait : *Douglass rompt ses fiançailles avec Webb*.

— Webb est totalement foutu, nota Phil. Et c'est l'œuvre d'Irene !

Irene les regarda tous les trois et elle fut envahie par une telle vague de gratitude et d'affection qu'elle faillit éclater en sanglots.

— Sans votre aide, je ne serais arrivée à rien. Comment vous remercier ?

— Nous sommes donc devenus des apprentis journalistes, répondit Luke en riant. Qui savait que nous avions un tel talent ? Moi qui pensais terminer ma vie en humble aubergiste !

— J'aurais vraiment voulu trouver le moyen d'amener Ryland à confesser ses meurtres. Il a tué au moins quatre personnes – mes parents, Pamela et Hoyt Egan. Et il ne sera pas inquiété.

— Pas sûr, intervint Luke. S'il est vrai que la

police aura du mal à prouver qu'il a tué tes parents et Pamela, il n'en est pas de même pour Egan. Le mobile est évident.

— Tu veux parler du chantage ? demanda Phil. Oui, c'est un puissant mobile. Et maintenant que les flics savent ce qu'ils cherchent, ils vont trouver des preuves.

Tess se cala au fond du box, l'air soudain soucieux.

— Il y a une chose que je n'arrive pas à comprendre.

— Quoi donc ? fit Luke.

— Pourquoi Pamela a-t-elle attendu des années pour démasquer son père ? Elle qui avait gardé son secret si longtemps, qu'est-ce qui lui a fait changer d'avis ?

— Elle a fait une psychanalyse, lui rappela Phil. Peut-être qu'il s'est passé quelque chose pendant une des séances.

Irene sentit tout d'un coup qu'elle connaissait la vérité.

— Non, ce n'est pas une histoire de psy, affirma-t-elle en montrant du doigt la photo d'Alexa et de sa fille. Voilà la raison. La petite Emily. Pamela s'est rendu compte que son père allait avoir une nouvelle petite mariée à sa disposition. Elle, qui avait accepté de garder ce terrible secret de famille, a finalement refusé que l'histoire se répète.

46

Irene jeta son stylo sur la table et étudia l'emploi du temps qu'elle avait reconstitué. Avec dépit. Malgré toute la logique dont elle était capable, elle n'arrivait pas à placer Ryland Webb près de Dunsley le jour de la mort de Pamela.

En s'asseyant devant sa table un peu plus tôt, elle avait été certaine de trouver un élément nouveau qu'elle pourrait soumettre à la police afin d'impliquer Webb dans le meurtre de sa fille. Mais elle avait fait chou blanc.

Pourtant, il devait y avoir un lien. Il était impensable que Pamela soit morte d'une simple overdose.

Irene se leva et se rendit dans la kitchenette de Luke pour se verser encore un peu de thé. Elle s'était déjà levée trois fois en quarante minutes. Elle était venue trois fois dans la petite cuisine si bien rangée, deux fois pour remplir sa tasse, une fois pour regarder dans le frigo si elle devait faire des emplettes pour le dîner.

Sa tasse à la main, elle gagna la terrasse qui donnait sur le lac et contempla la surface paisible de l'eau. La vue était légèrement différente de celle qu'elle avait depuis le bungalow numéro 5. D'ici, elle découvrait une plus grande surface du lac.

Elle avait promis à Adeline un article couleur locale pour alimenter les colonnes du journal. L'heure du bouclage approchait et elle n'avait pas réussi à écrire une ligne. Elle était trop obsédée par la mort de Pamela et par la théorie qu'elle avait échafaudée.

Elle frissonna. Les psy qu'elle avait vus au cours des années avaient-ils eu raison de lui dire qu'elle s'était inventé une version fictive de la mort de ses parents pour éviter de regarder la réalité en face ?

Ne pense pas à ça. Tu es journaliste. Tu dois respecter la logique. Mieux, même, essaye de trouver de nouveaux angles.

Une vieille camionnette en piteux état s'arrêta devant l'entrée du bungalow. Tucker Mills en sortit et en extirpa un râteau et un grand balai. Maxine vint l'accueillir avec sa gaieté et son entrain habituels.

Les membres des médias venus suivre l'histoire de Webb à Dunsley remplissaient le Lodge. Horrifié par l'afflux de tant de clients, Luke avait abandonné la direction de l'hôtel à Maxine.

Les rênes du Lodge bien en mains, celle-ci s'était montrée à la hauteur de la tâche. Sa première décision avait été de quadrupler les prix. Puis, une fois le Lodge rempli, elle avait suggéré poliment mais fermement à Irene d'emménager avec Luke pour libérer son bungalow. Une heure plus tôt, elle avait envoyé Luke en ville acheter des rouleaux de papier-toilette, du café et des doughnuts. Il avait été ravi de s'échapper un moment.

L'intérêt de la presse ne durerait certes pas très longtemps, mais en attendant les affaires prospéraient.

Irene but encore une gorgée de thé et songea de

nouveau à la logique des meurtres. Des images de ses vieux cauchemars traversèrent son esprit.

Soudain, elle prit conscience qu'elle était partie intégrante de cette logique.

— Désolée qu'Irene ne vous accompagne pas, dit Tess.

Elle versa à Luke un citron pressé et s'assit dans un fauteuil de son salon.

— J'avais des tas de questions à lui poser.

— Elle travaille sur un nouvel article pour son journal. Adeline compte sur elle pour lui fournir des détails sur la vie de Dunsley. Le scandale prend de nouvelles proportions à chaque instant.

— Qui aurait pensé que la gentille petite Irene deviendrait cette journaliste agressive ? demanda Tess en riant tout bas.

— Elle a une cause à défendre. Et moi, j'ai une mission. Depuis que j'ai laissé à Maxine le soin de gérer le Lodge, elle me donne des ordres. Elle m'a envoyé chercher du papier-toilette. En fait, je ne vois pas pourquoi les clients n'apportent pas le leur, mais Maxine n'est pas d'accord.

— Je parie qu'elle s'amuse bien dans son nouveau rôle.

— Elle gagne de l'argent, c'est certain. Enfin, en venant ici, j'ai pensé que vous pourriez m'aider à répondre à une question qui me trotte dans la tête.

Le visage intelligent de Tess s'éclaira.

— Que voulez-vous savoir ?

— Le nom de la personne à qui Pamela s'est confiée le jour de la mort des parents d'Irene.

Tess se rembrunit.

— Vous voulez parler de la personne qui a appelé Ryland Webb pour l'avertir de ce que Pamela avait fait ?

— Vous avez une idée ?

— J'en ai discuté avec Phil. On a songé à une piste mais il est inutile de la suivre. La personne à qui nous pensons a dû agir en toute bonne foi.

— Comment a-t-elle pu appeler Webb en croyant bien faire, bon sang ?

Tess regarda longuement par la fenêtre avant de se retourner vers Luke.

— Je dois d'abord vous faire un cours d'histoire locale. Phil et moi sommes nés et nous avons grandi ici. D'une façon ou d'une autre, nous avons connu trois générations de Webb.

— Je vous écoute.

— Maman m'a raconté l'histoire suivante. Il était une fois, une fille du nom de Milly que ma mère avait connue au lycée. C'était une beauté. L'été où Milly a terminé ses études secondaires, Victor Webb l'a embauchée comme réceptionniste pour l'une de ses sociétés de San Francisco. Elle était folle de joie. Elle est partie comme une dératée pour les lumières de la grande ville, sans jeter un regard en arrière. Ma mère et ses copines étaient vertes de jalousie.

— J'imagine que ça va mal se terminer.

— Absolument. Dix-huit mois plus tard, Milly est revenue à Dunsley avec un bébé. Elle l'a élevé ici. Mère célibataire dans une ville où les emplois étaient rares, elle n'a pourtant jamais manqué ni d'un toit ni de vêtements chics.

— Elle travaillait ?

— Rarement, mais surtout pour s'occuper. Elle avait l'air de n'avoir besoin de rien.

— D'où venait l'argent ?

— Milly racontait à tout le monde qu'elle avait eu une liaison avec un homme qui était mort dans un accident de la route avant d'avoir eu le temps de l'épouser. Elle a répété cette histoire jusqu'à sa mort, bien que ma mère et ses amies ne l'aient crue qu'à moitié.

— Milly est morte ?

— D'un cancer. Mais son fils habite toujours Dunsley. Et, à croire les vieilles rumeurs, il serait le fils de Victor Webb !

— Ce qui ferait de Ryland Webb son frère.

— Tout à fait.

Les maisons du lotissement étaient banales mais entourées de beaux arbres et de jardins bien entretenus. Les voitures garées dans les allées étaient récentes.

Luke laissa son 4 × 4 au coin de la rue et se rendit à pied jusqu'à la voiture de police stationnée devant un garage fermé. La vitre du conducteur étant ouverte, il appuya sur la télécommande accrochée au pare-soleil qui actionnait la porte coulissante du garage. Un gros 4 × 4 argenté aux vitres teintées apparut.

Luke s'en approcha pour l'examiner de près. Le devant du véhicule était fendillé et des dizaines de craquelures étoilaient le pare-brise.

La porte d'entrée s'ouvrit.

— Danner, qu'est-ce que vous foutez ici ? demanda Sam McPherson du haut de l'escalier.

Luke alla se planter à l'entrée du garage.

— Par simple curiosité, répondez-moi ! L'autre jour, vous vouliez faire une peur bleue à Irene Stenson en la poursuivant sur Lakefront Road ou vous aviez l'intention de la tuer ?

Sam descendit quelques marches.

— De quoi parlez-vous, bon sang ?

— Votre 4 × 4 a l'air d'avoir été attaqué par des centaines de grêlons !

— Des gosses l'ont volé pour faire une virée. Je n'ai pas encore eu le temps de l'emmener au garage de Carpenter.

— Depuis combien de temps est-ce que vous rendez service à votre grand frère ?

Sam eut l'air d'avoir reçu un coup à l'estomac.

— Comment ?

— Il faut qu'on parle. Soit on le fait dehors pour que vos voisins en profitent, soit on va chez vous. À vous de choisir.

— Rien ne me force à vous parler.

— Mais si. Je sais que vous êtes le demi-frère de Ryland Webb. J'ai compris que vous lui aviez téléphoné il y a dix-sept ans pour l'avertir que Pamela avait donné la vidéo à Elizabeth Stenson. Il vous a demandé de brûler la maison, ou il s'en est chargé lui-même ?

— Vous débloquez complètement. Foutez le camp !

— Vous avez dû en baver toute votre vie en voyant votre frère profiter de tout parce qu'il était l'enfant légitime ! Ryland était le fils chéri, non ? Le prince de ces lieux ? Vous n'avez jamais dit à personne que vous aviez autant de sang Webb que

314

lui. Pourquoi donc ? Parce que Victor Webb payait votre mère pour tenir sa langue et, quand elle est morte, vous avez continué sur sa lancée !

Sam serra les poings.

— Fermez votre gueule !

— Vous vous en tirez bien avec votre salaire de chef de la police d'un petit bled, dites-moi ! Jolie voiture, belle maison dans un quartier agréable !

— Je n'ai pas à écouter vos sornettes !

— Mais si ! fit Luke en s'avançant vers Sam. D'après mes calculs, vous êtes complice d'au moins trois meurtres, peut-être quatre. Je ne suis pas certain pour Hoyt Egan. Il est possible que votre frère s'en soit sorti tout seul.

— Vous ne pouvez rien prouver !

— C'est ce que votre frère répète comme un perroquet ! Mais vous avez remarqué qu'il a été descendu en flammes. Il va vite se mettre à table. Si vous n'êtes pas son complice, vous avez intérêt à vous préparer à le prouver.

— Vous plaisantez !

— Pas du tout. Il va aussi falloir me prouver que vous n'avez pas essayé d'envoyer Irene dans le décor, sinon je vous abats.

— Bon sang, je n'ai jamais essayé de la tuer. Pourquoi aurais-je fait un truc pareil ?

— Sur ordre de Ryland Webb.

Le regard de Sam se durcit.

— Je ne suis pas à ses ordres.

— Pamela vous faisait confiance, non ? Après tout, vous étiez son oncle et elle n'avait pas beaucoup de famille. Il y a dix-sept ans, le jour où elle a donné la vidéo à Elizabeth Stenson, elle s'est confiée à vous. Elle vous a dit que Ryland l'avait violée pendant des années et que la vérité allait éclater. Mais au lieu de vous montrer digne de sa confiance, vous avez téléphoné à votre frère pour l'avertir.

— Mais non, je n'ai jamais appelé Ryland !

— C'est vous qui les avez tués ?

— Non et non ! répéta Sam, l'air soudain perdu. Dieu m'en est témoin, j'ai commencé par ne pas croire Pamela. J'ai cru qu'elle inventait cette histoire de viol pour se venger de Ryland qui allait l'envoyer en pension. J'ignorais ce qu'il y avait sur la vidéo qu'elle avait donnée à Elizabeth Stenson, mais j'ai eu peur qu'elle fiche le bordel dans la famille. J'ai donc fait la seule chose qui me soit venue à l'esprit.

— Vous n'avez pas appelé Ryland mais votre père, Victor Webb !

47

Il lui fallut un courage immense pour pénétrer dans cette affreuse cuisine et chasser les souvenirs qui continuaient à la hanter. Une fois à l'intérieur, Irene fut prise de telles nausées qu'elle dut se retenir à un comptoir pour ne pas s'écrouler.

Elle s'obligea à regarder le sol. *Mon Dieu, l'horrible carrelage.* C'était le même lino imitation dalles blanches que sa mère avait acheté parce que, pensait-elle, il serait facile à entretenir. La cuisine avait été repeinte plusieurs fois mais le revêtement de sol était resté le même.

Facile à nettoyer.

Ne pense pas au sang. Tu ne vas pas vomir. Impossible. Tu es venue ici pour trouver des preuves. Tu es sur le lieu d'un crime. Et tu es journaliste. Fais ton boulot. Recule et regarde à nouveau.

Irene se ressaisit. Elle examina la pièce que le soleil ensoleillait. Puis, tout doucement, elle fit appel à sa mémoire et exposa ses cauchemars à la lumière du jour.

Après s'être munie d'un calepin et d'un stylo tirés de son sac, elle se força à traverser la cuisine, à ouvrir la porte de derrière et à sortir sur la petite terrasse. Elle referma derrière elle et ne bougea plus, le temps de reprendre des forces.

Son plan était simple. Elle allait refaire les mêmes gestes qu'en cette nuit fatale et se remémorer chaque détail de ce qu'elle avait enregistré. Afin de préciser le lien entre Ryland Webb et le meurtre de ses parents. Le moindre souvenir pourrait forcer Webb à avouer ses crimes.

Elle respira à fond, vérifia l'heure et retourna lentement dans la cuisine. Ses cauchemars lui sautèrent à nouveau au visage. La panique la saisit. Pourtant elle réussit à se maîtriser. Elle prenait son temps, s'efforça de revivre tous ses gestes, depuis le moment où elle avait poussé la porte qu'un objet lourd obstruait jusqu'à ce qu'elle téléphone à la police.

Au début, elle fut étonnée de découvrir que, finalement, elle ne se souvenait que de peu de choses.

Après tout, c'est normal, se dit-elle. Pour avoir lu des articles sur la question, Irene savait que, lorsqu'on est plongé au cœur d'un drame, l'état de choc restreint votre champ de vision. Un mécanisme de survie. Étant incapable de tout assimiler, l'individu élimine le superflu pour ne se concentrer que sur l'essentiel.

Un peu plus tard, en vérifiant à nouveau l'heure, Irene fut stupéfaite de constater que très peu de temps s'était écoulé entre la découverte des corps et le coup de téléphone qui avait amené Sam McPherson. Ce qu'elle avait pris pour une éternité n'avait duré qu'une ou deux minutes.

Elle examina les plans de travail pour essayer de se souvenir s'il y avait des assiettes ou des plats dans l'évier. Il lui sembla que la vaisselle n'était pas sortie. L'assassin était-il donc venu après que sa mère avait tout rangé ou avant qu'elle ait commencé à préparer le dîner ?

C'était sans espoir. La cuisine ne lui livrerait aucun secret. Quoi d'autre se rappelait-elle ?

Il y avait eu beaucoup de désordre. Sam avait eu l'air horrifié en découvrant les cadavres. Il tremblait quand il avait téléphoné à Bob Thornhill.

Lorsque celui-ci était arrivé, Sam et lui avaient fourré Irene dans une voiture de police et l'avaient emmitouflée dans une couverture. Ensuite, Thornhill l'avait emmenée chez lui, où elle avait passé une nuit affreuse.

Des heures durant, couchée dans la chambre d'amis, elle avait entendu le bruit lancinant du respirateur de Gladys Thornhill.

Le téléphone avait sonné alors qu'un jour

maussade se levait sur le lac. Bob Thornhill était sorti de son lit pour répondre dans le vestibule.

Irene se massa les tempes, faisant appel à ses souvenirs. Il lui serait impossible de se remémorer toute la conversation et les psy l'avaient avertie de ne pas s'inventer de faux souvenirs. Pourtant, la vérité est nichée là, se dit-elle.

Réfléchis comme une journaliste, et non comme une ado timorée.

La discussion à voix basse qu'elle avait surprise lui avait alors paru banale. Mais, à la lumière des événements récents, elle prenait une tout autre importance. Pour la première fois, elle tenta de la reconstituer.

— *... oui, monsieur, elle est chez nous. Comme il fallait s'y attendre. Elle est sous le choc. Elle n'a pas dit un mot... Non, je le lui ai demandé et il est certain qu'elle est rentrée trop tard pour avoir vu quoi que ce soit, Dieu merci. Vu l'état des corps, je dirais qu'elle est arrivée deux heures au moins après le drame.*

Puis Thornhill avait longuement écouté ce que son interlocuteur avait à lui dire.

— *C'est certain. Hugh Stenson est devenu fou, il a tiré sur sa femme puis s'est suicidé. Un événement tragique, effroyable.*

Nouvelle pause.

— *Oui, monsieur. J'ai appelé sa tante. Elle sera là demain.*

Avant de raccrocher, Thornhill avait encore dit quelque chose puis il était retourné auprès de sa femme mourante.

— *C'était qui ?* avait demandé Gladys en marmonnant.

319

— *Webb.*

— *Qu'est-ce qu'il voulait ?*

— *Il se faisait du souci pour la gamine. Il voulait savoir comment elle réagissait.*

— *À quatre heures et demie du matin ?*

— *Il venait d'entendre la nouvelle.*

— *Qu'est-ce qu'il voulait, Bob ?*

— *Je te l'ai dit. Il se faisait du souci et voulait savoir s'il pouvait se rendre utile.*

— *Je le connais !* fit-elle d'un ton amer. *Un jour ou l'autre il va te demander quelque chose. Un jour, il te fera payer ce qu'il fait pour moi. Crois-moi !*

— *Essaye de te rendormir.*

Irene frissonna. Il était évident, aujourd'hui, que Webb avait appelé Thornhill pour s'assurer que la fille de ses victimes n'avait rien vu ou entendu qui pourrait compromettre l'assassin. Thornhill lui avait sans doute sauvé la vie en assurant qu'elle était rentrée deux heures après le drame et qu'elle était en état de choc.

Elle sortit de la cuisine et se rendit au bord du lac. Sur le vieux ponton en bois, elle s'arrêta pour réfléchir comme son père avait l'habitude de le faire.

« *Je le connais ! Un jour ou l'autre il va te demander quelque chose. Un jour, il te fera payer ce qu'il fait pour moi. Crois-moi !* »

La voix de Gladys trahissait une certaine complicité, se dit Irene. Bien sûr, elle avait passé toute sa vie à Dunsley. Elle devait connaître Ryland Webb. Pourtant, Ryland était bien plus jeune qu'elle, une génération d'écart, en fait. Il était bizarre qu'elle ait parlé de lui avec tant d'amertume.

« *Je le connais.* »

Soudain, la lumière se fit dans l'esprit d'Irene et elle en fut glacée.

La nuit du drame, dans son état de choc, elle avait présumé que Ryland avait appelé Thornhill à l'aube. Il était le père de son amie. Il lui avait paru naturel qu'il s'inquiète de sa santé. Mais si c'était Victor Webb qui avait téléphoné ?

Gladys et lui étaient de la même génération. Ils avaient dû aller en classe ensemble avant que Webb quitte Dunsley pour faire fortune. En ville, tout le monde savait que Victor Webb avait payé les médicaments de Gladys pendant les derniers mois de sa vie.

Tout se mettait soudain en place.

Son portable sonna, la tirant brutalement de ses pensées. Elle sursauta et ouvrit son sac.

Soudain elle le vit. Il venait d'émerger de l'ombre de la maison. Il tenait un revolver.

— Ne réponds pas ! ordonna Victor Webb. Prends l'appareil sans gestes inconsidérés et jette-le à l'eau !

Déboussolée, sous le choc, sa première réaction fut de le trouver parfaitement normal.

Il portait une chemise de sport noir et crème, un coupe-vent kaki et un pantalon clair. On aurait dit qu'il venait de jouer au golf.

Irene savait qu'elle aurait dû être terrorisée, mais c'était la rage qui la dominait.

— Je t'ai dit de jeter ce satané téléphone, aboya Victor. Arrête de jouer à l'idiote, espèce de pauvre conne ! Tu es comme tes parents, une fouteuse de merde !

Elle plongea lentement sa main dans son sac. Elle tremblait si fort qu'elle eut du mal à extirper le téléphone pour le jeter au loin. Il fit un grand *plouf* avant de disparaître au fond de l'eau.

— C'était donc vous ! dit-elle d'une voix que la colère étouffait. Vous les avez tous assassinés – mes parents, Hoyt Egan, Pamela. Comment avez-vous pu tuer votre propre petite-fille ?

Victor ricana.

— Avec un peu de chance, elle n'était pas ma petite-fille. Sa mère était une salope qui couchait avec tout ce qui portait un pantalon. Elle a forcé Ryland à l'épouser alors qu'il n'avait que vingt ans. Il ne m'a pas fallu longtemps pour me rendre compte que cette femme serait un boulet pour lui. J'ai essayé de le convaincre de s'en séparer.

— Mais il ne l'a pas fait, à cause de Pamela.

— Dès la naissance de la gamine, ç'a été son obsession. Je ne l'ai compris que du jour où j'ai découvert qu'il aimait les petites filles.

— Vous avez également tué la mère de Pamela, hein ? Tout le monde sait qu'elle est morte en faisant du bateau, mais je suis sûre que vous avez manigancé l'accident. Vous auriez pu vous débarrasser de Pamela par la même occasion !

— J'y ai pensé. Mais Pamela avait alors cinq ans. Ryland voulait se faire élire et la gamine faisait bien sur les photos. Les médias et le public l'adoraient. Quand Ryland a perdu sa femme, le public s'est mis à raffoler de ce jeune veuf portant dignement le deuil de son épouse et déterminé à élever seul sa fille.

— Mais quand Pamela a eu quinze ans, elle a commencé à être un poids mort. Comme Ryland ne voulait plus coucher avec elle, il s'en est débarrassé en l'envoyant en pension.

— À cet âge-là, elle a commencé à se droguer, précisa Victor d'un air dégoûté. Elle s'est aperçue qu'elle pouvait manipuler n'importe quel mâle. Heureusement, tant qu'elle était bouclée en pension, le public ne pouvait rien savoir. Mais je me faisais du souci pour plus tard, quand elle arrêterait ses études. Je me suis mis à faire des plans.

— Pourtant, elle s'est rendue utile pendant les campagnes électorales de son père.

— Que dire ? Elle était l'image de sa mère jusqu'au bout des ongles. Une petite pute, mais elle appartenait à notre clan et elle faisait parfaitement son métier. Elle était prête à coucher avec les concurrents de Ryland, avec ses ennemis et avec toute personne, homme ou femme, qui pouvait lui fournir des renseignements. Elle adorait jouer les espionnes et son rôle dans l'organisation des campagnes électorales lui plaisait beaucoup. Et surtout, elle aimait voir que son père dépendait d'elle. Cela lui donnait l'impression de se venger de lui. Cette idiote croyait qu'elle le dominait enfin. Mais c'était moi qui tirais les ficelles depuis le début.

— À vous entendre, on dirait que Ryland vous doit sa réussite.

— Absolument, martela Victor Webb, le visage déformé par la colère. Mon fils est mon œuvre.

— Un pédophile déshonoré !

— À cause de toi ! Tu as tout détruit. Mon fils allait devenir président quand tu as débarqué. Il était à deux pas de la Maison-Blanche ! Mes petits-fils auraient pris la relève.

— Des petits-fils ? s'étonna Irene. Je croyais que Ryland préférait les petites filles !

— Ta gueule ! Ryland m'a promis des fils. C'était stipulé dans le contrat de mariage qu'Alexa Douglass a signé. Soit dans les deux ans elle mettait au monde un fils, conçu in vitro si nécessaire, soit elle divorçait sans faire d'histoires. Elle n'avait sûrement pas de problèmes pour tomber enceinte puisqu'elle a déjà eu une fille.

— Pour vous cette gamine était la preuve qu'Alexa pouvait avoir des enfants, mais pour votre fils pervers elle était une nouvelle proie. C'est Pamela qui a fait échouer vos plans, pas moi. Elle a fait le nécessaire pour sauver la fille d'Alexa et vous l'avez tuée pour la faire taire.

— J'aurais dû me débarrasser de toi il y a dix-sept ans. Si tu avais été dans la maison, je me serais chargé de toi aussi. Malheureusement, tu n'étais pas encore rentrée. Je n'ai pas voulu prendre le risque de poireauter pendant des heures en t'attendant. Ensuite, quand j'ai appris que tu n'étais au courant de rien, j'ai cessé de m'inquiéter à ton sujet. En fait, je t'ai même oubliée peu à peu. Une erreur !

— Comment avez-vous su que Pamela allait raconter à tout le monde les crimes de Ryland ?

Victor eut un sourire sinistre.

— Elle m'a téléphoné la veille du jour où elle devait te voir.

— Je comprends ! Elle savait qu'elle allait faire du tort à la famille. Pensant qu'elle avait une dette envers vous en tant que chef de clan, elle a voulu vous prévenir et s'expliquer.

— J'ai essayé de la dissuader, mais je n'ai pas réussi à la faire changer d'avis. Je suis venu à Dunsley et je me suis occupé d'elle.

— C'est elle qui vous a ouvert la porte, c'est ça ?

— Non, je me suis introduit dans la maison, tard le soir. Elle dormait. Je lui ai injecté une dose mortelle de drogue. Elle s'est réveillée, s'est débattue quelques secondes, mais le poison a fait très vite son effet.

— Alors vous avez organisé une mise en scène pour montrer qu'elle avait été victime d'une over-dose. Quand avez-vous découvert l'existence de la petite robe de mariée ?

Le visage de Victor Webb se tordit de fureur.

— La drogue a été trop rapide. Elle m'a ri au nez avant de mourir. Oui, elle a ri ! M'assurant que je ne trouverais jamais la robe de mariée que Ryland la forçait à porter. Qu'un test ADN et une vidéo seraient autant de preuves. Je l'ai cherchée ce soir-là, mais sans succès.

— Plus tard, quand vous avez vu la vidéo, vous avez compris que cette robe était une catastrophe. Vous deviez la détruire. En brûlant la maison !

— Je n'ai jamais imaginé que Pamela l'avait cachée ailleurs !

— Comment avez-vous appris que Hoyt Egan faisait chanter Ryland ?

— Quand Pamela m'a téléphoné, je lui ai demandé comment elle savait que son père s'envoyait encore des petites filles. Elle m'a dit qu'elle possédait des films tournés à l'étranger par Egan. Il accompagnait Ryland dans ses voyages. À un certain moment, il s'est aperçu de ce que faisait son patron. C'est l'inconvénient des assistants. On a tendance à trop les impliquer. Ryland s'est montré négligent.

— Le soir où vous avez tué mes parents, comment avez-vous procédé ? Vous les avez attirés dans un guet-apens ?

— D'une certaine façon. J'ai utilisé un bateau, comme pour Pamela et pour l'incendie de la maison. J'ai accosté à leur ponton et je suis passé par la porte de derrière. Tes parents avaient fini de dîner et ils discutaient de la vidéo de Pamela qu'ils venaient de visionner.

— Je ne comprends pas. Ils ont été tués dans la cuisine !

— Ils sont venus dans la cuisine quand ils m'ont entendu frapper à la porte. Ils m'ont reconnu immédiatement et m'ont fait entrer. Je leur ai dit que j'avais entendu parler de la vidéo et que j'avais été choqué en apprenant que Ryland avait ce petit problème.

— Un « petit problème » ? répéta Irene, hors d'elle. Votre fils est un monstre. Vous aussi, d'ailleurs. Quelle hérédité !

Victor ne tint pas compte de sa remarque.

— J'ai dit à tes parents que j'avais l'intention de

faire soigner Ryland dans un hôpital psychiatrique. Et je leur ai demandé de ne pas ébruiter la chose, pour le bien de tous. Mais ton père a vu mon bateau amarré au ponton. Il a eu l'air de se méfier. J'avais mon revolver dans ma poche, le même modèle que le sien. Je me suis glissé derrière lui et je l'ai abattu avant qu'il ait eu le temps de se retourner. Ta mère a hurlé, s'est jetée sur moi comme une furie. Je l'ai descendue également. En quelques secondes, tout a été terminé.

La colère donna à Irene des envies de vengeance violente. Elle aurait voulu, comme sa mère, se jeter sur Victor Webb. Elle aurait aimé lui lacérer le visage. Mais elle savait que si elle essayait, il aurait tôt fait de l'abattre. Elle ne pourrait même pas l'approcher.

Elle jeta un regard désabusé vers l'arme de l'assassin.

— Vous croyez que ma mort va arranger les affaires de Ryland ? Vous ne croyez pas que sa carrière est fichue ?

— J'en suis conscient. À cause de toi, j'ai perdu un fils. Mais j'en ai un autre, et j'ai un plan !

Webb ! Pas un geste !

La voix de Luke résonna comme un coup de tonnerre sur les eaux du lac. Irene et Victor se figèrent.

Luke émergea de la maison, avançant d'un pas assuré, tel un rapace sur le point de saisir sa proie.

Il avait un pistolet à la main.

Sam McPherson était sur ses talons et lui aussi était armé.

Webb sortit de son état de torpeur. Il tourna la tête et vit les deux hommes :

— Ne soyez pas idiots ! Si vous me tirez dessus, je tuerai Irene.

Il a raison, songea Irene. Victor Webb se tenait devant elle, au milieu de l'étroit ponton. Si les balles commençaient à jaillir, seul un miracle l'empêcherait d'être touchée.

— Rendez-vous, Webb, cria Luke en s'avançant. La partie est finie. Nous le savons tous.

— Ça sera fini quand je le déciderai !

Soudain, Victor plongea vers Irene, la prenant par le bras. Il va se servir de moi comme bouclier ou comme otage, se dit-elle.

Elle laissa tomber son sac et se jeta dans le lac d'un bond en arrière. Avant d'atteindre l'eau, elle eut le temps de voir Victor Webb pointer son arme vers Luke.

Elle fit un grand *floc* en s'enfonçant dans le lac. L'eau glaciale amortit le son des balles.

Son premier réflexe fut de s'éloigner du ponton. Elle nagea sous l'eau autant qu'elle put, en suivant le rivage de près. Mais le poids de son manteau et de ses bottes l'entraîna vers le fond.

Quand elle commença à manquer d'air, elle refit surface et regarda derrière elle. Luke se tenait au bout du ponton, scrutant le lac. Derrière lui, Sam McPherson était agenouillé à côté de Victor Webb, allongé par terre.

Luke la repéra et la héla :

— Ça va ?

— Oui.

Irene sortit de l'eau en titubant. L'air froid la

328

saisit, plaquant ses vêtements mouillés, faisant frissonner son corps.

Luke vint à sa rencontre en enlevant son coupe-vent. Quand il fut à sa hauteur, il lui arracha son trench-coat et lui enfila sa veste.

— Tu m'as fait une peur bleue quand tu n'as pas répondu à ton téléphone. J'étais vraiment fou d'inquiétude.

— Mon Dieu, Luke, tu ne sauras jamais à quel point j'ai été heureuse de te voir apparaître, dit-elle en s'accrochant à lui. Au fait, Webb est mort ?

— Pas encore.

La prenant par les épaules, il l'entraîna vers Sam McPherson, qui utilisait sa propre chemise pour arrêter le sang s'écoulant de l'abdomen de Webb.

— Je viens d'appeler les secours, fit Sam d'un ton neutre.

— Vous allez bien, tous les deux ? demanda Irene.

Luke et Sam n'eurent pas le temps de lui répondre. Victor Webb gémissait et clignait des yeux en direction de Sam, comme pour mieux le voir.

— Fils ? fit-il dans un murmure.

— Ryland n'est pas là, répondit Sam sans manifester la moindre émotion.

— Tu es mon fils. Tu le sais. Écoute-moi. Ce qui est arrivé ici, nous pourrons facilement l'expliquer. Ce sera notre parole contre la leur.

Victor regarda Luke et Irene avec haine.

— Ils sont des étrangers, ici, alors que tu représentes la loi. Et moi, je suis Victor Webb. Les gens de Dunsley croiront tout ce que nous leur dirons.

— Désolé, mais je ne marche pas dans cette combine, dit Sam en se relevant.

— Tu fais partie de la famille, bordel !

Victor Webb s'interrompit pour cracher du sang.

— En dernière instance, la famille doit veiller sur ses membres, poursuivit-il péniblement.

— Je m'en occupe, répliqua Sam. J'arrête le meurtrier de ma nièce.

— Pamela n'était qu'une traînée, dit Victor. Écoute à quoi j'ai pensé. Tu vas prendre la place de Ryland. Tu commenceras modestement, bien sûr. Au niveau local. Mais on te fera grimper très vite. Personne ne sait que tu es un Webb, en dehors de Dunsley. Tu seras un héros. On prétendra que tu as contribué à la chute d'un sénateur pourri. Les électeurs vont adorer ça. Mais d'abord il faut que tu m'aides à faire le ménage ici.

— Je dois surtout faire mon travail, répondit Sam. Si Bob Thornhill avait fait le sien, Pamela serait encore en vie.

Il sortit une fiche de sa poche.

— Vous avez le droit de garder le silence, mais tout ce que vous direz…

— Ta gueule, espèce de bâtard ingrat. On me croira sur parole. Je suis Victor Webb.

— Vous avez raison, monsieur, intervint Irene en sortant le magnétophone de son sac.

Elle l'avait mis en marche quand elle avait pris son téléphone portable pour le jeter à l'eau.

— Votre parole vaut effectivement de l'or, fit-elle.

Elle actionna l'appareil et l'inimitable voix rauque de Victor Webb se fit entendre :

« J'aurais dû me débarrasser de toi il y a dix-sept ans. Si tu avais été dans la maison de tes parents, je me serais chargé de toi aussi... »

48

Après le dîner, Irene et Luke sortirent sur le perron de leur bungalow et regardèrent la lune qui se reflétait sur la surface du lac.

La nuit étant fraîche, Irene remonta le col de son manteau et se blottit contre Luke pour emmagasiner un peu de sa chaleur. Il la prit par les épaules en la serrant contre lui.

— Tu crois que les policiers vont s'apercevoir que la balle qui a blessé Webb provient de ton pistolet ? demanda-t-elle.

— Oui, fit-il sans rien ajouter d'autre.

— Sam a tiré ?

— Non. D'ailleurs il aurait eu du mal. Difficile de lui demander de tirer sur son propre père.

— Même si c'est un salaud et un assassin ?

— Même, oui.

— Heureusement que tu étais avec Sam cet après-midi, sinon je ne serais pas ici en ce moment.

— Ne pense pas à ce qui aurait pu se passer. Pense à ce qui s'est passé réellement.

Irene lui enserra la taille.

— Tu m'as sauvé la vie, voilà ce qui s'est passé.

— Tu m'as facilité la tâche, dit-il en

l'embrassant légèrement sur le front. Si tu n'avais pas sauté à l'eau…

— Ne pense pas à ce qui aurait pu se passer !

— Bon, et si on songeait à l'avenir, pour changer ?

— Avec plaisir ! dit-elle en se tournant vers lui.

— J'envisage de vendre le Lodge.

— Où iras-tu ?

— On m'a dit que Glaston Cove était une ville sympa. Il y a un conseil municipal des plus actifs et un chouette journal.

— Une ville pittoresque, si tu veux mon avis. Perchée sur une falaise, elle domine une baie charmante. L'endroit idéal pour un écrivain.

Luke lui caressa les cheveux.

— Comme je te l'ai dit, je suis tombé amoureux de toi dès l'instant où tu es venue me demander si on servait le petit-déjeuner dans les chambres.

— Je croyais que tu voulais coucher avec moi dès que tu m'as vue !

— Également.

Irene voulut mettre les choses au clair.

— Tu m'as fait comprendre que la direction du Lodge avait pour but de fournir un dépaysement total à ses clients. Pas de service dans les chambres, pas de télé, pas de piscine, pas de salle de gym.

Il la fit taire en posant ses doigts sur les lèvres d'Irene.

— Avoue que la direction a fourni certaines prestations que l'on ne trouve pas toujours, même dans les cinq-étoiles.

Elle sourit et l'embrassa sur la bouche.

— Touché !

— La direction est prête à continuer ces prestations.

— Même après avoir vendu son fonds de commerce ?

— Oui.

— Pendant encore combien de temps ?

— Toujours ! lâcha Luke d'une voix tranquille et assurée. Je sais que je ne te laisse pas beaucoup de temps pour réfléchir, mais tu es la femme de ma vie. Je t'aime. Je t'aimerai toujours, j'en suis absolument certain et je ne veux pas perdre une minute.

— Tu n'es pas le seul à avoir rencontré l'amour de ta vie. Je t'aime, je t'aime de tout mon cœur.

Ils s'embrassèrent avec passion.

Plus tard, Irene tournicota dans le lit douillet.

— Tu vas vraiment vendre le Lodge ?

— Oui.

— Tu auras sans doute du mal à trouver preneur à cette époque de l'année.

— J'ai déjà un acquéreur.

— Qui ça ?

— Maxine !

— Quelle bonne idée ! Mais elle en a les moyens ?

Luke prit Irene dans ses bras.

— On trouvera un arrangement.

49

Luke et Irene se tenaient dans le bureau du chef de la police.

— Il y a dix-sept ans, j'ai tenté de me convaincre qu'il n'y avait pas de rapport entre ce maudit coup de téléphone que j'ai passé à Victor Webb et le meurtre de vos parents, dit Sam McPherson d'un air las. On peut dire que j'ai fait du beau travail !

Luke détourna son regard de la fenêtre afin d'observer la réaction d'Irene. Le visage de la jeune femme exprimait à la fois de la tristesse et de la compassion.

Depuis deux jours, Victor Webb se trouvait à l'hôpital qu'il avait financé des années auparavant. Il était gardé par la police. Pendant ces dernières quarante-huit heures, Irene avait changé. Elle avait cessé de voir Dunsley sous un jour sombre. Sa méfiance vis-à-vis de ses habitants s'était dissipée.

Soit la vérité l'avait apaisée, soit elle avait pu enfin faire son deuil.

— Sam, je comprends, fit-elle.

McPherson croisa les mains sur son bureau.

— Plus tard, quand les rumeurs se sont répandues comme quoi votre mère avait eu un amant en ville, je me suis dit que ç'avait rendu votre père fou. Je savais que votre mère et vous étiez les deux personnes les plus importantes de son existence.

— C'est Victor Webb lui-même qui a dû faire

circuler cette rumeur, dit Irene. Vu ses relations, il a pu le faire facilement.

— J'avoue que je n'étais pas fier quand je me suis aperçu que les dossiers concernant la mort de vos parents avaient été détruits. Au fond de moi, j'ai soupçonné Bob Thornhill d'avoir fabriqué ce petit accident.

— Pour rendre service à Victor Webb.

— Ce n'était pas un service, intervint Luke en prenant Irene par les épaules. Plutôt une façon de rembourser une dette. Comme bien des habitants, il lui était redevable de quelque chose. Dans son cas, Webb avait payé les médicaments de sa femme.

Sam soupira bruyamment.

— Devenu chef de la police, même si j'avais essayé de rouvrir le dossier, j'aurais sans doute suivi la mauvaise piste. Pour moi, le suspect le plus plausible était Ryland.

— Mais vous aviez téléphoné à Victor ce soir-là, lui rappela Luke.

— En fait, je n'ai jamais envisagé qu'il puisse être coupable, dit Sam en écartant les mains. Il ne me l'a jamais avoué, mais c'était mon père.

— Je sais, dit Irene.

Sam se gratta la joue.

— Quand j'ai mis Victor au courant de cette histoire d'inceste, il a dû appeler Ryland pour y voir plus clair. Voilà ce que j'ai pensé et ça ne manquait pas de logique. Du coup Ryland se serait précipité à Dunsley pour se débarrasser des Stenson avant que le scandale n'éclate. Je n'ai pas cherché plus loin. Ou je n'ai pas voulu.

— J'imagine que Thornhill n'a pas creusé l'histoire, dit Luke.

— Exact. Il était mon nouveau chef, avec des années d'expérience. Moi, j'avais vingt-trois ans et c'était mon premier meurtre. Quand Thornhill a annoncé qu'il s'agissait d'un homicide suivi d'un suicide, je n'ai pas cherché midi à quatorze heures.

— En tant que chef de la police, il est évident qu'il n'a eu aucun mal à classer l'affaire, fit Irene.

— Tout le monde en ville a cru sa version des faits, se souvint Sam.

Irene l'observa un instant.

— Vous avez prévenu Victor parce que vous étiez sûr que Pamela avait inventé cette histoire de viol ?

— Oui, je n'arrivais pas à la croire. Pour moi, elle voulait seulement se venger de son père, qui voulait l'envoyer en pension.

— Et la vidéo ? Vous croyez qu'elle l'avait bidonnée ?

— J'ignorais ce qu'elle contenait. Elle a refusé de me le dire. Juste que ce n'était pas beau à voir. J'ai imaginé qu'elle avait filmé son père avec quelqu'un de Dunsley. J'étais naïf à l'époque. Je n'arrivais pas à me mettre dans la tête que mon frère aîné pouvait avoir violé sa fille. Eh oui, j'ai appelé Victor.

— Il vous a dit quoi ? voulut savoir Irene.

— Qu'il allait arranger les choses, comme toujours quand il y avait un problème de famille. Il m'a rappelé qu'il s'était toujours occupé de ma mère.

Sam baissa les paupières un moment puis regarda Irene dans les yeux et déclara :

— Ce jour-là, Victor était dans un de ses magasins à San Francisco, à seulement deux heures de voiture de Dunsley.

Après un moment de silence, Luke serra Irene contre lui pour la rassurer.

— Victor utilisait un canot pneumatique avec un moteur hors-bord pour venir à Dunsley perpétrer ses crimes. Il devait le mettre à l'eau sur une plage déserte. Il y avait peu de chances qu'on le voie arriver ou repartir. Pour assassiner Hoyt Egan il n'a même pas eu à se cacher. Personne ne l'aurait reconnu dans l'immeuble. Et Hoyt lui a ouvert.

— Comme l'ont fait mes parents.

— Je parie qu'il a drogué la mère de Pamela avant de la tuer, précisa Sam. Quand il s'est décidé à assassiner Pamela, il a été obligé de faire vite. Il a donc utilisé la même méthode. Après tout, il connaissait le mode d'emploi.

Luke fut surpris par le ton affirmatif de Sam.

— Vous avez des preuves ?

— J'ai trouvé une seringue vide dans la boîte à gants de mon 4 × 4, le lendemain de la mort de Pamela. J'attends les résultats du labo. On devrait découvrir des traces du produit que Victor a utilisé.

Irene leva les sourcils.

— À propos de votre 4 × 4, qu'est-ce que Victor a inventé comme excuse pour vous l'emprunter ?

— Il n'est pas venu me demander la permission de le prendre. Il l'a volé pendant que j'étais à mon bureau. J'ai reçu un coup de fil du chef de la police de Kirbyville m'indiquant que mon 4 × 4 avait été abandonné près du Domaine de Ventana. Nous avons pensé que des gosses l'avaient pris pour faire une virée.

— Victor devait être prêt à tout, pour prendre le risque de s'introduire dans votre garage et voler votre 4 × 4.

— Oh, il n'a pas pris de gros risques ! Il est sans doute passé par l'ancien sentier qui traverse la forêt derrière mon lotissement. Souvenez-vous qu'il connaît le coin comme sa poche pour y avoir chassé toute sa vie.

— Pourtant, ça me paraît bizarre qu'il ait emprunté votre 4 × 4, insista Irene. Il aurait pu utiliser sa voiture ou en louer une. Et pourquoi avoir laissé la seringue dans la boîte à gants ?

— Parce qu'il savait que ça sentait le roussi, répondit Luke. Victor s'est rendu compte qu'il avait de plus en plus de mal à contrôler la situation. Au pire, il aurait eu un pigeon sous la main.

— Vous ! s'exclama Irene en fixant Sam des yeux.

— Oui, c'était un coup monté, juste au cas où.

Après un moment de silence, Sam reprit la parole :

— Irene, votre père savait que j'étais le fils de Victor Webb. Un jour, il m'en a parlé.

— Quand ?

— Un soir où je me livrais à mon passe-temps favori, me saouler dans un bar. Juste après la mort de ma mère. J'avais du mal à tenir le choc. Il m'a embarqué dans sa voiture et nous avons fait un tour. Il m'a parlé.

— De quoi ?

— Il m'a dit que, dans le fond, peu importait de savoir qui était son père. Un jour ou l'autre on devait déterminer quel genre d'homme on voulait être. Une semaine plus tard, il m'a embauché dans la police, à condition que je n'arrive jamais ivre et que je ne boive pas pendant les heures de service. Je le lui ai promis. Et même si vous vous en fichez, sachez que j'ai tenu ma promesse toutes ces années.

— Mais si, ça compte ! fit Irene en prenant la main de Sam. Mon père y aurait attaché de l'importance, comme moi.

Elle se leva et balança son sac sur son épaule.

— Je me souviens très bien du soir où papa a annoncé à maman qu'il vous avait engagé. Il a ajouté que vous disposiez de toutes les qualités pour faire un bon flic.

— Hugh Stenson a dit ça ?

— Oui, et il se trompait rarement sur les gens.

L'expression de soulagement de Sam McPherson était celle d'un malade qui venait de recevoir de bons résultats d'analyse.

— Merci ! s'écria-t-il, la voix enrouée d'émotion. Merci !

Sam demeura un long moment assis à son bureau après le départ de Luke et Irene. Il eut l'impression qu'elle venait de lui ouvrir la porte de sa cage. Il n'avait plus qu'à en sortir.

Pourtant, comme tous les gens dont le destin

vient de changer, il lui fallut un peu de temps pour réagir.

Enfin prêt, il sortit de son tiroir l'annuaire de téléphone plutôt mince de la ville de Dunsley.

Il composa un numéro d'une main ferme.

Elle répondit immédiatement.

— Sam au téléphone, Sam McPherson.

— Bonjour ! fit-elle, surprise mais assez contente.

— As-tu envie de dîner avec moi un de ces soirs ? Nous pourrions aller à Kirbyville, si tu as le temps. Si tu es libre, je veux dire. Je sais que tu es très occupée.

Il s'attendait à un refus.

— Oui, quelle bonne idée ! J'en serai ravie, répondit Maxine.

50

— J'ai appris que cette ordure de Victor Webb était mort après son opération, dit Hackett.

— Bon débarras ! s'exclama Luke en s'affalant dans un fauteuil en face de son frère. Ce salaud a tué de sang froid au moins cinq personnes. Je ne serais pas surpris qu'il y ait une sixième victime.

— Qui ça ?

— Bob Thornhill, le chef de la police de Dunsley qui a remplacé le père d'Irene pendant quelques mois. Sa mort est suspecte. Victor Webb est tout à fait capable de l'avoir tué après avoir fait disparaître toutes les preuves et tous les dossiers concernant la mort des Stenson.

— Il s'est servi de lui avant de l'éliminer. Ce type était un psychopathe.

— Dieu merci, il ne s'est aperçu que trop tard qu'Irene pourrait lui causer du souci. Mais il s'en est fallu d'un cheveu. Si elle n'avait pas prévenu Maxine et Tucker Mills qu'elle se rendait dans la maison de Fine Lane…

— Mais elle le leur a dit, interrompit Hackett. Et tu l'as sauvée. Te fatigue pas à penser à ce qui aurait pu arriver.

— En voilà, un bon conseil ! Je vais le suivre. Merci mille fois.

— Pas de quoi ! Alors, il paraît que tu veux vendre le Lodge ?

— Je signe les papiers demain.

— Ah bon ? Ne prends pas ça mal, mais dans la famille tout le monde a pensé que tu ne tiendrais pas le coup longtemps dans l'hôtellerie. Pourtant, ta décision est plutôt soudaine, non ?

— Mon côté imprévisible, c'est ça ? On peut voir les choses ainsi. Mais, à mes yeux, le Lodge n'a jamais été qu'une étape. J'avais besoin d'un coin tranquille pour écrire mon bouquin en paix.

— Tu écris un livre ?

— Depuis un moment. Je l'aurai terminé dans un mois.

— Pourquoi ce grand secret ?

— Oh, j'avais dit au Vieux que j'écrivais un peu.

— Tu te moquais de lui !

— Oh, lâche-moi ! Déjà que la famille pense

que je suis dingo, je n'avais aucune envie de fournir de nouvelles preuves de mon excentricité. Et puis, je n'étais pas sûr de pouvoir le terminer. Mais maintenant la fin est en vue.

— Tu as trouvé un éditeur ?

— Pas encore. Mais j'ai un agent littéraire qui trouve les premiers chapitres prometteurs.

Hackett réfléchit un instant.

— Dis-moi, pourquoi quittes-tu Dunsley ?

— Entre autres choses, l'endroit n'est pas aussi tranquille que je le pensais. Je vais essayer une autre ville.

— Laquelle ?

— Glaston Cove.

Hackett comprit soudain. Son regard s'illumina.

— À cause d'Irene ?

— À cent pour cent.

Hackett lui fit un grand sourire.

— Elle est sûrement parfaite pour toi. Il te fallait sans doute une femme comme ça.

— Je suis bien d'accord avec toi. Au fait, puisqu'on parle de mes petites manies, j'aimerais dissiper un grave malentendu, au sujet du week-end que j'ai passé avec Katy.

Hackett cessa de sourire.

— J'ai entendu dire qu'il ne s'était rien passé à cause de ton petit problème.

— C'est à moitié vrai.

— Seulement ?

— Il n'est rien arrivé du tout. Pour une bonne raison. Katy et moi avons pris conscience qu'on s'entendait très bien, mais que nous ne serions jamais amoureux l'un de l'autre.

— Elle raffolait de toi quand elle était ado.

— Exactement, juste une amourette. Qui a duré cinq secondes, si je me rappelle bien. Bon sang, je suis trop vieux pour elle et elle est trop jeune pour moi !

— Mais elle a accepté de t'épouser !

— Je n'y suis pour rien. C'est ta faute.

— *Ma* faute ?

— Oui. La tienne et celle du Vieux et de toute la famille ! Katy s'est fiancée avec moi parce que vous l'avez moralement forcée. Vous l'avez convaincue que j'étais totalement déséquilibré et que je risquais de craquer à la moindre occasion. Elle a eu une peur bleue que je suive le même chemin que ma mère.

— Mais non, on ne lui a jamais mis une telle pression ! s'insurgea Hackett.

— En tout cas, elle l'a compris comme ça.

Hackett se tassa dans son fauteuil comme s'il avait reçu un coup sur la tête. Puis il se redressa.

— Tu n'es donc pas amoureux de Katy !

Luke se leva.

— Non, et elle n'est sûrement pas amoureuse de moi !

— Minute, papillon ! Si tu n'as jamais été amoureux d'elle, pourquoi l'avoir demandée en mariage ?

— Me marier faisait partie de mon plan. Je croyais en avoir besoin pour me remettre d'aplomb.

Luke ouvrit la porte.

— Attends ! cria son frère.

Luke se retourna et avec un grand sourire dit :

— Rassure-toi, Hack, c'était un mauvais objectif.

J'ai appris à accepter que les choses ne soient pas toujours parfaites.

Et il sortit.

Hackett resta figé quelques secondes, le temps de savourer ce qu'il venait d'entendre. En réalité, il était débarrassé d'un énorme poids qui l'oppressait depuis des mois.

Il traversa le hall en direction du département Relations publiques.

Il croisa Jason qui mangeait un morceau de pizza.

— Quoi de neuf ?

— Je vais essayer d'obtenir un rendez-vous, répondit-il sans s'arrêter. Souhaite-moi bonne chance !

— Ça devrait être drôle. Je peux regarder ?

— Va bouffer ta pizza !

Il entra dans le bureau de Katy qui était au téléphone. Elle fut surprise de le voir.

— Je vous rappelle, monsieur, fit-elle très vite.

Elle raccrocha et regarda Hackett.

— Qu'est-ce qui ne va pas ?

— Tout va bien.

Il la souleva de son fauteuil.

— C'est un jour idéal.

— Que veux-tu dire ? fit-elle en riant.

— Luke vient de tout m'avouer.

— C'est vrai ?

— Oui. Tu peux le confirmer ?

— Oui, et je peux t'assurer que je ne suis pas amoureuse de lui.

— J'ajoute que, malgré les craintes du Vieux et du docteur Van Dyke, il n'a nullement l'intention de se suicider. Il me l'a dit aussi. Et je le crois. Il a beau être têtu, compliqué, imprévisible, il ne m'a jamais menti de sa vie.

— Un bon point pour Luke, ajouta Jason qui était entré la bouche pleine. On aurait dû l'écouter quand il nous répétait de ne pas se faire de souci pour lui.

Katy parut rayonnante.

— On n'a donc plus besoin de se préoccuper de sa santé !

— Non, il peut se prendre en charge, dit Hackett. Et s'il a des problèmes, il a quelqu'un qui peut l'aider.

— Irene, sans doute ? fit Jason.

— Absolument.

Hackett ne quittait pas Katy des yeux. Son avenir allait se jouer dans les secondes qui allaient suivre.

— Acceptes-tu de dîner avec moi ce soir ? Dans un endroit tranquille. Juste nous deux.

Elle passa ses bras autour de son cou.

— Avec bonheur, répondit-elle en le gratifiant d'un beau sourire. Je peux même te suggérer le lieu.

— Je t'écoute.

— Chez moi !

— Vraiment une journée idéale !

Il l'embrassa avec passion.

— Vingt dieux, voilà qui remet les pendules à l'heure ! s'exclama Jason. La communication entre la haute direction et les R.P. a été rétablie. Formid' ! Si vous voulez bien m'excuser, je vais me chercher une autre part de pizza.

Hackett ne fit pas attention à lui. Katy non plus.

Épilogue

— Tu sais, dit Irene, je trouve que ton père a rajeuni par rapport à l'année dernière.

— Il se fait sans doute moins de souci à mon sujet, répondit Luke en regardant la salle pleine d'invités qui se massaient autour de son père, de Vicki et de Gordon. Il paraît que le stress creuse les rides.

— Quand il a assisté à notre mariage, il semblait heureux. Mais ce soir, il a l'air de jubiler.

— Il doit penser à son premier petit-fils ! J'imagine qu'il doit déjà faire des plans pour lui trouver un job dans l'affaire.

Radieuse, Irene caressa son ventre déjà très arrondi.

— John et Gordon vont bientôt avoir du pain sur la planche. Katy m'a confié qu'elle et Hackett allaient se mettre au travail très vite.

— Vingt dieux ! fit Jason en s'approchant d'Irene. À ce rythme-là, il va y avoir des mômes dans tous les coins.

— À ton tour, petit frère, dit Luke.

— Chaque chose en son temps. La vie, c'est comme le bon vin. Si on se dépêche trop, on rate le meilleur.

— Ah, voici que monsieur philosophe !

— Je ne suis pas mécontent de moi, fit Jason en souriant. Au fait, quand sort ton bouquin ?

— Le mois prochain, répliqua Irene avec enthousiasme, sans laisser à Luke le temps de répondre. L'éditeur est très content des commandes de libraires. *La Raison stratégique, ou Traité de guerre et de philosophie* devrait non seulement intéresser les gens qui achètent des livres militaires ou économiques mais aussi le grand public.

Hackett et Katy firent leur apparition.

— Bravo, fit Hackett, tu as une belle carrière devant toi.

— Ce n'est pas aussi excitant que l'hôtellerie, mais ça me va mieux. En tout cas, je peux travailler à la maison.

— Ce qui est excellent, intervint Irene, car Luke sera un père formidable.

Jason prit un ton sentencieux.

— En tout cas, je suis ravi que tu sois remis sur pied, grand frère !

— Tu sais, fit Luke, pensif, avec toute la marmaille qui va pousser, bientôt tu ne seras plus l'irremplaçable petit dernier.

Irene et Katy éclatèrent de rire. Luke, Hackett et Jason échangèrent des grimaces de connivence.

À cet instant précis, John, Gordon et Vicki regardèrent dans leur direction. La joie des deux hommes fait plaisir à voir, songea Irene. Vicki lui fit un clin d'œil affectueux puis retourna à ses invités.

Irene se sentit transportée de bonheur. Luke la serra de plus près :

— À quoi penses-tu ?

— Je savoure le fait d'être entourée d'affection. Je sais qu'avec notre amour et une famille comme la tienne nous pourrons tout affronter.

Luke eut un sourire d'intense satisfaction.

— Tu parles d'une coïncidence, je pensais exactement la même chose.

Composition et mise en pages : FACOMPO, LISIEUX

Achevé d'imprimer
en avril 2007
par Printer Industria Gráfica
pour le compte de France Loisirs, Paris

Numéro d'éditeur : 48403
Dépôt légal : mai 2007
Imprimé en Espagne